烽火狼烟小清河

张金科 著

中国言实出版社

图书在版编目（CIP）数据

烽火狼烟小清河 / 张金科著 . -- 北京 : 中国言实出版社 , 2020.11

ISBN 978-7-5171-3594-4

Ⅰ . ①烽… Ⅱ . ①张… Ⅲ . ①长篇小说－中国－当代 Ⅳ . ① I247.5

中国版本图书馆 CIP 数据核字（2020）第 213974 号

出 版 人 王昕朋
责任编辑 王建玲
崔文婷
责任校对 史会美

出版发行 中国言实出版社

地　址：北京市朝阳区北苑路 180 号加利大厦 5 号楼 105 室
邮　编：100101
编辑部：北京市海淀区花园路 6 号院 B 座 6 层
邮　编：100088
电　话：64924853（总编室） 64924716（发行部）
网　址：www.zgyscbs.cn
E-mail：zgyscbs@263.net

经　销 新华书店
印　刷 北京温林源印刷有限公司
版　次 2021 年 1 月第 1 版　2021 年 1 月第 1 次印刷
规　格 710 毫米 × 1000 毫米　1/16　16.75 印张
字　数 200 千字
定　价 48.00 元　ISBN 978-7-5171-3594-4

CONTENTS
目录

引　子

这个古老的村镇，地处小清河下游平原。

古镇有九街十六巷三十二胡同、十庙、八大祠堂之说。古官道穿街而过，明、清、民国初年曾是贯通胶东及鲁南地区，往返北京、天津的水旱必经码头，为带动石河镇人走出去经商创业，提供了得天独厚的交通条件。

小清河这条历经数百年的黄金水道，经过了清末民初时期的几次开挖拓宽，更是把依岸傍水的古镇推向繁华与辉煌，成为小清河流域漕运枢纽和盐运要冲重镇。大街两旁和小清河口，充满繁华的市井之气，家庭作坊，商业店铺，酒庄饭店，参差错落，依稀可辨，老字号流光溢彩，每个商铺的门前都飘动着一杆字号旌旗。热闹的酒店中，传出店小二不停的叫卖声，八仙桌上青花瓷壶里烫热的白酒，散发着地道的芝麻香味儿，客人们押指划拳，开怀畅饮。茶馆里，或有男女知己数人，抚琴轻歌，品茶抒怀，道不尽天下风花雪月。

白天的码头上人声鼎沸，旱路上独轮木车的吱吱声，铁瓦车车把式的吆喝声，车水马龙，络绎不绝。乘船的，送客的，人来人往，摩肩接踵，依依的道别声，重逢的问候声，心系着河畔人家浓浓的乡音和乡愁。拉人力车的，一边小跑，一边喊着“借光，借光，磕着了，磕着了”，穿梭在人流中。卖香烟的小贩儿，那三五牌、老炮台香烟的叫卖声，回荡耳边。成群结队的搬运工，他们光着膀子，肩挑背扛，粗声大嗓，挥汗如雨。岸边的船工，喊着响亮的号子声，此起彼伏，汇成一片。夜晚的码头上，热闹的钱庄门前，商贾云集，美女婉约，珠光宝气，自然婀娜，引得南腔北调的商客和才子们出出进进，得意非常。春花院招揽生意的艳韵女子，在几盏胭脂小灯之下，摇曳如春柳，迷得公子哥们探头仰视，诱得富贵少爷和败家子们挥金如土。岸边船船相衔，桅杆林立，密密麻麻，组成一片河中水上村落。在明月繁星照耀之下，船上灯火通明如昼，照亮着水面，照亮着船身桅杆。几只帆船从河面上划过，激起道道清波，在月下闪着片片粼光，河水细浪扑打着船头，泼墨出一幅朦胧的帆船渔火丹青。小清河水清澈见底，面鱼（银鱼）追逐，鹅鸭嬉戏。清晨，以船为家的妇女用河水洗菜，准备早饭，炊烟从船尾升起，撩拨着东方的晨曦，相伴着初升的阳光，柔曼的炊烟飘移在淡淡水雾中，涂抹出一幅蓝天清河初醒的画卷……

这风水宝地上，占尽天时地利的千年古镇名叫石河镇，也曾是“军事重镇”“水旱码头交通重镇”“盐运重镇”，人称“小济南”。

石河镇码头上，商会会长张玉敬正在送一位朋友。

张玉敬说：“于老板，你要的货我已经让伙计们给你装船上了，如果以后还有什么需要，在我能力范围之内，玉敬会尽量帮忙的。今天自家的船去羊口装盐，你也一同搭个便船吧。”

“张会长，我这点小本生意，全仗着你的支持呀，自认识以来，春成从内心之中是非常感激，以后啊，少不了打扰。”于老板说。

走到河边，两人握手告别。

于老板上船后，自己随身带来的小伙计高兴地说：“于书……”伙计似乎自觉说错了什么，赶忙改口说道：“于老板，你看。”

于老板顺着伙计手指的方向弯腰向船舱一看，自己购买的四箱跌打损伤膏药变成了八箱。他转过身，想对河边的张玉敬说些什么，这时船已开走了……

于老板站在船头，向河边的张玉敬挥手致谢！

张玉敬送走客人，从河口码头返回镇中。

张玉敬年近六十岁，中等身材，头上银发，饱经风霜的脸上长满了皱纹，一双不大的眼睛里闪耀着智慧的光芒，那深褐色的眼眸，像是在悄悄地诉说着岁月的沧桑。

他在石河镇德高望重，不但掌管自己名下众多生意，还身兼石河镇商会会长一职，家传祖业有富来聚酒店、富顺聚旅馆、三益栈物流货站、漕船货运队、石河镇盐业码头、玉食村香油作坊、广德堂膏药铺。因张家是中医世家，祖传治疗跌打损伤、骨伤的秘方膏药，名震小清河两岸。张玉敬为了扩大膏药的生产，在这清水湖上建了一处生产膏药的作坊，由自己的两个侄子士安、士全负责制药的配方及生产管理，产品除了自家药铺销售和治疗患者，还供应小清河沿岸及济南和羊口的药店。

张玉敬膝下有一双儿女，留学美国，取得学位后均在美国定居。儿子泽厚、女儿泽优曾多次劝说张玉敬到美国居住，可张玉敬从小在石河镇长大，恋乡情结深厚，更舍不得丢下这份儿祖传家业，所以呀，直到晚年，也没有离开石河镇。

故事就从河畔的这个古镇慢慢说起吧。

第一章
石河镇

一

时间过得真快，说着就到了腊月二十五，这是过年前石河镇的最后一个大集，买卖东西的人很多，熙熙攘攘，很是热闹。卖豆腐的、卖肉的、卖粉条子的、卖大白菜的、卖水果的、卖柿饼的、卖糖葫芦的……应有尽有，都在大声小喝地介绍着自己的商品。特别是鱼市，冬天产自小清河的金鳞、红尾、红翅大鲤鱼，活蹦乱跳，又鲜又亮，更是人们抢手的年货。在大集的东头是卖窗花、对子（春联）的地段，村里的小伙子砘子正在卖春联，路过的同龄人车子和他开玩笑说："砘子卖的年货不少呵，还卖窗花？这窗花一贴，红红火火的，你想再娶个媳妇呵。"砘子说："给你娶个吧，这过年了，省得你闹腾，老人也放心了。"砘子的话音刚落，车子的二嫂赶集路过，赶忙插嘴说："好你个石头砘子，平时看你老实巴交的，说出话来不但不饶人还想赚便宜呢。"砘子知道二嫂听出他刚才话里有话，更了解她刀子嘴的厉害，向二嫂做了个鬼脸，嘻哩嘻哩地笑着消失在大集的人流中。这二嫂还是冲着他的背影没完没了地说："好你个石头砘子，今年还卖对子呢，上年贴的那对子，脚巴丫子都朝了天了（字贴倒了），拜年的路过，十个人笑掉了九口牙！"赶集的人打岔问二嫂："十个人笑掉了九口？那个人咋不掉呵？"二嫂大眼珠子一转说道："那个人，那个人是'桃木他媳妇'怀里抱的月窝（未满月的）孩子，还没有长牙呢，掉什么掉？牙花子呵！石头砘子瞎字不识吧，还每年贴上对子装秀才家的大门。"二嫂正扬头说得起劲，忽然感觉一个硬邦邦、光亮亮的东西撞到自己怀里，原来是扑过来一个大光头男人，把她撞了个趔趄，这二嫂稳住神一看是邻居根豆。根豆连忙向二嫂赔礼并半开玩笑道："嫂子，对不起，对不起，我当是撞了个棉花包呢，原来是二嫂你呵。这赶年集的人太多了，后边的人推挤得我收不住腿了，撞疼你了吧，来来，我给你吹吹。"二嫂说："还吹吹呢，拿我当三岁小孩子呵，你就是个出了名的唆神（调皮捣蛋鬼），当年要不是二嫂我从河北那里给你说个媳妇，你打光棍吧你。"根豆赶忙接话说道："感谢二嫂为俺说了个巧媳妇，这不，早上一起来，葫芦她娘就催着我来割肉，并说给咱二嫂也割上块。我割了两块，给你一块，二嫂你看咱两家一样多。"二嫂说道："还是俺那妹子好，总想着她姐，不像你没大没小的，成天捣蛋包一个。"根豆说道："小叔子嫂胡打闹，闹一闹人更少（年轻）。"二嫂说道："割的哪家肉铺的肉，割点带油的最好，炒萝卜丝子也香，也好吃。"根豆说道："割的光腚的，我光要的猪围心呵，放心吧二嫂，肉上尽油呵。"二嫂说："嗯，你先把肉拿回去吧，下午我再去拿，我还得去鞋市，再给你二哥买双绑的（蒲草编的鞋）。"二嫂话音刚落，就听从村南传来阵阵枪声。有人在集上大喊："鬼子来了！鬼子来了！"有的老百姓早就听说这鬼子杀人放火，非常残忍，还经常强奸妇女。不一会儿，枪声响成一片。赶大集的人被这密集的枪声吓得四散奔逃，转眼大街上只剩一地狼藉。

为了能控制整个石河镇地区及小清河平原，日本鬼子五十多人，加上伪军一百多人，从广乐县城出发，向北进攻，意在占领小清河畔的这座水旱码头交通重镇——石河镇，切断我清北抗日根据地和小清河以南党组织的联系。

让鬼子万万没有想到的是，当他们通过石河镇时，镇南头娘娘庙前东西走廊的壕沟里，突然枪声大作，早已埋伏好的石河镇土炮队，在队长万清河的指挥下，向日本鬼子发起了火力阻击。地形选择得实在太有利了，壕沟顶上的土炮、土枪、土抬炮、湖北条子（步枪名），一齐开火，扫射的子弹、手榴弹，倾泻似的往鬼子人堆里打，鬼子在行进中遭到突然袭击，毫无防备，顿时乱了队形，死的死，伤的伤，乱跑乱撞，像捅了窝的蜂子，边退边逃窜，一直退到东关村郑家松树园子。这次带兵攻打石河镇的鬼子头叫小山一郎，自入侵中国以来，第一次败下阵来，他把翻译官黄瓜条叫到面前，正反抽了八个大嘴巴子，这黄瓜条被打得鼻青脸肿。小山一郎指着黄瓜条的鼻子大声训斥道："八嘎，你的大大的坏，情报的不准确，打枪的，什么的干活，皇军大大的伤亡，你的负责，死啦死啦的有！"气急败坏的小山一郎抽出指挥刀，吓得黄瓜条急忙解释："报告太君，前两天我带人前来侦察，确实没有发现军队，就石河镇北洼几个土匪，听说皇军要来，早都吓跑了。我用望远镜看了下，阻击我们的人，不是正规军，他们都没有穿任何军装，只是头上戴一顶'毡帽头'，肯定是训练有素的民团。"这小山一郎刚才也从枪声中听出来了，只不过是朝黄瓜条泄泄愤而已。小山一郎说："这次的损失，你的责任，下次再犯，死啦死啦的有。"黄瓜条感激小山一郎的不杀之恩，连忙点头说道："下次不敢，下次不敢。”边说边退到一旁。小山一郎命令报务员，向司令部发报，快速派兵增援。

此时已到中午时分，听说村中的土炮队打了胜仗，打跑了鬼子，全镇的老少爷们非常高兴，一传十，十传百，奔走相告。商会会长张玉敬积极组织各商号，把拿手的吃食送到镇南的阻击阵地，福盛馆的葱花油饼、老万家的菊花顶羊肉包子、全香楼的烧鸡、天乐堂的芝麻烧饼、北厚记的大块烧牛肉等，汇聚了古镇上的各种名吃，还有老张家的玉食牌芝麻白酒，更是为阻击鬼子的勇士们壮起了英雄虎胆。

刚吃过午饭不久，鬼子援兵到了，开始组织反击。前来增援的鬼子，带来两门火炮，在郑家松树园子架好后，向土炮队阵地发起炮击。战斗打得非常残酷。鬼子两门火炮，发射的炮弹在我土炮队阵地和周边连续爆炸，弹片击中了多名队员，队员碌碡头部中弹，疼得连声叫喊。清河一边用白布条给碌碡包扎一边说：“碌碡，坚持住！好兄弟，坚持住！”碌碡用手捂着伤口，鲜血从他的手缝不断向外渗出，染红了他的毛蓝色粗布棉袄，他用低微的声音断断续续地说：“清河哥……头很疼……清河哥，俺想俺娘了。”清河说：“碌碡，放心，我会照顾好你娘的。”碌碡的脸上露出了一丝笑容，然后头歪在了清河的怀里，闭上了双眼。

近一个时辰的炮击，造成我土炮队大量人员伤亡，还有一发炮弹击中娘娘庙，正殿受损。就在此时，鬼子的一门火炮突然炸了膛，自伤三名鬼子。鬼子随之停止了炮击，然后组织援军对我土炮队发起轮番攻击，我土炮队打退了敌人一次又一次的进攻。战斗中，碌碡等十六名土炮队队员不幸牺牲，二十多人负伤，在这紧急关头，万清河从身上抽出大刀片，怒骂一声：“小鬼子，日你娘！”然后对着土炮队队员高声大喊：“兄弟们，如果今天想活命，等一会儿鬼子再上来，就跟着我冲出去，用手中的刀狠狠地和鬼子拼，只有勇敢，只有不怕死，杀了这些狗日的，我们才能活下来！”土炮队的队员们受到了很大的鼓舞，面对强敌，丝毫没有畏惧，准备冲出壕沟与鬼子厮杀。就在此时，地瓜娃冲着万清河大声喊道：“清河哥你看，你快看谁来了？”伴随着话音，只见二十多个身影出现在壕沟中，并迅速以一字战斗队形进入阵地。地瓜娃指的这个人，身高一米七八，肩膀宽阔，身板结实，乌黑茂密的头发，国字脸，一双大眼睛，浓密的眉毛向上扬起，鼻梁高挺，蓝色的军装，整齐的武装带，显出英姿勃勃的风采。带头的不是别人，正是和万清河从小一起长大的本镇人张士德。张士德的出现，无疑让万清河及土炮队队员心中燃起了希望。虽然万清河不知道张士德带来的是什么队伍，但有了这支队伍的加入，万清河身上的压力大减。

万清河冲着张士德说道：“士德哥，你不是在济南教学吗？怎么和当兵的混在一块了？”张士德说道：“清河，这事儿以后慢慢再说。”士德话音刚落，万清河冲着士德说：“哥，这里危险，你快走，别管我们，今天和这些狗日的小鬼子拼了，他娘的，就是死也得多弄死他们几个。”士德说：“现在是敌众我寡、兵力悬殊，不能和鬼子硬拼，硬拼会造成土炮队全体覆没，在这生死关头，你必须马上随我撤出阵地，这也是张会长的指示。”他说完随即掏出商会的虎头调兵令牌。看到令牌，清河已知是商会的决定，向土炮队队员大声喊道：“兄弟们，我们回镇。”此时和张士德一起过来的八路军排长王永志说道：“士德同志，你带乡亲和队员们快走，阻击任务保证完成，请你放心。”张士德和万清河带领土炮队全体队员撤出壕沟。

土炮队队员撤出阵地后，王永志排长带领全排战士在壕沟阵地连番苦战，每个战士想到的都是在牺牲前多杀几个鬼子，战斗意志非常坚定。因敌人改变战术，对王排长他们实施了包围，敌我力量又悬殊极大，在弹尽粮绝、突围无望的情况下，王排长率领全排战士与鬼子进行了白刃战，拼到最后一刻，没有人撤退，全部壮烈牺牲。

二

张士德出生在小清河畔石河镇，和万清河及多数土炮队队员是一起长大的发小，是现任石河镇商会会长张玉敬的亲侄子，因张士德父母早亡，是大伯供其上学读书。张士德在省立第十中（青州一中）读书时，就积极参加学运活动，并加入中国共产主义青年团，后升入省立一中去济南读书时，张士德又参加了学校进步组织读书会。在读书会，他阅读了大量进步书刊，受到共产主义思想的影响，认识到，要使民族富强，贫穷大众翻身解放，只有在共产党的领导下，推翻旧制度，才可建立一个崭新的新中国。张士德受到很大的鼓舞，在校期间秘密加入中国共产党，成为当时学校学生运动的骨干。毕业后受党组织的安排留在本校任教，从事学运工作，由一位救国救民的热血青年，成长为一名无产阶级先锋战士。

后来，受中共山东省委的派遣，三十二岁的张士德辞去省立一中教师工作，来到清北根据地，担任特委政治宣传部部长一职。

腊月二十五的凌晨，张士德刚想起床，听到特委书记于春成警卫员的敲门声："张部长、张部长，于书记让你去一下，有重要的事商量。"张士德回道："好，我马上到。"说完起身随着警卫员小李一起来到于春成的办公室。张士德进门一看，武装部部长刘书杰、指导员孟勇胜和特务营营长万成礼早已在此等候，在门口左边站着已经全副武装的特务排长王永志。张士德坐下后，特委书记于春成说道："刚刚接到内线传来的情报，今天日本鬼子的一个小队和伪军警备队要攻占小清河畔的石河镇。石河镇商会会长张玉敬已经带领商会和土炮队积极备战，准备阻挡鬼子进镇，虽然土炮队组建年代久远，但没有打大仗的战斗经验，再加上这次他们面对的是日本正规军和先进的武器，一旦交火，土炮队会造成很大的伤亡，后果堪忧。刚才我和书杰、勇胜商议了一下，派你前去说服张玉敬会长，让土炮队暂且转移，保存实力，从长计议。”孟勇胜说：“士德同志，决定派你去执行这项任务，是考虑到你是石河镇人，张会长又是你的大伯，以便行事。把石河镇土炮队这支抗日力量争取过来，最好是安全地把他们带到根据地来，让他们接受一段时间的正规军事训练，以便更好地在战场上打击日军，这更符合我党的政策，团结一切进步力量，团结一切真心抗战的人。”

于春成说道：“自抗战以来，张玉敬会长积极参加抗日救国工作，为我们根据地提供了很多方便，上次我去石河镇码头带回来的跌打损伤膏药，就是张会长帮的忙。我化装成商人和张会长见过几次面，他虽然年高，但颇有侠客之风，为人耿直，正义感很强，具有强烈的爱国之心，并且仗义疏财，交友广泛，很受镇上人的尊重。士德，我已给张会长写好一封书信，你交给张会长，并代我向他问好。”说完于春成把信交给士德。刘书杰部长站起来说：“士德同志，我已选派特务排的王排长协助你一起去执行这次任务。”然后转身对王排长说道：“永志，这次任务非常艰巨，你们可能要和日军正面作战，我已从营部抽调一名机枪手配合你排行动。要服从张部长指挥，配合张部长顺利完成这次任务。”王永志说：“请首长放心，保证完成任务。”一切安排妥当，张士德带领全排战士奔石河镇而去。

石河镇河口码头，商会的人在一边备船一边准备撤退后需要的物资。商会会长张玉敬站在码头的货台上，正在思索如何把土炮队从壕沟阵地上撤下来。此时，管家田金锁从河边气喘吁吁地跑过来说道：“老爷，大少爷回来了，还带着兵。”说完用手一指小清河的北岸。

张玉敬转身往对岸一看，只见士德带领几十个全副武装的士兵正在过河，张玉敬在金锁的搀扶下往河边走去。

不一会儿，张士德和同志们分别乘坐四条木船，渡过小清河来到岸边。张士德冲着岸上大声呼喊道：“大伯……”还没等士德继续往下说，张玉敬赶忙打断士德的话，说：“士德，你怎么来了？”张玉敬瞧了一眼战士们的武装和打扮，心里已经明白了八九。这时，商会的几个主要成员，花园楼的老板吴洪英、全香楼掌柜吴继公、明福繁的老板张建训、富来聚掌柜张思让等人也围了过来。士德和长辈们一一握手问好后，赶忙对张玉敬说：“大伯，我这次是奉清北特委于书记的指示，前来协助商会打击日本侵略者的，并代表于书记向你问好。”说完从上衣口袋中掏出于春成的信交给张玉敬。张玉敬看完于春成的来信，然后和商会在场的几人商量了一下，他们一一点头表示同意。张玉敬转身对士德说：“士德，在这紧急关头，于书记既然派你来，自有道理，现在我不知道你怎么当的兵，但我知道你会把事情做好。打仗的事儿，一切听你的安排。”说完赶忙从衣带上摘下黄铜虎头令牌交给士德。

士德说：“好，感谢各位长辈的信任。大伯，你们继续按原计划安排转移西湖，我带队前去接应清河撤出阵地，转移到根据地保存有生力量，以后再战。”然后对王永志说：“王排长，咱们去镇南战场。”王永志大声对战士们说：“同志们，跟张部长进入战斗。”这才出现了上面的一幕：张士德赶到壕沟阵地，劝说万清河暂且撤出，后渡过小清河北上来到清北根据地。

三

王排长及全排战士的英勇阻击，给土炮队转移赢得了时间，张士德和万清河带领土炮队快速来到小清河边。今年是年前打春，河面的冰早已解冻，河边并排着十几条木船，商会会长张玉敬等人等候在此。

看到张士德和万清河领着土炮队队员到来，商会会长张玉敬赶忙迎向前去，说道："士德，按你的吩咐，船和吃的都准备好了，西湖里边的事，一切安排妥当。"士德看了一眼小清河中的船只，对张会长说："大伯，你带受伤的队员们坐船先走，我和清河断后，然后去清北根据地。"临行前，张会长告诉清河："清河，你安心跟士德走吧，家中的事不要挂念，有我们呢。"清河说："我这一走也不知什么时候才可以回来，你一定要保护好受伤的人，照顾好他们的家人，叔，拜托你了。"张会长说："放心吧大侄子，我会照顾好他们，商会的人和街坊们也都会照顾他们的。"伤员们在商会众人的照顾下分别上船，张会长带领船队顺小清河逆水向上，进入石河镇西边的清水湖暂且隐蔽。

张士德和万清河带领土炮队队员刚想上船，听到从岸上传来一个年轻女人的阵阵呼叫："清河哥、清河哥，等一下。"万清河回头一看，是刘铁匠的女儿冬梅，手中提一个布袋边喊边跑了过来。万清河跳下船迎上冬梅："梅子，你怎么来了？鬼子马上就要进镇了，快回去和你爹到西湖去躲一躲。"冬梅说："清河哥，爹和乡亲们已经在村西湖口的船上了，这是给你做好的鞋子，你带上。"冬梅眼中含着泪水把手中的布袋递给万清河，然后迅速转身离开。望着冬梅远去的背影，万清河高声喊道："梅子，放心，告诉你爹和乡亲们，我们很快就会回来的。"

张士德、万清河率领土炮队渡过小清河向清北方向转移……

恼羞成怒的鬼子，进入石河镇开始了疯狂的报复。

鬼子进村后，指挥官小山一郎下令搜捕抵抗的抗日军民，惨无人道的鬼子端着上了刺刀的枪在大街上像恶狼一样叽里呱啦，他们闯入民宅，翻箱倒柜，掠夺财物，见人就杀。一个鬼子兵端着刺刀，野兽般地冲到村民吴明亮家大门前，口中用日语大叫"开门、开门"，吴明亮开门后刚想说点什么，气急败坏的鬼子朝他的腹部连刺数刀，当场死亡。有三个鬼子窜到王娃家，看到村民王娃头戴一顶"毡帽头"，认为是壕沟抵抗人员，三个鬼子同时开枪，王娃身中数弹身亡。鬼子又将王娃媳妇拖到街上用刺刀刺她，王娃媳妇本能地用双手抓住刺刀，手掌被割裂，腹部被刺穿。村民许来福也因头戴"毡帽头"被鬼子捆绑在树上，残忍杀害。豆腐坊的王怀理正从小清河里挑水回来，在镇北的湾涯被鬼子遇上，两个鬼子端起刺刀朝他的腹部猛捅数刀，王怀理肠子淌出，当场死亡。在鬼子刺刀的威逼下，村民被赶出家中，集中在小清河的河滩上，河滩四周架起机枪，翻译官黄瓜条面向手无寸铁的村民大声号叫："太君来这里是为了大东亚共荣，只要你们说出壕沟抵抗人员的去向，伤员藏在什么地方，皇军大大的有赏。"然而没有人说话，过了一会儿还是没人说话。鬼子小山一郎气急了，从人群中拉出一名叫吴用顺的村民，朝他的胸部连射数枪，吴用顺被活活射杀。小山一郎冲着人群大声说道："不说出抵抗人员在哪儿，统统死啦死啦的。"就在此时，人群中一位叫万清明的青年挺身而出，面对凶残的鬼子说道："不要伤害妇女和孩子们，你们这些强盗！”他大义凛然，振臂高呼：“打倒日本帝国主义，坚决不做亡国奴！”鬼子当场举刀向他捅去，万清明随即倒下。接下来又有六名村民被捆绑双手抛入小清河中。日本鬼子的野蛮暴行，令人发指。

此时民众涌动，小山一郎下令准备机枪射击。看到此景，翻译官黄瓜条赶忙走到小山一郎面前，用日语说道：“太君，行前木村长官曾提醒过，占领石河镇河口后，还需用‘以华制华、以战养战’的手段来维护帝国的在华利益。”小山一郎听后用手示意机枪停止射击，然后命令所有鬼子抢占石河镇河口，封锁小清河这一战略交通要道。

鬼子暴行过后，石河镇大街从南到北，横七竖八，躺着血淋淋的尸体和无数受伤的村民，到处是一洼洼、一摊摊的鲜血，冬天厚厚的雪地上，血水和雪水混在一起，变成了红色，空气中充满了血腥味。失去父亲的孩子可怜，失去丈夫的媳妇无助，失去儿子的老人痛心，村民们放声大哭，惊天动地。

鬼子还把村内的牲畜和粮食洗劫一空，放火烧毁民房数间，村中浓烟滚滚，火光冲天，害得村民家破人亡，许多人无家可归。

鬼子为了长驻石河镇这个交通咽喉要道，在河口修建炮楼，开始了对小清河沿岸的封锁。

第二章
土炮队转移根据地

张士德和万清河带领土炮队九十多人的队伍，渡过小清河，越过雒家洼荒野，一路朝东北方向走去。

张士德和万清河并肩走在队伍的前头，边走边聊。清河说："士德哥，你不是在济南教学吗？咋就带兵回镇子了？那些人是谁的兵？咋那么听你的话？就说咱俩吧，打小不管干什么事，你咋说，我们就咋做，是听习惯了吧，可那些当兵的，又不是我们一起玩大的伙伴，咋就那么听？"士德回道："他们是共产党的兵，是听党的话，虽然和我们不是一起长大玩大的伙伴，可我们是战友，也是和你一样的好兄弟。"清河问道："士德哥，共产党是干什么的呢？"士德说："共产党不是指一个人，它是在毛主席领导下争取工农自己当家做主的一个组织，唤起劳苦大众，同压迫者、同日本鬼子作斗争。"清河又问道："士德哥，共产党这么好，咱这是去找它吗？上哪儿找共产党啊？"士德笑着回道："今天我带你们去一个地方，那里有很多有志青年，他们舍家为民，个个怀着强烈的爱国热情，投入到反对日本鬼子侵略，反对国民党政府投降的斗争中。”清河又说道：“士德哥，今天咱也打日本鬼子了，也算进步青年吧？”这时，地瓜娃插嘴说道：“士德哥，今天我们不光进步，还跑步来呢，也叫跑步青年吧？”清河对着地瓜娃说：“什么跑步，这进步和跑步它不是一回事儿，听不懂你别打岔子啊。”地瓜娃伸了一下舌头，退到了队伍中去。士德说：“共产党人争取一切可以争取的进步力量，引导他们走上革命的道路。今天掩护我们安全撤出阵地的王排长和战士们，都是那里的共产党，今晚咱们的目的地就是那里。”

张士德说的这个地方，在小清河以北，距石河镇七十多公里，人烟稀少，地域广阔，到处是茅草、芦苇，红荆林丛生，交通十分不便。因位置偏僻，抗日战争时期，这里成了整个清北抗日根据地的政治、经济中心，清河特委的机关都设在这里。

土炮队队员在夜色中继续向前走，万清河问道：“士德哥，你在大城市济南教书，咋就认识这几百里外荒洼里的共产党了呢？”士德将自己的经历一一说给清河。

走了一夜的路，到达沙头营时，东边天空呈鱼肚白色，黎明的曙光揭去夜幕的黑纱，吐出一抹朱红色的晨光。按照特委安排，主管后勤的李长伟部长带一班人，早已在营地门口等候，张士德给万清河和李长伟介绍后，两人亲切握手相互问好。士德又向万清河交代了几句，然后让李部长带领全体队员们先去营房内吃饭、休息。而他自己则顾不得休息，急忙到特委书记于春成的办公室去汇报执行这次任务的情况。

张士德来到特委书记于春成住的院子。刚进门，警卫员小李在门口对他说：“张部长好，你来了，于书记在等你。”于春成在屋中听到小李说话，急忙迎出门口说：“士德，辛苦了，快进屋。”进得屋中，张士德坐下后，于春成递给他一杯水。士德喝了几口，用手一抹嘴唇说：“于书记，土炮队安全带回来了，商会及多数乡亲转移了，可王排长他们为掩护土炮队转移，因寡不敌众壮烈牺牲了。”

于春成说：“王永志同志的牺牲，是为了保护抗日力量，全排战士舍生忘死，才为土炮队安全转移创造了条件，赢得了时间，他们英勇的表现和抗击日寇牺牲的壮举，会被石河镇人民永远铭记的。”

第二天上午，在特委武装部长刘书杰的主持下，召开了追悼会，土炮队全体人员同时参加，于春成亲自到会，张士德致了悼词。会上，于春成高度评价了王永志排长及全排战士勇敢抗战血战到底的英雄气概，并号召根据地全体人员，以英雄为榜样，向他们忠于革命、忠于人民、忠于党的事业的献身精神学习。

会后，张士德和于春成书记来到营区，看望了万清河及土炮队的全体人员。于春成书记首先表扬了土炮队队员在石河镇商会和万清河的带领下，抗击日寇侵略的英勇事迹和爱国精神，然后向他们讲了现在抗日的形势，特别提到国家兴亡、匹夫有责及小清河畔的人民更要有民族气节等。

为了把这支抗日的有生力量早日改变成懂战术、会打仗、有抵抗外来侵略能力、为共产主义而奋斗的革命队伍，张士德制定了下一步学习和练兵的目标。针对土炮队队员普遍文化低的情况，张士德首先从思想工作入手，对土炮队队员进行无产阶级思想教育，帮助他们明白为谁杀敌，为谁献身的道理。

在接下来的几天学习中，张士德向土炮队队员讲了关于中国革命、关于反对日本侵略及抗日民族统一战线问题，讲了关于武装自己、参军参战、军事练兵、民主思想、民族气节、三大纪律八项注意等。抗日思想宣传教育工作，增强了土炮队队员与敌斗争的意志，激发了全体队员学习、练兵的热情，使队员们树立了民族至上、国家至上、把日本鬼子赶出中国去、不做亡国奴、争当一名好战士的爱国思想。土炮队在根据地一边学习一边进行军事训练。在军事训练中，张士德对队员们严格要求，把土炮队的人员分为两个组，安排八路军两位教官负责训练，让他们个个苦练杀敌本领，提高作战能力。这天，张士德和万清河交代了一下工作，就去特委开会。

土炮队一组练习拼刺刀（木制的训练枪）。荣坤和荣臣是第一场。荣坤高大壮实，浑身是劲，看到荣臣一个突刺冲着自己肚子刺来，便用手中的木枪向外一拨，大声叫道："一边去吧你。"荣臣随即感到双手发麻，虎口都震裂了，手中的木枪脱手飞了出去。但荣臣此时并不惊慌，说道："你这小子，还来真的呢。"荣坤暂且得胜，高兴地说："这下完了吧，还拼刺刀呢，枪都没了，你用手当刀吧。"荣臣说："当就当，来来来，有能耐你再刺过来。"荣坤说："看刺。"一枪过来。只见荣臣灵活闪过，往左一躲，顺势抓住荣坤的木枪，一个飞脚踢到荣坤的手腕上，趁荣坤疼痛时，猛地一下将他手中的木枪夺了过来，然后起身跳跃，一头撞在荣坤的肚子上，荣坤噔噔噔往后倒退了几步，摔了个屁股蹲儿。

围观的队员一阵大笑。荣坤站起身红着脸说："看你年龄小，让你这一次啊！"

此时，二组那边正在练习投弹（教练弹）。听到银锁教训铁锁说："你怎么扔的手榴弹？训练前不是告诉过你要领吗？硬是把方向给弄反了。你转什么圈啊你？！"铁锁说："哥，我一扔东西就习惯转身子，光认为是在小清河里打水漂啦，我下次一定改。"地瓜娃接着说："看你把清河哥的脚砸的。"清河赶忙说："没事儿，没事儿，铁锁这是用力过猛，一不小心造成的。"然后抬头对铁锁说道："铁锁的劲儿还真是大，这要是扔出去啊，保证八十米开外呀！"众人正在说笑，只见教官刘宝安领着特务营的卫生员赶来。卫生员一看坐在地上的万清河满鞋是血，迅速从药箱中取出药水和包扎工具，并告诉万清河：“脚伤需要马上消毒包扎，以免伤口感染，把鞋子脱下来。”万清河一听，抬头一看，原来这卫生员是一个留着短发的姑娘，只见她身穿一身蓝色的军装，微带小麦色的皮肤看起来是那么健康，那双眼睛大而有神，似乎眸子里有水波荡漾。万清河赶忙说道：“我是汗脚，跑了一上午出汗了，脚很臭，还是让他们把我扶回去，自己包扎一下就行。”卫生员说：“救死扶伤是我的职责，作为伤员必须按我说的去做。”然后一边给万清河脱鞋子，一边半开玩笑地说：“臭什么臭啊？我看是你脾气臭，这么大的人还没上战场就弄成这样，以后要小心点啊！”万清河刚想开口说点什么，还没有出音，只听卫生员说道：“忍着点儿啊，会很疼。”此时，队员们个个朝万清河伸着舌头，做着鬼脸儿，地瓜娃对着万清河说：“这回真听话。”弄得万清河一脸尴尬。

不一会儿工夫，包扎完毕，卫生员把工具收拾好，冲着万清河说道：“好啦，回去注意不要活动，保持伤口处清洁卫生，明天下午换药。我叫田玲，有事到营部卫生室找我。”然后起身走了。

这天，士德来到营地看望清河，刚进门，看到清河的脚走路不再一瘸一拐的，冲着清河说：“康复得很快，比我上次来时好多了。”清河说：“完全好啦，没伤着骨头好得快。”士德说：“那你先休息，我去训练场看看。”清河说：“我完全好了，这会儿也准备去训练场呢，走，咱俩一块儿去。”两人一边聊着这几天的工作一边往训练场走去。刚到训练场，就听到营部警卫员小李的喊叫声：“张部长！”他气喘吁吁地跑过来说：“报告张部长，敌人来了，于书记命令你和土炮队全体战士，快速到营地集合待命。”这时士德听到在沙头营的东南方向，已响起了隆隆的炮声和飞机投弹的爆炸声。等待土炮队的将是一场什么样的大战和恶战？

第三章

隐蔽清水湖

张玉敬带领商会众人乘船顺小清河水路逆水向上，行至十里开外，船队向左一拐，进入石河镇西边的清水湖。

清水湖是一个东西长四十公里、南北宽三十公里的天然淡水湖泊，在湖中心稍偏东边，有一方圆两公里不规则的凸起地带，形成了一个天然小岛。

光绪十七年（1891 年）小清河有一次改道，河道就是沿清水湖的北边穿湖而过，然后向东西延伸。改道后的小清河加宽加深，漕船运输日渐繁忙，因时有土匪抢劫商船，官府为保护漕运安全，打击小清河上的强盗，曾在湖中心的小岛上建有兵营，石河镇人称作西大营，并长年驻军，巡逻小清河。

清末民初，战乱四起，兵荒马乱，官府无力管控清水湖。在此之际，清水湖被张玉敬的祖父张天泰收在名下。

后张天泰为保护石河镇码头和自己的漕船运输畅通，组建了土炮队护航，土炮队也驻扎在这个湖心岛上。

再后来，张玉敬继承祖业，为了扩充提高土炮队的实力，在岛上建立了训练场，并聘请武术教头对土炮队队员进行训练，同时岛上常年留有二十多人，看护湖中的芦苇和保护岛上的财物安全。

张玉敬在岛上修建了制造土枪、土炮的作坊，并从济南运来一台德国造的老式手工旧车床，制造出可打制式子弹的单响短土枪（撅把子）。此枪携带方便，使用灵巧，射击命中率高。作坊还可仿造汉阳造和湖北条子、双管土枪、土炮（直径三十厘米的炸药抛射筒），并自己配制比黑火药威力更大的黄火药，用来制作土手榴弹和炸药。制作的各种枪械武器，装备土炮队，以便打击小清河上的土匪和保护石河镇码头的安全。

张玉敬带领船队来到湖心岛刚刚靠岸，早已等候在此的武术教头范向金等人赶忙迎上前来，把张玉敬搀扶到岸上。范向金冲着弟子刘铁蛋说："你快带领兄弟们把伤员抬到屋中。"此时张玉敬对范向金说："范师傅，我身体没有大碍，抢救伤员要紧。"然后转身问站在身旁的士安、士全："我让你们准备的药和酒都备好了吗？"两人赶忙回道："叔，放心，一切都准备好了。"张玉敬说："好，咱们一块儿去。"说完，张玉敬随众人一块儿来到东边的草房中。

张玉敬来到收治伤员的房中，顾不得休息，马上吩咐士安、士全把自家酒坊酿造的玉食牌六十五度芝麻香白酒开坛，给伤员们消毒处理伤口，然后涂抹上自家制作的消炎止疼草药，再用白布包扎。

张玉敬走到年龄最小的伤员吴柱子面前，说道："柱子，伤到哪里了？"柱子说："会长，搬炸药填炮膛，跑得太快了，一不小心跄倒啦，脚脖子扭伤啦。"张玉敬对范向金说："帮他把棉裤脱下来，我瞧一下。"范向金赶忙走到柱子面前，帮他脱下棉裤，张玉敬一看柱子的脚脖子已经肿胀起来，用手摸了一下，告诉柱子："还好，没有伤着骨头。"只见张玉敬用白酒在柱子的伤处擦洗了一下，用手法把扭伤处扶正，贴上膏药，并告诉柱子："近期不要剧烈运动，不要下地走路，叔给你贴上膏药，很快就会消肿，放心吧孩子，慢慢就会好起来的。"然后去医治其他伤员。

一切安排妥当后，张玉敬在金锁和范向金的陪同下回到岛上的临时住处。张玉敬告诉管家金锁："你去通知伙房安排一下，伤员们每天早上两个鸡蛋，中午晚上菜中加肉。"金锁回道："是，会长。"然后转身而去。张玉敬又问了一下岛上的防御情况，范向金一一做了回答。范向金告诉张玉敬说："会长，你先休息，我再去查查。"说完转身而去。

张玉敬坐在椅子上双目紧闭，陷入了深深的思索之中。

第四章

击毙伪县长

张士德和万清河带队来到集合地，特委领导于春成、高勇胜、万成礼等早已在此等候。

土炮队队员列队后，于春成走到队前，认真而严肃地说："同志们，考验我们的时刻来啦！这东南方的枪炮声，是小鬼子正在羊口一带火烧我们的村庄，杀害我们的父老乡亲、兄弟姐妹，抢劫我们的粮食和财产。鬼子的这次扫荡严重威胁我根据地的安全。为了狠狠打击鬼子的嚣张气焰，根据上级指示，配合好兄弟部队作战，我们必须打好打胜这一仗。"

刘书杰说："根据上级指示和特委安排，独立营已配合清东部队正面作战，土炮队由张士德和万清河带领伏击敌人。"

刘书杰说完后，万清河从背后抽出大刀，举过头顶，大声说："兄弟们！这是咱整编后的第一仗，现在我下令，在战场上只许进、不许退。兄弟们！有怕死不去的吗？"队员们齐声回道："没有。"万清河接着说："我们是小清河畔的种，为小清河畔的老少爷们而战，死也得把血流到这小清河平原上。兄弟们，是不是呀？”队员们回道：“是！是！是！”万清河举刀高呼：“灭了这些王八蛋！”土炮队队员也跟着齐声疯狂地高喊。这惊天动地的声音，充满了河畔汉子们那种憨厚的个性和对侵略者的愤恨。

为了在战斗中方便敌我识别，张士德让土炮队队员在左臂上系上一根白色的布条，然后带领土炮队向东南方向行进。他们从百户侯村渡过小清河，刚到对岸的海神庙附近，特委独立营通信员小李赶来，对张士德说：“报告张部长，鬼子在我清东部队和郊东八路军的打击下，已乘汽车往寿益、青昌县城方向溃撤，败退的广乐县伪保安队，正沿小清河边这条土路撤回县城，这次是伪县长郑子周亲自带队。特委命令你们，寻找有利战机歼灭这股伪军。”张士德回道：“好，你转告首长，保证完成任务。”

警卫员走后，张士德进行了实地侦察。这条通往广乐县城的道路从东蜿蜒而来，又折向南，穿过一条深沟而出，再往西延伸，向前十米左右，有两个废弃的土窑，公路从窑南边穿行而过。张士德对清河说：“清河，你看这两座土窑，是伏击敌人的极佳地点。”清河说：“这里地形有利，可埋伏在土窑内，居高临下消灭他们。”随后张士德确定部署，命令土炮队队员分成两队进入土窑埋伏。

安排就绪后，万清河派银锁和地瓜娃监视公路上来敌的动向，其他人严密隐蔽，做好战斗准备。没过多久，银锁和地瓜娃回来报告说，伪保安队一百二十多人，正沿路而来。

不一会儿，伪保安队沿着这条土路成两队行军，四个戴日本军帽的家伙，斜背着手枪，推着自行车，走在队伍的最前边儿，后边是身骑高头大马的伪县长郑子周。

当伪保安队进入伏击圈，战士们暗下决心，这会该看我们的啦！

就在这时，张士德举枪大喊一声："打！"土炮队队员闻声而动，所有的土枪、撅把子、步枪、手榴弹，一齐向伪保安队开火。张士德瞄准后，一发子弹击中推自行车伪军的脑门儿，只见这家伙红白的脑浆飞溅一地。万清河和队员们噼里啪啦的一阵子弹，把其他三个推自行车的打翻在地，吓得郑子周从马上摔了下来。

土炮队一排枪声过后，伪保安队队员血肉横飞，惊叫哀号，死伤一片。许多人还没有拉开枪栓，就被击毙倒地，剩下的人给镇住了，只有少数几个连滚带爬，窜到路边的沟里，胡乱开枪，负隅顽抗。这时，张士德举枪高喊："同志们冲啊！"土炮队队员边打边冲出土窑，同时向伪保安队喊话："缴枪不杀，优待俘虏！"没死的伪保安队队员，吓得把枪扔到路边，有的举手等待发落，还有的丢下武器拼命逃窜。顽固的伪县长郑子周躲藏在路边的红荆条后面，悄悄爬了起来，举枪向铜锁开枪，一枪打在铜锁的左膀子上。万清河看到后，像旋风一样地扑上去，照着郑子周的脖子手起刀落，只听郑子周"嗷"的一声，这个屠杀许多革命者的狗汉奸，被万清河一刀毙了命。

张士德指挥土炮队队员打扫战场。地瓜娃拿着一块怀表跑到万清河的面前说："清河哥，你看，怀表。"清河回头一看说："你咋认识这是怀表？"地瓜娃说："以前我见会长有一块，他告诉过我，说这个东西叫怀表。"清河问："哪儿弄的？"地瓜娃说："是从骑车的那个家伙身上找的，这个东西和太阳一样会转，记时辰的。"万清河朝地瓜娃儿竖了一下大拇指说："干得漂亮。"说完两人一块儿来到士德的面前。张士德高兴地对清河说道："这一仗打得真痛快。"清河说："还没有过足枪瘾呢，这些家伙就全躺在地上不动了。"这时银锁跑过来说："报告队长，一共打死了五十六人，生俘十三人，缴获步枪六十支，手枪四支，轻机枪一挺，子弹六百多发，手榴弹二百三十个。”张士德说：“好！你和队员们带上缴获的武器，准备撤离战场。”

俘虏的伪军，张士德对他们进行了简单的教育后，全部释放。

这次伏击战规模并不是很大，但战果颇丰，大大提高了土炮队队员的战斗士气。

张士德告诉万清河说：“我们回清北。”万清河大声说道：“兄弟们，回根据地啦！”

土炮队回到清北，用缴获的武器重新武装自己，战斗力大增。

根据战争形势的需要，清河特委对土炮队进行了新的改编，正式加入八路军序列，建立了“清河抗日大队”（简称“清抗队”），万清河任大队长，下辖三个小队，一小队由地瓜娃任队长，二小队由张荣臣任队长，三小队由田银锁任队长。

为了不断发展壮大这支抗日力量，特委决定派张士德任大队指导员，以便发展党员，建立支部，提高部队的战斗力，确保党对这支抗日队伍的绝对领导，使这支抗日武装不断壮大。

第五章
重返石河镇

一

伪县长郑子周被击毙后，驻扎在县城的鬼子大队长松山大为恼火，命令石河镇的鬼子队长小山一郎加紧对我清北根据地的报复行动，用烧光、杀光、抢光的“三光”政策残害百姓。鬼子和伪军频繁扫荡，制造了大范围的村庄惨案：“刘官庄子惨案”“大口庄惨案”“官庄惨案”“南营口惨案”等，造成小清河以北地区抗日形势逐渐恶化，根据地的面积、人口急剧减少。

为了打破敌人的围攻，巩固清北抗日根据地，打通和小清河以南地区八路军的联系，清河特委决定派张士德率领清抗队重返石河镇，广泛发动群众，进行游击战争，打击日寇的嚣张气焰，扩大抗日根据地，使小清河南、北抗日根据地连成一片，从而改变被动困难的局面。

张士德接受任务后，做了充分的准备，首先派清河和地瓜娃回了一趟石河镇，与张玉敬会长取得了联系，摸清了当前的敌情，并向特委书记于春成作了汇报。于春成听后说：“士德同志，你做得非常周到，这次派你回去，一来考虑到小部队作战灵活机动，二来是你们到达后，在张会长的帮助下，后勤补给有一定的保障，尤其是弹药方面的补给。还有一项重要的任务，就是在石河镇建立我们的秘密交通站，以便搜集敌人的情报，掌握战场主动权，狠狠打击日本侵略者。”最后，于春成告诉士德：“战场上子弹无眼，为了能让队员们负伤后得到及时治疗，特派独立营田玲医生随队，并兼任清抗队副队长。”士德起身敬礼，表示感谢。

一切准备就绪，张士德带领清抗队向石河镇进发。

根据事前计划，清抗队在傍晚到达石河镇，然后进入清水湖中心岛驻扎。队伍行进中，忽听前边的村庄传出一声枪响，随即从村的西、南、东三个方向，同时响起了密集的枪声，不一会儿整个村庄硝烟弥漫，浓烟滚滚，火光冲天，砸门声、喊声、骂声、爆炸声、大人小孩儿的哭叫声，连成一片。

张士德举手示意说：“同志们，停止前进，注意隐蔽，准备战斗。”队员们迅速在路旁的草丛中卧倒。清河说：“一定是扫荡的日伪，听这枪响的阵势，鬼子来的人不少。”张士德说：“让荣臣和地瓜娃去村边侦察一下。”清河说道：“娃子、荣臣，你俩到村里摸一下情况，快速回来报告。”两人应声而去。队员们听说要打仗，顿时忘记了行军的疲劳，个个摩拳擦掌，精神振奋，决心打好打胜这一仗。

发生战斗的这个村叫高家店子村，是根据地的一个抗日堡垒村，今天在这个村烧杀抢掠的是盘踞在石河镇的鬼子和伪保安中队、伪警备队。

伪保安队从东进的村，遭到了本村民兵的抵抗，民兵们趴在村中的屋顶上居高临下向敌人射击，击毙伪保安队多人。伪保安队长周玉安下令："给我向房顶上扔手榴弹。"伪保安队的手榴弹呼呼地朝房顶飞了过来，民兵高传胜口中说道："尝尝你高爷爷的厉害。"起身一个飞脚将手榴弹踢了回去，炸死三个伪军。伪保安队长周玉安偷偷地躲在墙角处，朝高传胜打了一个冷枪，子弹穿胸而过，高传胜壮烈牺牲。其他民兵迅速从屋顶跳入院中，边打边向村北撤退。

三十多个鬼子加伪警备队五十多人（伪警备队因穿黑色制服，老百姓叫他们"黑狗子"）在小山一郎的指挥下，从村西、村南攻入村内。伪警备队为首的这人，油光的大分头，贼眉鼠眼，满脸横肉，他就是干尽坏事、认贼作父、为虎作伥、卖国求荣的汉奸，黑狗子队长李黑七。只见他像疯狗一样嗷叫着说："发现可疑的土八路，统统杀掉，所有值钱的财物一律装车拉走。"他们在村中翻箱倒柜，牵牛拉马，遇人就杀、见物就抢。

满街都是向北逃命的人群，民兵因人员少，武器装备又差，加之缺乏统一的指挥，边打边随逃难的人群往村北撤。

狡猾的李黑七，早已将他的大刀队埋伏在村北门，逃难的人群刚到这里，这帮匪徒就挥舞着大刀，朝逃难的人群冲了过来。村中的民兵、青壮年和匪徒们搏斗在一起，愤怒的骂声，凄厉的喊声，在空中回荡……

就在此时，十多颗手榴弹在村东的伪保安队人群中爆炸，正在抢劫财物的十六七个伪保安队队员，被炸得血肉横飞，手榴弹爆炸的气浪，把周玉安掀了个趔趄。紧接着，从村东的房顶上"啪啪啪"响起一排枪声，五六个伪保安队员瞬间倒地毙命。队长周玉安刚抬头一看，一颗子弹朝他的头顶呼啸着飞来，他赶忙一歪头，子弹从他的耳朵上穿洞而过。这伪保安队长周玉安，以前干过人贩子，卖过烟土，当过土匪，是一个十足的兵油子，一看这打枪的阵势，就知道是训练过的队伍，赶忙向伪保安队队员喊道："弟兄们，八路来啦，赶快向皇军靠拢。"一边朝天开枪一边弓着腰撤退，带领保安队向鬼子那边跑去。

小山一郎看到狼狈不堪的周玉安和伪保安队，赶忙问道："什么的干活，哪里的枪声？"周玉安说："报告太君，是、是八路军的主力从东边打过来了，你看弟兄们伤亡惨重，八路的火力太猛了。"周玉安刚刚说完，就听从村北传来密集的枪声，李黑七和他的大刀队被打得拼命往回窜，紧接着是"哒哒哒"的机枪扫射声，"轰轰轰"手榴弹的爆炸声。特务队只剩下三个人跟随李黑七跑到小山一郎面前，李黑七说："太君，是八路的主力打过来了，你听是机枪声。"李黑七刚刚说完，嘹亮的冲锋号声伴随着喊杀声，从村北由远而近。小山一郎猝不及防，被两面的突然攻击打晕了头，颤抖的手拿起望远镜刚想往北边儿张望，准备组织反击，一排子弹"嗖嗖嗖"地打了过来，身边的鬼子和伪保安队队员，四脚朝天倒下六七个，吓得他额头和鼻子上都冒出了一层冷汗。再一看李黑七和周玉安，被打得狼狈不堪，士气低落，眼见局势急转直下，短时间内又无法通知增援的部队赶到，吓得他带领鬼子和伪军从村中仓皇逃跑。

这打跑鬼子和伪军的正是清抗队。刚才地瓜娃和荣臣侦察回来后，张士德做了战斗部署，对万清河说："清河，你带一小队，从村东方向打进村去，尽量歼灭敌人，如果敌人逃跑，不宜追击。"清河说："好，兄弟们走。"张士德率领二、三两个小队，从村北进攻，不到半个时辰，就把鬼子和伪军们打得仓皇逃跑。

战斗结束后，清抗队继续往石河镇而去。

二

傍晚时分，张士德和万清河率领部队来到小清河边，范向金等人早已在此等候，看到队员们，范向金迎上前去说："士德、清河，你们可回来了，会长在岛上等你们。"士德说："好。范师傅，辛苦你了。"伤好后的吴柱子跑到万清河面前说："清河哥，可把你们盼回来了，会长时常念叨你，你再不回来，我就去找你们了。"清河说："柱子，脚伤完全好了吗？"柱子说："完全好了，你看。"柱子说完，身子向前一个跳跃，"嗖"地一个翻蹦子打了过去。清河朝柱子一笑，竖起大拇指。队员们迅速上船，穿过小清河进入清水湖，来到湖心岛上。

队员们在范向金等人的引领下，进入早已准备好的营房休息。张士德和万清河来到张玉敬的房间，两人进得屋来，首先向张玉敬问好。张玉敬说："你俩还站着干什么，快坐下说话。"士德和清河坐下后，张玉敬说道："上次清河回来时，因为时间仓促，没有详细和他介绍石河镇的情况，商会基本处于瘫痪状态，自家生意业务上的事儿，主要由银锁在外面打点。"张玉敬端起茶杯，喝了一口水，继续说道："自从上次你俩撤离以后，石河镇的鬼子为保障前线的后勤补给，在他们的扶持下，成立了伪区政权，强制推行'治安强化'运动，推行保甲制，清查户口，让逃难的人相继回镇，帮他们修筑碉堡和公路及军事设施等。"清河问道："会长，伪区公所设在镇子上吗？伪区长是谁？"张玉敬说："伪区公所设在原老学堂中，鬼子来后又盖了十间房子，主要让孩子们学日语。伪区长由学堂的教书先生王建录担任。"

士德和清河又问了鬼子的情况和伪保安队、伪警备队的一些情况，然后和张玉敬告别，回到宿营地休息。

天明后，张士德组织召开了各小队长参加的会议，分析了当前的敌情，制定了下一步的行动计划，决定打击小清河上鬼子的运输船队，破坏鬼子的公路，袭击他们的运输车，剪断他们的电话通信设施，阻挠鬼子的清乡、扫荡，用实际行动支援根据地八路军总部的抗战。同时，进行锄奸行动，打击敌伪军的嚣张气焰。会后，清河带领各小队进行战前的准备工作。

士德找到田玲，两人一边在湖边散步一边讨论党员的发展和党支部的组建问题。士德把当前石河镇的对敌斗争情况做了说明，然后说："田玲同志，来时于春成书记让我们根据战争的需要，积极在队伍中发展党的有生力量，现阶段我们要把发展党员，建立党支部，作为对敌斗争的大事。"田玲说："对，我们要动员队伍中的积极分子，加入党的组织，壮大党的组织。"田玲继续说："为了揭露日本帝国主义的侵略罪行，我们还要在敌占区进行广泛的宣传，把爱国志士都团结起来，向农民宣传新思想，引导他们参加革命，并向他们传授文化知识，宣传共产主义真理，激发农民的斗争热情，打击敌人的嚣张气焰，为根据地不断发展和壮大创造条件。"士德说："好，改天我告诉张玉敬会长，让他设法帮我们买一台油印机，刻印宣传抗日的传单，让群众对八路军有初步的认识和了解，扩大我党的影响，粉碎敌人的'治安强化'运动。"

士德说："出发前，于春成书记向我详细介绍了你的情况，你是一个有理想、有抱负、有信念的热血青年，国难当头，为了捍卫民族尊严，实现自己的青春梦想，投身于革命的浪潮中，真是巾帼不让须眉。"

原来田玲出身于济南的一个医学世家，是一位在日本留过学的大家闺秀，就是这样一位出身名门知书达理的小姐，在全民族抗日战争的枪声打响后，她不留恋家中豪华舒适的花园洋楼，毅然参加抗日救亡运动，表现出了为祖国献身的英雄气节。

因抗战前线战事正紧，伤员无数，军医奇缺，她积极奔赴抗日前线，加入了抗战医疗队，投入到抗日救亡工作中，并在战斗中光荣地加入中国共产党，后被党组织安排来到清北抗日根据地工作。

得到士德的夸赞后，田玲微笑着向士德看了一眼说："还表扬我，你不也是一样吗？"这时地瓜娃和田铜锁迎面而来，打招呼走过后，只听地瓜娃说："铜锁，你看士德哥和田医生在谈恋爱呢。"铜锁歪着头回道："别瞎猜啊，什么谈恋爱！士德哥和田医生呵，就是老天爷安排好的一对，你我以后的嫂子。"士德听到后回头一看，和这两个小子迎了个正脸，刚想对他俩说点什么，俩小子朝士德做了一个鬼脸，撒腿跑了。士德对田玲说："我这些从小的玩伴，调皮得很，你别在意啊。"田玲笑着回道："你这些玩伴啊，确实调皮得很。"田玲说完，两人相对笑了起来。士德继续说道："出发时，特委还安排了一项重要的任务，让我们安顿好后，在石河镇设立一个秘密交通站，搜集敌人的情报，及时汇报给特委，以便掌握战场的主动权。这个交通站建成后，只有你我二人知道，严格保守组织秘密。现在我们两个分一下工，下一阶段你主要抓对敌斗争和党员的发展工作，我尽快把交通站组建起来，以便下一步摸准敌情，更好地和特委联系。"田玲说："好，我们分头去做。"

士德和田玲分手后，乘船离开湖心岛，前往石河镇为建立地下交通站做准备工作。

第六章
铲除汉奸伪队长

自鬼子占领石河镇，实行严密的军事统治后，不仅在小清河沿线建立据点，石河镇河口更是重兵把守，而且在日伪警备队长李黑七的操动下，伪区长王建录在各村组织建立了伪保甲制度，老百姓必须持有良民证。他们还在伪区公所、伪村公所和伪保安队、伪警备队之间通有电话，以便在紧急情况时进行联系。

为了尽快展开对敌斗争工作，摸清敌情，根据会议的安排，田玲和万清河两人决定化装到石河镇先侦察一下。

这天正是逢五排十的石河镇大集，每到这天，伪军们都会将扫荡抢来的物品纷纷拿到大集上去卖。两人决定就在大集这天到石河镇走一趟。

万清河扮成卖藕的老汉，田玲女扮男装，化装成万清河的小儿子，两人各挑一担藕向石河镇大集而去。

进入石河镇，各个路口盘查得很严，但万清河是本地人，地形熟悉，人际关系熟悉，伪警备队站岗的也查不出什么，一路上还算顺利。

进得镇来，万清河带领田玲进了方子门胡同，来到一户人家，清河轻轻拍门后向院里喊道：“叔、婶，开门啊！”只听从院中传出一老汉的声音：“谁呀？来啦来啦。”老汉来到门前，隔着门缝向外一看，一边开门一边口中说道：“清河，快进来，快进来。”清河和田玲进到院中，将藕放到影壁墙下，随着老汉来到房中。

进得屋来，老汉一边让座一边倒水，口中说道：“虽然你化了装，但我刚才从门缝里一眼就看出来是你。”清河说：“叔，我化得不像吗？”老汉哈哈一笑说：“很像，很像，但我从小看着你光着腚长大，你就是化得再像，我也认得出。”清河一伸大拇指说：“叔，还是你眼力好。”老汉回头冲着田玲问道：“这位小兄弟是？”清河赶忙介绍说：“这是我们副队长，叫田玲。”田玲向前一步握住老汉的手说：“叔，你好，我叫田玲，是清河的战友。”老汉忙说：“好，好，娃挑着担子，走了这么长的路，一定很累了，快坐下喝口水、喝口水。”清河说：“叔，婶和梅子呢？”老汉说：“两人赶集去了，说是去买点针线，可能一会儿就回来啦。”清河和田玲坐下后，一边喝水一边和老汉聊起镇子上的事。和万清河说话的不是别人，正是刘冬梅的父亲刘好福。刘好福是小清河畔有名的铁匠，他高高的个儿，虎背熊腰，国字方脸上被炉火灰和铁锤迸起的屑末积染得黝黑，用剃刀刮过的光头油亮亮的，一双炯炯有神的大眼睛，像打好的钢刀一样明亮。刘铁匠和万清河的父亲万东海是拜把的兄弟，刘铁匠的女儿刘冬梅和清河同岁，清河大冬梅十个月，两人从小一起玩到大，还定下了娃娃亲，两个家庭一直没断了来往。

自从这日本鬼子来了以后，到处烧杀抢掠，弄得人心惶惶，刘老汉再也无心赶集下乡耍手艺，整天在家里闷闷不乐。

三人正在屋里说得高兴，从院中传来一个女孩的叫声：“清河哥，我听到你的声音了。”女孩边叫边跑进屋来，看到化装后的清河先是一愣神儿，然后说道：“你跑哪儿了？这么长时间也没有音信，回到家还想打扮成这个样子躲着我？”刚想抬起手扯下他化装的长胡子，这时才发现旁边还有一个人，伸出去的手又缩了回来，然后朝清河做了一个鬼脸。

这时，刘婶也手拿刚买的针线进了屋，相互介绍认识后，清河说道：“叔、婶，我和田队长去大集转转，摸一下敌人活动的情况，顺便熟悉一下地形。”没等清河说完，冬梅跑向前去拉着清河的胳膊，打岔说道：“我也去清河哥，我也去，去买你最爱吃的冰糖葫芦。”清河看了一下田玲，笑着对冬梅说：“这次不行，梅子，哥去办正事儿，你在家等着，一会儿我们就回来，听话。”冬梅不高兴地说：“我不听，就和你一块去，你如果不带我，我就跟在你的后面跑，看你带不带我。”这时刘老汉走到冬梅面前，低声对她说了几句话，冬梅听后不情愿地点点头说道：“清河哥，你去吧，早点回来。”

万清河和田玲在石河镇大集上对敌情作了详细的侦察，告别刘老汉一家回到清水湖，把在镇上侦察到的敌情结合刘老汉提供的情况做了汇总，制定出一套完整的行动方案。

回到湖心岛，田玲和万清河分析后商量，决定先干掉伪警备队长李黑七。李黑七，鲁西人，经常为炮楼里的鬼子出谋献策，很得鬼子的赏识，自从来到石村河口驻扎，有了日本人撑腰，更加为虎作伥。这家伙经常带领鬼子上小清河北扫荡，到处抓捕我抗日军民，杀害我共产党员、干部、百姓，残害妇女。在石河镇大集上，明抢业主的各种商品，到镇上的酒楼饭馆白吃白喝，临走还要白拿。老百姓对李黑七深恶痛绝，万清河决定先除掉这个败类，为乡亲们报仇雪恨。

根据侦察发现，每到逢五排十的石河镇大集，李黑七就带着她的小老婆到酒楼吃喝玩乐。

这天正逢石河镇大集，万清河让荣臣带领十名队员化装成赶集的老百姓首先进镇，在镇北的仓门口两边埋伏，等大集上除奸的枪响后，见机行事。

十点后，只见李黑七和她的小老婆，外加两个伪警备员保镖，从河口的据点往大集上走来。李黑七头戴鬼子帽，迈着方步，口中哼着小曲边走边和小老婆调情打闹。李黑七的小老婆中等个，人称大槐花，口唇涂抹得鲜红，烫着卷发，脸上擦了一层厚厚的白粉，脚上穿着绣花鞋，身上穿着大红旗袍，手上还拿着一个日本东洋小皮包。

他们一行四人来到大集上，直奔花园楼。“哎呀，是李队长大驾光临，楼上请，楼上请。”店小二一见李黑七连忙笑眯眯地挥手招呼着。

店小二头前带路，李黑七一行四人来到二楼。李黑七和她的小老婆进了雅间，两个保镖在门口站岗。店小二倒上茶水后问道：“老总好，今天想吃什么？”李黑七品了一口茶，用眼瞄了一下店小二说：“告诉吴老板，来上六十个烧河蟹，两条鲤鱼，炒上一盘小河虾，弄上四条梭鱼，再来上一盆鸡蛋蛤蜊汤，外加十斤牛肉。对了，再打上二斤邱家白高粱酒，去准备吧。”店小二脸上带笑说：“好，好，这就去。”心里骂道：“白吃白拿的狗汉奸，撑死你。”说完退出房门。

这大槐花一看店小二出了门，便坐在李黑七的腿上，含情脉脉地瞟了李黑七一眼说：“今天要了这么多菜，不光为我吧，李队长是想带回些去孝敬皇军吧！”李黑七用手在大槐花的后腰上慢慢滑动，口中嘿嘿地一笑说：“知我者，槐花也。”不多会儿，店小二端上酒菜，两人边吃边打情骂俏。

万清河和地瓜娃、铜锁等扮作赶集的人，夹杂在密集的人群中。只见万清河头戴毡帽，身上披搭着钱袋子，大步走在前面，后边跟着地瓜娃。地瓜娃今天剃了个明光锃亮的大光头，上身穿着白粗布褂子，一条大毛蓝布绳扎在腰间，还别了个黄铜嘴子的小烟袋，手里提着个棉槐条篮子。铜锁等队员装扮成地道的农民，只见铜锁手推木轮车，车上装有伪装好的麻袋，行走中轮子发出吱啦吱啦的响声。

李黑七酒足饭饱以后，带着大槐花和两个保镖，大摇大摆地从集上往回走，两个保镖各自提着一个食盒，里边盛着从花园楼白拿的美食佳肴，准备回去孝敬炮楼里的鬼子。他们刚走到仓门口南边，万清河瞅准时机，向队员们做了行动的手势，然后各自朝目标迎了上去。按事前的计划，两个保镖由铜锁和其他四名队员解决，万清河和地瓜娃除掉汉奸李黑七。当清河向李黑七靠近，准备动手时，这家伙看到万清河行走的步伐矫健，与老百姓有点区别，好像是嗅到了不祥之兆，转身想跑，被地瓜娃在后边儿截住。万清河飞身跟上，一把抓住他的脖子，像甩死狗一样摁倒在地，另一只手举起枪，对准他的后脑连开两枪，李黑七脑瓜迸裂，见了阎王爷。

两个汉奸保镖被眼前的一幕惊得还没有回过神来，就被铜锁等四名队员下了枪，两个保镖贼眼一转还想赤手反抗，铜锁等人同时来了个连射，两个保镖也命归西天。眼前发生的情况，把李黑七的小老婆吓得扑通一声倒在地上昏了过去。集上连续的枪声，惊动了炮楼里的鬼子，他们从炮楼顶部，用机枪向石河镇大街方向射击，并派出多名鬼子和伪军往大集上赶来。万清河举起手中的枪，向空中连放数枪，大声高呼："乡亲们，鬼子来集上抓人了，赶快跑啊！"人群立时骚乱起来，横冲直撞，万清河带领队员趁机从仓门口向西边清水湖撤退。

石河镇大集上，除掉伪警备队长李黑七和土炮队又回来的消息，一传十，十传百，迅速传遍小清河两岸，乡亲们终于又有了盼头，人人拍手称快。

第七章 巧取情报伏击日伪

一

为了完成行前于春成书记交给的任务，张士德独自一人乘船离开清水湖，来到石河镇，依靠大伯张玉敬的商界人脉关系，建立秘密联络站。

石河镇秘密交通站一切安排妥当，张士德回到清水湖，来到湖心岛上，召开三人会议，听取了田玲和万清河这段时间的工作和大集除奸的汇报后说："石河镇的这次除奸行动，做得非常漂亮，李黑七为虎作伥，罪大恶极，将这样的铁杆汉奸铲除，大快民心。我们要进一步扩大抗日宣传，以小清河畔为主要阵地，积极宣传党的抗战方针政策，开展各种形式的抗战宣传活动，广泛动员和依靠人民群众，投入到伟大的抗日救亡运动之中来。"士德说完，用手指了一下带回来的皮箱，告诉田玲："这里边装有一台油印机，是张会长托济南的朋友买的，印刷抗日传单的任务就交给你了。"

田玲打开箱子一看，不但有一台崭新的油印机，还有多张蜡纸和两支铁笔，高兴地说："有了这台油印机，为我党在小清河畔宣传党的抗日主张，揭露敌人阴谋，号召乡亲们拿起武器同侵略者斗争，赢得抗日战争的全面胜利，会起到积极的作用。"田玲刚说完，万清河凑了过来，往箱子里边一看，说道："田玲姐，你说得这么玄乎，士德哥带回来个什么武器呀？我怎么没有看到装子弹的地方呀？"士德插话："这个武器呀，要用纸弹，发射无声的炸弹，以后跟你田玲姐多学点啊！"清河摇了一下头，自言自语地说道："也没有看到发射的装置，有这么厉害吗？"他说完，告别士德和田玲前往岛上的训练场。

清河走后，士德将这段时间在石河镇的情况和田玲介绍了一下，两人便谈起了发展党员的事儿。士德说："土炮队这支民间抗日力量，通过在清北根据地的学习，队伍中有的同志逐步接受党的主张，在返回石河镇后的除奸行动中，表现勇敢，同时也提出了加入中国共产党的要求，因此我们必须将队员中的积极分子迅速转变为无产阶级的先锋战士。"田玲说："把骨干力量吸收到我们党的队伍中来，建立起我们坚强的党支部，让党的力量在小清河畔不断发展和壮大，为完成特委交给的各项战斗任务，起到坚强有力的组织保障。"经两人研究决定，首先吸收机警、灵活、作战勇敢的万清河、张荣臣、田铜锁、地瓜娃、王大树、李传连六名同志加入中国共产党。然后两人分别准备他们入党前的谈话工作。

晚饭后，士德找到清河，两人谈过入党的事情后，让他回石河镇做件重要的事，清河听后满口答应，高兴地接受了这项任务，连夜回镇。

清河回镇的三天后，是一个良辰吉日，正赶上石河镇大集。在镇北大街的东边，一家名为玉食村的酒店正式开业，酒店门面是一处坐东朝西的二层小楼，上下有十二个雅间，后边有一个小院，设有北房和东房，楼的上下包办酒席，也做散客生意，后院平房住宿。这家酒店的掌柜叫李荣生，五十多岁，是石河镇附近铁寨村同和顺老板李照亮的亲侄子，十八岁时被叔叔派去济南掌管本家生意，为了扩展业务特回家乡发展，在石河镇创办了这家玉食村酒店。

酒店红案大厨师是利城村的李先才，并雇用了两个小伙计干杂活，负责从小清河里挑水，打扫院子。

开业这天，同和顺老板李照亮和张玉敬共同参加了剪彩仪式，镇上永和堂老板郑洪礼，带领石河镇天丰、久丰、元丰、广丰、瑞丰、花园楼、全香楼、福聚和、大和永、天乐堂等字号的老板前来祝贺，乡绅名士齐来捧场。

正午吉时一到，张玉敬宣布开业活动正式开始。小伙计点燃了爆竹，一瞬间，脆耳的爆炸声响起，声声不断，浓烟四起，场面真是空前的火爆。各位在场的老板口中念叨着“开业大吉、生意兴隆、年年发财”。

大街东边酒店开业，街西边也没有闲着。顺着“叮当当、叮当当”的大小锤声望去，刘好福的铁匠铺也在大集这天重新开张，刘好福腰里系着围裙，左手执钳，右手抡小锤，侄子刘全抡大锤，叔侄俩抡锤击铁锻打节奏分明，叮叮当当，韵味十足。女儿冬梅拉得风箱呼呼生风，炉火熊熊燃烧，火苗往上直蹿。

街坊邻居都来凑热闹，谈论着打铁的技巧。看到老刘家铁匠铺围了一群人，这镇上的神算陈树广手拄拐棍儿走了过来，拨开人群来到中间冲着围观的众人说道：“听我说，听我说啊，这老刘家的打铁手艺在咱小清河边上，那是赫赫有名，祖祖辈辈围着铁匠炉子转，这本事就四个大字儿。”根豆一边插嘴说道：“树广，这打铁咋又和字掺和到一块了？这是卖力气的真功夫，不像你坐在树下喝茶、算卦、写字那么轻松。”还没等神算树广回答，车子说：“陈叔，你别理他，快说是哪四个字，大伙儿还等着听呢。”这神算树广用右手捋了一下山羊胡子说：“老刘家代代传承的手艺，那叫认铁识钢，俗话说的好哇，这打铁不识钢，就是‘一瓶子不满，半瓶子晃荡’的二、二……”神算树广想往下说，可一口浓痰顶到了喉咙眼儿上，咳嗽不止，是咋也说不出来。急得车子是一个劲儿地问。根豆忙说：“问什么问呀？一准是个二百五呗。”刚说完，根豆自己用手指加了一下说：“不对呵，二加二是四啊。”引得众人一阵哄笑。

万清河按士德的吩咐，把事办妥后，回到清水湖向士德做了详细汇报。

听完万清河的汇报，士德说：“看来刘叔一家对你是真亲，冬梅也很支持吧？”清河回道：“她敢不支持！”还没等清河说完，士德说：“哎、哎！可别那么自恋呵，人家冬梅听话，那是让着你，知足吧你。”清河听后，笑了起来。

二

听说镇上有新酒店开业，还来了个名厨掌勺，河口炮楼的日本翻译官黄瓜条和据点里新调来的伪警备队长王向奎（外号“王胡子”）来到玉食村蹭饭来了。

店小二连忙报了上来。听说是他们俩到来，掌柜李荣生赶紧下楼迎接，并不加思索地将二位请进了店内最好的一间雅座。黄瓜条和王向奎坐下后，李荣升上前笑脸问道：“两位老总，小店刚刚开业，希望常来，喜欢什么口味，我吩咐厨师马上去做。”说完递上菜谱，然后喊着店小二的名字说：“钟子，快去楼上拿我从济南带回来的好茶，给两位老总泡上，泡茶用小清河北边的水啊。”这钟子一听李荣升最后一句，心里立马清楚，连忙答应：“好嘞，马上到。”

点好的酒菜上齐，二人酒过三巡，便说起了第二天去清北根据地扫荡的事，只听王向奎压低了声音说道：“小山队长吩咐，明天让我们大队全部出动，骑兵班也参加。”翻译官黄瓜条回道：“因为皇军前线战势吃紧，急需大量的粮食和物资，住在县城的师团长要我们尽快办理。这次扫荡是博昌、广乐、寿益及小清河沿河各队联合行动，对粮食强征的同时，要对清北八路军来一个合围，明早天一亮准时出发。你我都知道小山一郎的凶狠，今天不能再喝了，免得明天早上耽误事。”说完两人起身回了河口据点。

黄瓜条和王向奎的谈话，被在隔壁的李荣生听得是一清二楚。李荣生今天给他俩安排好的雅座，装修时在隔墙上留了一个坎，前面用一幅画挡着，坎儿的上面，有一个直角形的通洞，用一根胶皮管子连通，巧妙设计安装了一个窃听机关，人在隔壁，对雅座这边的谈话能听得真真切切。

为了深入掌握敌情，传递情报，瓦解伪军，打破鬼子对小清河的封锁，这玉食村酒店，正是前些日子张士德在清河镇创建的秘密交通联络站，这大掌柜李荣生，是上级派到清河镇负责该站的领导人，小伙计钟子、拴柱是化名负责情报传递的八路军侦察战士。

在这紧急关头，李荣生为了将鬼子明天扫荡这一重要情报送到清北根据地，他吩咐情报员钟子，连夜游过小清河，一定要把情报安全送达。

李荣生想，此情报必须尽快送到清水湖上的清抗队。想到这里，他弯腰拿起床下两把不同样式的菜刀，拧开其中一把刀把上的一个机关，把一个纸条塞了进去，然后出门来到大街斜对过的老刘家铁匠铺。此时，刘铁匠刚刚收拾完一天来散落在地上的零星家伙什儿，准备上炕睡觉，忽然听到有人敲门儿，赶忙披上衣服走了出去，冲着外面说道："来啦来啦，你是谁呀？"李荣生说道："刘掌柜你好！我是斜对过酒店的老李呀，白天忙，没时间来，这不，想把菜刀擦深一下（淬火），你这儿有擦深的锅铁吗？"刘好福一听，边开门边说："我这里有灰口锅铁，没有白口锅铁。"李荣生接话说："好，那就灰口吧。"两人把接头暗号对准后，双双急忙进得屋来。李荣生把鬼子扫荡根据地的情况说了一下，便返回酒店。刘铁匠送走李荣生，按事先清河交代过的，从一把特制的刀把中取出情报，然后起身去告诉女儿冬梅："这是刚刚收到的情报，你赶快去湖心岛交给清河，按你清河哥说的接头地点，在湖边有条小船，路上要千万小心。"冬梅接过情报，转身往湖心岛而去。

三

刘冬梅赶到清水湖边，找到早已准备好的小木船，划桨来到湖心岛。

刘冬梅对清水湖和岛上的情况非常了解，鬼子来之前，土炮队的土枪制作基地就在岛上，冬梅经常跟随父亲来岛上为土炮队锻打土枪的零部件，这一住就是两个多月，空闲时间还和万清河一起在湖上捉鱼摸虾。大约两袋烟的工夫，冬梅将船靠岸，上岸刚走几步，只听路边的苇草中，有人喊道："站住，口令！"刘冬梅按清河吩咐过的口令回道："小巴狗儿，带铃铛，咯铃、咯铃到集上。"冬梅刚说完，就听到对方嘻嘻的笑声，然后说道："冬梅姐，可把你给盼来了，清河哥天天念叨你呢。"刘冬梅一听，是地瓜娃的声音，急忙一本正经地说道："娃子，别闹，快带我去见你清河哥，我有重要的事情和他说。"地瓜娃吩咐其他两名战士继续站岗放哨，自己头前带路，奔营地而来。

见到冬梅，万清河十分高兴，一边给她倒水一边问路上的情况，并用热水烫好毛巾，伸手给冬梅擦去脸上的汗水。这时冬梅把头一歪道："哥，我自己来。"地瓜娃看到眼前的一幕，学着冬梅的声音说道："哥，毛巾很热，我自己来哟！"清河看了地瓜娃一眼说道："你个臭小子，竟敢学你冬梅姐，看我怎么收拾你。"地瓜娃刚想往外跑，清河大声说道："站住，命令。"这时地瓜娃转过身来，一个立正。站在一边的冬梅，看到地瓜娃的表情，立刻笑了起来，对着地瓜娃说道："娃子，你咋这么听话了呀？小时候在河边挖菜，你自己光玩不挖，把清河哥挖的菜，都装到你的提篮里去，清河哥发现后你就跑。他高声大喊让你站住，你不但不站，反而一个猛子扎到小清河里去，今天你可跑哇！"地瓜娃用眼斜了一下冬梅，冲着万清河说道："报告队长，请指示。"万清河让地瓜娃迅速通知张士德和田玲到这里来，有重要事情商量。

不一会儿，士德和田玲先后来到，两人看到冬梅，相互握手问候，然后落座，万清河把冬梅送来的情报交给张士德。士德在油灯下把情报展开，看完后把内容详细告诉了清河和田玲，并表扬冬梅深夜传递情报"大胆、心细又勇敢"。士德说完后，田玲让地瓜娃带冬梅先去自己的房间休息。根据情报，三人共同研究布置明天的作战方案及其他工作，然后各自准备。

田玲回到住地，从随身的包裹中取出一块早已准备好的红布，这是她来清水湖之前，在清北根据地准备的一块党旗面料，因为当时走得急，没顾上绣旗上的图案，今晚她拿出来，想连夜赶制。

冬梅听到响声，从床上爬起来走到桌子前，看到田玲在一面红色的面布上画了几个图案，然后说道："田玲姐，你生活在大城市，也知道俺河沿上人家的东西呀！"冬梅指着图案说："这个铁锤我们家有，这个镰刀清河哥家有。"田玲告诉冬梅，这是一面党旗，所有的共产党员，在入党前必须面对党旗宣誓……

田玲拿出针线，两人边说边干，在黄色的针线下面，由铁锤、镰刀组成的图案，清晰、完整、醒目地出现在鲜艳的红布上。次日凌晨，士德、清河率领队伍提前到达伏击地点，控制了鬼子和伪军通往根据地扫荡的必经之路——雒家洼，并派侦察员在制高点监视南来的鬼子。

这雒家洼位于石河镇北五华里，当年是出了名的大荒洼，杂草遍野，芦苇茂密，乱树丛生，是打伏击的最佳战场。万清河对这一带的道路、河流、村庄地形了如指掌，他对战前各项事宜进行了精心准备，为打赢这一仗奠定了坚实的基础。

话说这鬼子十多人，伪军六十多人，加一个骑兵班，早上六点多从石河镇据点出发，骑兵走在前头，后边的伪军行军中，队不成队，行不成行，边走边嬉笑打闹，顺着大道向雒家洼开来，如入无人之境，骄横至极。当鬼子和伪军走入雒家洼伏击圈时，万清河发出战斗命令："兄弟们，狠狠地给我打，送他们回老家！"发出战斗命令的同时，万清河照准走在最前的伪骑兵班长就是一枪，将其击毙。战士们利用有利地形，扣动扳机构成交叉火力，将密集的子弹射向敌人，然后是地雷和手榴弹的一声声巨响，火光四射，鬼子和伪军突然遭到我军的猛烈袭击，惨叫声一片，大路上硝烟弥漫，人仰马翻，翻译官黄瓜条被炸去一条左胳膊，敌伪在伏击中被乱枪打死打伤多人。

就在此时，张士德看到一个倒下的鬼子，在地上像屎壳郎一样抱着一支狙击步枪，乱转着滚向路边的壕沟，紧接着一支枪管从路边的草丛中露了出来，上边还装有缠了很多灰色布条的瞄准镜。士德高声喊道："同志们，趴下，注意隐蔽，有个鬼子的狙击手，就在路西边壕沟的草丛里。"

地瓜娃也看到了刚才的一幕，只见他起身隐蔽前进，不一会儿就绕到这个狙击手的身后，接着从腰中摘下一颗手榴弹，一个猛劲朝狙击手扔了过去，口中说道："狗日的，上西天吧你！"只听一声巨响，鬼子狙击手见了阎王爷。

小山一郎命令部队向后撤退，休整好后，架好重机枪，向清河他们打伏击藏身的草丛开炮射击。打了一会儿，见对方毫无反应，小山一郎拔出指挥刀下令："土八路的，重武器的没有，杀！"他们前呼后拥，冲入刚才的芦苇草丛，不料触碰到清河他们设置的走线土枪（清抗队研究的一种土武器），后面的人还不知道怎么回事，走在前边的鬼子和警备队汉奸的脑袋已被打开了花。小山一郎见部队伤亡损失惨重，带领剩下的残兵败将仓皇逃回石河镇据点。

在与小山一郎火拼了一场后，士德和清河他们按计划完成了阻击任务，凭着对地形的熟悉，在芦苇草丛的掩护下，迅速进行了转移。

在返回清水湖的路上，清河向士德说道："士德哥，这鬼子的机枪打起来就是厉害，今天要不是他们有重武器，非灭了这群王八蛋不可，改天得从他们手里弄一挺机枪玩玩。"张士德说："面对当下我们武器装备不如敌军的情况，在战斗中看准时机，消灭敌人，缴获敌人更多的武器，武装我们自己，也是目前的一项重要任务。"士德刚说完，清河说："士德哥，以后有机会，你就瞧好吧。"众人边说边走，向清水湖而来。

队伍来到清水湖后，士德刚刚进入营房，田玲走了进来，告诉士德："张部长，清河交通站送来特委的指示，于书记让我们尽快完成这些任务。"

要知士德接到特委什么指示，下回再表。

第八章
小清河上侦察敌情

一

张士德从田玲手中接过于春成书记的信件，展开详细看了一遍，用洋火将信件点燃销毁，然后告诉田玲和清河说："于书记信中告诉我们，由于敌人对我清北根据地实施的军事围剿和经济封锁，现在根据地急需粮食和药品，命令我们清抗队，克服困难，务必从敌人手中搞到急需物资，解决根据地的燃眉之急。"士德说完于春成书记的指示后，告诉清河："清河，你去通知各小队长，到这里开会，传达特委的指示，研究下一步的作战方案。"清河说："好，我马上去。"

清河走后，田玲把几份入党申请书交给士德，说道："这些同志，经过几次和敌人的战斗，为了革命事业，浴血奋战，不怕牺牲，表现了共产党员冲锋在前的革命精神，他们决心加入中国共产党，成为一名光荣的共产党员，将自己的生命献给党的事业。这是他们让我代写的入党申请书。"

张士德从田玲手中接过申请书，仔细看了一遍，点头同意，并和田玲商议，等开完会后，进行入党人员的宣誓仪式。

不一会儿，各小队长到齐，张士德传达了特委对敌斗争的指示精神和工作要求，接着说道："我们要把清水湖建成清河平原对敌斗争的桥头堡，要把根据地急需的战略物资，粮食、药品、弹药和做手榴弹用的钢铁，从鬼子手中夺过来，配合清北根据地作战，沉重打击日本帝国主义在小清河畔的统治，打破敌人对根据地的经济封锁。"士德说完，田玲做了发言。她说："我们重返小清河畔，特委给予了很大的支持和希望，下一步我们要把宣传党的抗日主张，重点放到石河镇及小清河两岸的其他村庄，组织群众贴标语，散发抗日宣传单，发动和依靠人民群众，武装和组织民众，抗日锄奸，进行游击战争，全面完成清北特委交给的任务，扩大抗日根据地。"

田玲话音刚落，清河站起身来说道："自从小鬼子来了以后，经常从炮楼里出来残害糟蹋老百姓，如果不亲手收拾他们，那我们就是白喝小清河水长大的。兄弟们从小在小清河边讨生活，一个个练就了一身水上本事，在小清河上和鬼子们打，那才叫过瘾。"清河说完，各小队长争抢着发言，下决心，找方法，士德用笔一一记下。

经过细心分析研究，决定由清河带队，化装成船工和纤夫，摸清鬼子船队的活动规律、运输计划等；士德负责将清水湖上现有的伤湿止痛膏药和跌打损伤膏药送往根据地；田玲负责抗日传单的编排和印刷，然后散发到石河镇及小清河畔的其他村庄。

散会后，田玲主持了队员入党仪式，万清河、张荣臣、田铜锁、地瓜娃、王大树、李传连等十名队员在张士德的带领下，面对党旗，举起右手，进行了庄严的入党宣誓。

入党仪式结束，清河连夜布置化装侦察的任务。

二

为摸清鬼子在小清河上的运输计划，清河从各小队一共挑选了八名队员，化装成船工和纤夫回到石河镇，通过石河镇地下交通站的安排，秘密混入船工队伍。他们在石河镇码头，上了鬼子的运输船，队员们分工后，起锚、撑篙、拉纤，万清河一边掌舵，一边领唱着熟悉的小清河号子：

嗨哟、嗨嗨嗨哟嗨、嗨哟
小清河水往东淌、嗨
嗨嗨哟、嗨哟
岸上就是咱的庄、嗨
嗨哟、嗨哟
抬起铁锚回大船、嗨嗨嗨哟嗨哟、嗨哟、嗨哟
平稳放在船头上、哟
嗨哟、嗨哟

肩上扁担直又弯嗨
嗨哟、嗨哟
兄弟抬锚有力量嗨
嗨哟、嗨哟
脚板放平晃起膀、嗨嗨嗨哟嗨哟、嗨哟、嗨哟
起锚行船离家乡、哟
嗨哟、嗨哟

漕船逆水向上，奔济南而去。

万清河带领队员离开清水湖后，张士德为了药品的事，准备到镇上去见大伯，和大伯商量一下，能否将自家生产的跌打损伤膏药拿出一部分支援根据地。士德刚出门儿，就看到士安头前带路，领着大伯来到院内。士德赶忙迎上前去说道：“大伯，你咋来啦？快进屋，快进屋休息会儿。”张玉敬进得屋来，来不及坐下就说道：“前天听到村北的枪炮声，就知道是你们干了鬼子一家伙，石河镇的大街小巷都传开了，说你们打得鬼子啊，是一个个爬着回到河口炮楼的，真是给老百姓出了气。这不，我来啊，是专门慰劳你们的！”士德给大伯倒了一杯水说：“大伯，谢谢你，你这一来呀，队员们可有口福了，先喝口水，坐下慢慢说。”

张玉敬坐下后，端起水杯喝了几口，刚想告诉士德什么，这时士安说道：“士德，你猜猜大伯给你带什么来啦？”还没等士德回答，士安接着又说：“带的猪肉，东坡顶盖子地瓜做的粉皮子，还有咱老张家酿的芝麻香酒呢，净是好吃的。”张玉敬看了士安一眼，用手捋了一下胡子，微笑着告诉士安：“你去湖边，告诉金锁把船上那个木箱搬到这儿来。”士安答应后，快步去了湖边。

士安走后，士德又给大伯添上一杯水，并代表全体战士，感谢大伯的支持和关心。随后两人说起了石河镇的情况。士德问了张家的生意和近期船队的事，张玉敬说：“由于鬼子对河口道路的封锁，南来北往的车辆少，住宿的少，吃饭的更少，饭馆生意大不如从前。张家的运输船队，已被鬼子强行征用，货源、运输、订单，完全由鬼子说了算，自从鬼子将漕船强征后，基本上所有的事，我都让金锁去办，懒得去见这些日本鬼子。”说完，张玉敬气愤地在地上狠狠地跺了一下脚。士德听后，告诉张玉敬：“根据清北特委的指示，部队要在小清河上打击鬼子的嚣张气焰，并夺取他们漕船运输的军用物资和粮食，支援根据地抗战……”

士德最后说道：“大伯，我刚想去镇上找你商量一件事，请求你的支持。事情是这样的，由于鬼子对小清河沿线的封锁，清北根据地战士们，在艰苦的环境中坚持抗战，部队缺少粮食，伤员们急缺药品，于春成书记来信指示，让我们务必从敌人手中夺到这些军用急需物资，支援根据地抗战。今天清河带队已经在小清河上开始侦察行动了，我想能否把咱家生产的膏药、香油和余粮抽一部分，先送到根据地去，以解决当前药品、食品急缺的问题。”

张士德刚说完，张玉敬从椅子上腾地站了起来说：“你这个孩子，这样的事儿，还用得着找我商量吗？伤员们急缺药品，救人要紧，再说了，这救死扶伤是我们张家的祖训，一会儿你和士安去仓库清点一下，全部装箱，赶快让人给于书记送过去。以后再有这样的事儿，你自己做主就行，但是有一点要特别注意，凡是给咱根据地的药品，装箱前把膏药上咱老张家的字号全拆下来，特殊时期，以防万一。”张玉敬话音刚落，金锁和士安抬着一个木箱进到屋来。张玉敬让他俩把木箱放到屋角，然后告诉士安，把仓库所有的跌打损伤膏药装箱，听从士德的安排，说完后示意金锁和士安退出房外。

张玉敬让士德把门关好后，指着木箱说：“士德，这里边有一千大洋，你先提出六百块，和药品一块送到根据地去，剩下的你和土炮队娃们用，娃们的生活用品和衣服需要添加和换洗，这些钱你先花着，以后用钱，随时告诉我。”士德正想说点儿什么，此时听到敲门的声音，他赶紧把门开开。田玲拿着排好的抗日传单走了进来，看到张玉敬，忙上前打招呼：“大伯好，刚才士德还准备去镇上看你呢，没想到你却自己来了，大伯你累了吧？”田玲说完后，提起桌子上的暖瓶，给张玉敬倒水。然后冲着士德说：“士德同志，这是我编排好的传单内容，你看一下，如果哪里不完善，我再修改。”张玉敬端起水杯喝了一口，上下打量了一下田玲，心中不禁暗暗说道：“这孩子好，这孩子好！”士德接过传单看了一遍，两人又交流了一会儿，田玲拿出笔在需要修改的地方画了一道红线，转身和张玉敬打过招呼后，回去对文字进行修改。

田玲走后，张玉敬急忙和士德说道：“田队长这孩子很好，刚才看她对你也很热情，士德你也该到订婚的年龄了，如果是在村里啊，像你这个年龄，早就娶妻生子啦！现在呀，我已经抱着孙子当爷爷了！”士德说：“大伯，你就放心吧，媳妇儿一定会有，也一定会让你抱上大孙子的。”张玉敬听后乐得哈哈大笑，然后说：“明白了，明白了，还是俺大侄子有眼力。”不一会儿，田玲拿着改好的传单返回，进屋后告诉士德：“士德，传单改好了，我去伙房准备饭菜，让大伯吃了午饭再回去。”张玉敬忙站起身来说：“好孩子，今天不吃午饭了，改天我再来，到时候啊，你们撵我都不走！”田玲说：“大伯，你什么时候再想来，我和士德亲自接你去。”张玉敬听后乐得眉开眼笑，口中直说：“这孩子好，这孩子好！”

送走张玉敬，士德和田玲来到岛上的膏药作坊，见士安、士全已把膏药清点后全部装箱，士德拿过清单做了签收。

到了晚上，士德带领田银锁及二十个队员，连夜将膏药装船运往清北根据地。

士德走后，田玲回到住处，把印刷宣传单的钢板连夜刻好。次日吃过早饭，田玲把刻好的蜡纸放入油印机进行调试，印了几张，感觉效果不错，非常高兴。这时冬梅走了进来，看到田玲在印宣传单，说道："田玲姐，我能帮忙吗？"田玲一听冬梅的声音，回头说道："冬梅，我正想去找你，你来得正好，来，我们一起干。"于是，二人开始了忙碌的工作。

三

万清河带领张荣臣、地瓜娃、田铜锁、王大树、李传连、柱子等队员，化装成船工随鬼子漕船一路来到济南，在黄台码头卸完货以后，晚上被鬼子集中安排在码头上一个大杂院里住宿。清河让地瓜娃假借小便，围着房子周边看一下，是否有鬼子的哨兵活动。地瓜娃转了一圈回到房内，告诉清河："清河哥，房子周边很安静，没有发现黄鼠狼（指鬼子）。"清河为防万一，让柱子在门口站岗放哨，然后对大伙说："今天傍晚，我们卸完盐后，鬼子又让我们把船靠在了另一个仓库边上，今晚鬼子可能把货物装上船。明天我们就起锚往回赶，回去是顺水，行船不用再拉套子了（拉纤），现在我重新分一下工，王大树上我的船，负责监视和观察敌机枪手的一举一动，李传连等人上地瓜娃的船，传连负责观察沿河两岸鬼子旗兵的一举一动，把旗语手势记在心里，以备后用。荣臣、铜锁带领其他队员上第三条船，负责观察、记录沿河两岸伪警备队巡逻的时间，每个河段巡逻的人数和武器装备。回到清水湖后，大家细心总结，统一详细汇报情况。"

清河说完，王大树接着说："清河哥，你是想弄一挺机关枪玩玩吧，你就瞧好吧，瞅准机会呀，我就把小鬼子的机枪手给掀到河里去，把那挺歪把子机枪夺过来。"李传连说："放心吧清河哥，来时我已经注意了，鬼子让船通行或者是停下，就是那三个不同的动作，我已经记得清清楚楚了。"李传连说完，清河说："大家要千万注意，不可掉以轻心莽撞行事，要保护好自己，看我的手势行动。娃子负责侦察一下，明天船上装的什么货物，如果装的粮食，走到清水湖口，方便下手的话，我们就截获了这三条船，把船开进清水湖，如果不方便行动，这次侦察也是为下一步截获鬼子粮船打下基础。”荣臣说：“队长放心好了，一定把你说的事办好。”最后，清河告诉地瓜娃：“娃子，船上装的什么货物，一定要在麻大湖上游河段搞清楚，然后用手势通知我。”地瓜娃说：“上船前我用河边的柳枝编个帽子戴到头上，船到麻大湖前，我如果摘下头上的帽子，就证明我已经查清船上装的是粮食。”清河说：“好，就这么定了。”任务分配完毕后，队员们熄灯休息。

天亮后，队员们按昨晚的分工各自上船，清河大声高喊：“起锚了！开船了！”三条帆船从济南黄台码头顺水而下，向石河镇方向而来。清河的帆船打头，地瓜娃的船排第二，荣臣后边紧跟。今天正是西南风，各船升帆，借助风力，漕船在水中快速飞奔。

顺风顺水，队员们高兴，这时地瓜娃按清河昨晚分配的任务，有计划地进行。他上船后首先在船上绕了一圈，看到船上装的全是白色的布袋子，每个袋子重量在五十斤左右，上面印的全是日文，自己根本看不懂，里边到底装的什么，也看不到。地瓜娃心里说，要是田玲姐在就好了，她一定认得这些日文。只见他坐在船头想了一会儿，然后一拍大腿说：“好，就他娘的这样干！”然后便在船头手舞足蹈地唱起了“小清河号子”，以此吸引鬼子兵的注意力。只见他冲着鬼子做了一个开场白式的动作，然后阴阳怪气地说：“下面给大家演唱一首小清河号子，叫‘三个大姐梳油头’。”说完就用地道的广饶话唱了起来：

小清河长又宽
吃着的甜瓜飞上天

碰上老鸹哚一口（啄一口）

呱嗒落到河中间

河这边是俺家

河那边是你家

今天太阳出得好

俺晒渔网你晒啥

俺娘说

伸开卧单晒芝麻

一晒变了两碗油

大姐二姐梳油头

大姐梳了个高蓬起（帆起）

二姐梳了个大船头

顶数三姐不会梳

梳了个桅杆挑绣球……

地瓜娃连说带唱，加上滑稽的表演，把押船的日本兵吸引了过来，鬼子兵无聊地把三八大盖放到船的白袋子上，连连向地瓜娃伸出大拇指，口中用生硬的中国话说："好，你的大大的好。"并用手示意地瓜娃继续表演。

地瓜娃说："太君，我先小便一下，然后继续为你表演。"他装作解手之机，从柳帽子上拆下一段柳枝，拿在手中，坐在船舷的右边（因为地瓜娃考虑到右边向阳），然后手中挥舞着枝条唱了起来：

小清河、长又宽

河水流在五月天

岸边麦子黄了尖

芝麻叶子长得绿

春种谷子到腿腕

地瓜史子镰把长

大蔴子枝像把伞

地瓜娃一边唱一边不时地把柳枝抡到河水中，然后在白布袋子上抽几下……

我摇张家对漕船

顺风顺水把家还

黄台起篷船飞快

魏家桥头一袋烟

刚想迷糊打个盹

陶唐口岸喊停船

地瓜娃手中沾水的柳条，抽在白布袋上，只见抬起来的瞬间，立刻沾满了白色黏稠物，他用另一只手把柳枝上的黏稠物抹到身边的水桶中，继续唱道：

一段吕剧没唱完

岔河码头到眼前

抬脚迈腿刚进舱

船尾已经过坡庄

立足船头看一看

已经到了湾头岸

紧赶慢赶往家行

太阳已经与地平

伸伸懒腰喝杯茶

船已到俺石村了

这曲小清河号子唱完，高兴得鬼子兵是手舞足蹈，学着刚才地瓜娃的动作，在船头叽里呱啦地边唱边舞，地瓜娃心想，这小鬼子可能唱的是他家乡的小调吧。

地瓜娃手中的柳枝，为他获得了准确的信息，柳条沾出的黏稠物，带着一股浓浓的小麦面香味，地瓜娃高兴极了，原来船上装的全是洋面（小麦面粉）。

地瓜娃侦察船上货物的同时，李传连也没有闲着，每路过一个码头关卡，他都把鬼子的旗语动作认真地记在心里。

再说荣臣坐在船尾，面向大堤，观察每个河段区域伪警备队汉奸们的巡逻情况，把敌伪的巡逻次数、时间、武器装备，仔细背熟记在心里。铜锁一边掌舵，一边说："荣臣叔你看，这岸上巡逻的坏蛋们还他娘的很得意，人人一辆自行车。"荣臣说："你仔细看一下他们的武器，每人都是双家伙，配有长枪和短枪。"铜锁说："改天打着狗日的汉奸，咱也弄他把手枪玩玩。"

船行到麻大湖的上游，清河看到地瓜娃已摘下头上的柳帽子，心中有了底，快到清水湖时，河道正好是一个大弯，他将船划到了河中心线的右边，后边的船一看，这是清河发出了准备劫船的信号，人人摩拳擦掌，准备动手。就在此时，听到转弯前边不远处，响起了日本巡逻艇的鸣笛声。

第九章
小清河上截获鬼子粮船

一

张士德带领队员把跌打损伤膏药安全送到根据地后，返回清水湖，见到田玲首先问道："田玲，清河他们回来了吗？"田玲说："还没有，士德你放心，万队长他们从小在小清河上长大，对河水和船上的事，熟悉得很，不会出什么差错。"士德听后，点了一下头，两人进屋，士德把送药及会见于春成书记的经过和田玲详细说了一下。

不一会儿，银锁进来报告说："报告指导员，万队长他们回来了。"士德听到银锁的报告后和田玲起身走到房外，只见万清河带领侦察队员向营房走来。

士德向队员们打过招呼后，一同进得屋来，清河说："士德哥，这次路上送药还顺利吧？于书记他们好吧？"士德说："于书记他们一切都好，还特别问起你的入党情况，我把你和队员们在战斗中的英勇事迹和已加入中国共产党的事，向于书记做了汇报，他听后为你们的出色表现感到高兴，回来时还特别嘱咐我，把他的问好带给你们。”士德给队员们倒了一杯水，接着说：“同志们都累了吧，先喝点水，休息会儿。”清河端起大碗仰起头，将碗中的凉开水咕嘟咕嘟地喝干，然后用手一抹嘴唇，说道：“士德哥，这次侦察还算顺利，船到清水湖上游时，本想把船劫到清水湖来，刚想动手，可不巧的是鬼子的巡逻快艇开过来了，硬是他娘的给冲了，到嘴的鸭子又飞了。”地瓜娃说：“士德哥，你不知道，那船上一袋袋装的全是洋面，这要是给劫了，真带劲。”士德说：“把你们侦察到的情况，从头到尾说一遍。”队员们详细介绍了各自掌握的情况后，士德说：“根据你们所说的情况，没在清水湖附近劫鬼子的粮船，做得对。你们想，其一，鬼子在每个地区的河段都设有巡逻队，各地区的巡逻队都掌握着粮船通过本地区的时间，如果粮船在刚进入广乐县河段被劫，鬼子第一时间会对清水湖地区产生怀疑，那么他们很快会对清水湖组织围剿和扫荡，对我们刚刚建立起来的这块根据地十分不利，在与敌斗争中，我们不是怕敌人，而是要学会在战斗中保存自己的有生力量，以便更好地打击日本侵略者；其二，你们化装上船侦察，是通过组织秘密安排进入船工队伍的，要是半路把船劫跑，鬼子会对码头上的船工们进行凶残的报复，只会给无辜船工带来更大的灾难。”

士德语音刚落，清河站起来说：“士德哥，当时看到那满船的洋面，心里急得是直痒痒，把洋面弄到手，那根据地的战友们就能吃上白面馒头了。唉！是我太心急了。”地瓜娃说：“士德哥，当时我把裤腰带都解下来了，刚想往小鬼子脖子上套，就听到鬼子的快艇鸣笛，没办法，再让他多活两天。”士德说：“你们这次侦察，为我们以后在小清河上打击鬼子，消灭敌人积累了丰富的经验。”说完，士德拿出一张手绘的小清河地图，手指着广饶段向队员们一边讲一边分析伏击鬼子船队的最佳地点，最后他的手落在连三漩，在场的队员齐声说：“好，就选在这儿。”会后大家各自回去休息。

次日中午，田玲拿着石河镇交通站送来的情报，交给士德，他看了一遍说道：“鬼子昨天运到石河镇码头的三船面粉，只在码头卸了两船，另外一船面粉，今天下午要到羊口卸货。”田玲说：“我们夺取这条船吗？”士德坚定地说道：“夺，这是个好机会，把船上的面粉夺过来，送到根据地去。”然后士德写了一封信递给田玲说：“你把这封信交给情报员，让交通站按信中所写的去做。”信中告诉交通站，火速通知根据地的六区区委，组织民兵到小清河连三漩河段搬运粮食。

田玲接信走后，士德和万清河商议了一下劫船行动，清河说：“粮船只能在半个时辰内搞定，因为鬼子在河里有巡逻的炮艇，一旦出错，炮艇开炮，后果不堪设想。”两人根据部队现有的条件，最后定了两个方案，其中一个是预备方案，准备着第一方案出错后的弥补措施。方案敲定后，清河向各小队长下达布置了战斗命令。

二

吃过午饭，清河带领地瓜娃的小队化装成打鱼人，划着六条木溜子早早来到石河镇向东两公里的连三漩（此处河道连续三个大转弯，当地人称“连三漩”），隐蔽在河边芦苇深处的浅水处，每条木溜子的船头放两台土炮。队员们头上戴着伪装的柳帽子，静静地等待鬼子运粮船的到来。

张士德带领田银锁小队埋伏在老时水河道连通小清河的芦苇中，劫船战斗打响后，准备阻击从岸上和水上前来增援的敌人。田玲带领张荣臣小队迎接前来接粮的六区民兵，共同把截获的粮食护送到根据地的堡垒村——草园里，然后运往根据地。

清河在埋伏点等了约两个时辰，鬼子的运粮船始终没有出现，他告诉地瓜娃说："娃子，到岸坡侦察一下，看鬼子的粮船来了没有。"地瓜娃说："好。"他双手把撑船的篙杆插入水中，纵身一跃，口中喊道："起来吧！"只见他身体腾空而起，借力飞身飘过芦苇尖到了岸边。

不一会儿，地瓜娃在岸边发出一声尖尖的口哨声，清河一听，知是鬼子的粮船来了。

鬼子的运粮船上飘动着膏药旗，船头架着歪把子机枪，正得意地顺水而来。今天船上运粮的全是鬼子兵，因为从石河镇往下游这段河道，是清北八路军经常活动的区域，今天运送非常重要的战略物资——白面，鬼子怕出意外，所以他们不用当地船工，派小队长港田带领十二个鬼子直接行船押送。

五百米……

二百米……

一百米……

当他们耀武扬威地进入连三漩第二个转弯时，只听得数声土炮响起，一排排土炮喷着无数碎锅铁块和铁珠子射向鬼子的运粮船，爆炸升腾的巨浪和浓烟直冲半空，立刻将粮船团团遮掩住了。站在船头的几个鬼子，还来不及反应就被打得血肉横飞，掉到小清河里，命丧连三漩。

失去舵手的粮船慢了下来，在河中转起了圈儿。突然遭遇炮击，负责押送的鬼子港田小队长勃然大怒，像恶狼似的喊道："八嘎呀路！还击！还击！赶快还击！"敌机枪手马上将手中的歪把子机枪调准方向，对着岸边的芦苇荡开始疯狂地扫射，两名战士不幸中弹，壮烈牺牲。

万清河咬着牙说：“弟兄们，隐蔽在溜子后面打，狗日的小鬼子，又他娘的是歪把子机枪，今天非宰了这王八蛋，把这挺歪把子机枪弄到手。”只见他快速抓起溜子上的鱼叉，一个猛子扎到河水中，潜水游向粮船。这时地瓜娃、王大树、柱子等人也手操大刀，用与清河同样的方式向粮船靠近。不一会儿，万清河从敌机枪手后边的船舷探出脑袋，左手扒住船舷，右手用力将鱼叉投向鬼子的机枪手，鱼叉飞速向前，深深插入他的后心，鬼子的机枪顿时哑了火。只见清河双手用力，嗖地一下蹿到粮船之上，一个饿虎扑食，将鬼子的机枪拾起，端在自己的手中，然后扣动扳机，“哒哒哒”几十发子弹喷射而出。枪声响起的同时，船上剩下的几名鬼子，连反应的机会都没有，就瞬间毙命，从船舷上倒栽在小清河里。鬼子小队长港田，被万清河的机枪子弹扫中左眼，疼得发出杀猪般的惨叫声，他用左手死死地捂住自己的眼睛，右手举枪还想顽抗。这时，地瓜娃、王大树也飞身上船，他们两人前后夹击，手起刀落，抹了港田的脖子，然后用脚将他的尸体踢入河中，给鱼做了饲料。

只用了十多分钟，清抗队就消灭完船上的鬼子，地瓜娃和王大树等队员，急着收拾鬼子的三八大盖步枪，这枪对于队员们来说是很宝贵的，战斗、打仗，没有枪哪能行呀？！这时，万清河告诉地瓜娃：“娃子，先别收拾鬼子的枪，把船靠到岸边，快点把这洋面从船上卸下来，枪回去再分，还有，把鬼子的军服脱下来带上。”地瓜娃告诉其他队员说：“执行队长命令，先把粮船靠到岸边。”不一会儿，粮船靠岸。

六区运粮的四十多个民兵，赶着十辆大马车，抬着担架，在区长门玉民的带领下已经到来，他们协同张荣臣小队快速把船上的白面抢运装车。田玲给负伤的队员们进行了伤口包扎，然后委托门区长把伤员一块儿送到清北根据地，接受更好的治疗。

打扫完战场，万清河看到阵亡的队员，心疼得攥着拳，咬着嘴唇，心中发誓：我一定要用这挺机枪为你们报仇……

张士德听到清河他们这边劫船的枪炮声已停，知战斗很快就会结束，为确保万无一失，又在伏击点等了半个小时，见敌人并没有援兵到来，便和田银锁率领小队，沿着老时水河古道返回清水湖。

因为这次敌人过高估计了自己的押送力量，直到羊口据点的鬼子电话询问粮船的事，石河镇的小山一郎才知粮船被劫。

队员们劫了粮船，打了胜仗，消息传到石河镇，老百姓自编顺口溜，很快唱遍小清河两岸的街头巷尾：

土炮队，兄弟兵
劫船夺粮是英雄
小清河里土炮响
杀得鬼子喊祖宗
狗港田，完了蛋
死到河里看不见
粮船被打稀巴烂
夺的粮食送前线（支援根据地）

士德、田玲、清河各自带领小队返回清水湖后，三人对这次劫船战斗进行了总结，最后士德说："我这次回清北送膏药，看到根据地伤员治疗的药品奇缺，有的战士负伤后做手术，甚至连麻药都没有，真是让人痛心。我们清河支队应再接再厉，从石河镇鬼子码头仓库，尽快搞到药品，支援清北根据地。”清河说：“石河镇码头，鬼子戒备森严，要想进去必须有周密的计划，我想先回镇侦察一下码头上的情况，以便在行动中方便进退。”士德说：“这样也好，越是在困难时期，越应当掌握主动，不打无把握之仗。”清河说：“那我今夜就回去，越快越好。”士德说：“好，你走后，我会带领队员们练习夜间打击敌人的本领，提高他们夜间作战的能力，以保证在接下来的行动中顺利完成各项任务。”田玲说：“清河，辛苦你了，回去代我向冬梅问好，并顺便给她带上最新印刷的传单，告诉她，行动中千万注意安全。”清河说：“好，田玲姐，我代冬梅谢谢你！”

清河回到住处收拾了一下，带上地瓜娃和王大树，连夜奔石河镇而来。

第十章
狙杀炮楼鬼子 智取码头物资

一

受到田玲、士德、清河等人的革命影响，冬梅返回石河镇后，在对敌宣传斗争中，逐渐发现并培养了大安、小兰、石头、芒种、六月、丫头、庚子、来喜、娟儿等一批积极抗日的青年，建立了一个抗日宣传小组，勇敢机智地利用传单、标语宣传抗日，同敌人进行斗争。他们秘密到市贸集镇、沿河农村、敌伪据点、河口码头，把土炮队打鬼子、除汉奸的传单散发、张贴出去，唤起民众团结抗日，不当亡国奴，鼓舞、推动了小清河畔群众抗日斗争情绪的高涨。

这天夜里，冬梅带领芒种、小兰、娟儿、来喜四人来到伪镇公所附近，把传单散发完后，冬梅说："兄妹们辛苦了，今晚干得很好，我们现在去把这些标语贴到伪镇公所的大门前，大家记着，一旦遇到危险，两人一组分头撤退，然后到村西的老石桥底下会合，要注意安全。"娟子说："冬梅姐，不辛苦，咱们快走吧，前边就到了。"娟子说完，也没顾上擦一擦额头上的汗水，抱着标语和冬梅他们向伪镇公所走来。

他们沿着墙边一边走一边观察周边的情况，提防敌情，不敢放松。

不一会儿，他们来到伪镇公所，来喜用笤帚把糨糊涂到墙上，芒种、小兰、娟子拿出标语，迅速贴在上面，冬梅拿笤帚在贴好的标语上用力扫一下，让贴上去的标语更加牢固。

冬梅创建的这个民兵小组，夜里散传单、贴标语，经过多次的锻炼，干起活儿来，已是轻车熟路，转眼间他们已把墙面贴满。

就在他们准备撤离时，被巡逻的伪警备队班长吴大头和邱猴子两人发现，吴大头高声喊道："干什么的？举起手来，不然开枪了！"第一次遇到敌人，小兰、娟子有点惊慌失措。冬梅说："不要怕，我们地形熟悉，两人一组，分头快跑，黑狗子追不上我们。"芒种听后，一把拉起小兰，只见他俩向前跑了几步，拐进方子门胡同，转了几个圈儿不见了踪影。来喜望了一下娟子说："娟子，跟哥跑。"娟子望着冬梅说："冬梅姐，咱们一块跑呵。"冬梅说："娟子，跟喜子快走，姐跑得快，不要管我。"来喜和娟子边跑边喊冬梅快跑，他们两人跑到墙角，快速拐进小街子，转弯躲进了王家枣树园子，消失得无影无踪。

这时，吴大头和邱猴子离冬梅只有几步远，冬梅为吸引他们两人的注意力，顺着大街向北跑去。吴大头一看是个女的，大声冲邱猴子喊道："你从右边绕过去，给我截住她，别让这小妮子给我跑啦！捉活的，送给太君领赏去啊！"邱猴子听后，用足了吃奶的力，蹿到前面用枪拦住了冬梅。吴大头气喘吁吁地来到冬梅面前，阴阳怪气地说道："跑啊，咋不跑了，是没力气啦，还是腿麻啦？"邱猴子冲着冬梅说："走，跟我们回炮楼去，皇军正想抓你们呢！今晚自己倒送上门儿来了。”

两人正想押着冬梅往炮楼走，只见从大街两边的胡同里蹿出几个大汉，为首这人飞步向前，手中扬起的大刀片在星夜中闪过一道寒光，直取吴大头的脖子，只听扑通一声，吴大头脑袋落地。此人口中说道：“你这个狗汉奸，再叫你帮日本鬼子做事，成天欺负老百姓！”要问此人是谁？正是前来石河镇打探码头消息的万清河。刚才清河、地瓜娃、王大树进镇后不久，听到前方不远处有喊叫追赶的声音，三人便知有情况，清河示意两人隐蔽到街边的胡同口之后，接下来就发生了刚才的一幕。

眼前的一幕，吓得邱猴子连喊带叫撒腿逃跑，被王大树一个别腿撂了个狗吃屎，趴在地上大声喊叫：“救命啊！快来人呐！八路进镇啦！”地瓜娃一见，猛扑上去，一把抓住邱猴子的头发，把刀放在他的脖子上说：“你再叫喊，立刻剁了你的猴头！”邱猴子一看事儿不好，赶忙说道：“爷爷饶命，八路爷爷饶命，不、不敢了，再也不敢了。”清河手指脚下的土地，冲着邱猴子说：“认得这是哪儿吗？以后在石河镇地盘上，不许伤害欺负每一个老百姓，否则刚才那个就是你的下场！”邱猴子连声说：“是、是、是，俺记住了，俺记住了。”清河问邱猴子：“知道回去后怎么做吗？”邱猴子连声答应：“知道、知道。”经过简单的教育后把邱猴子放走了，清河又吩咐地瓜娃和王大树将吴大头的尸体处理一下，然后到刘铁匠家会合。

冬梅一看是清河，既紧张又兴奋，眼里开始发热，闪着泪花，滚烫的泪水涌了出来，红扑扑的脸上又是汗又是泪，口中说：“清河哥，你多时来的？”清河大步流星地走上前，拉住冬梅的手说：“梅子，我们先走，离开这里，等会儿告诉你。”两个人来到胡同深处。冬梅说：“清河哥，今天好危险，多亏你来得及时，要不我就让这些黑狗子们抓住了。”清河说：“冬梅，不要怕，放心好了，哥就是你的保护神。”冬梅抬头望了清河一眼，用手拉了一下清河的上衣领角，抑制不住激动，然后依靠在清河的怀里说：“清河哥，你真好！以后我也要当兵，跟在你身边。”

夜幕中，两颗相爱的心颤抖着、跳跃着，无法安宁，为这无法预知却突然来临的一切而兴奋不已，难以自持，清河紧紧地把冬梅搂在怀里，瞬间两人慢慢咬着对方的嘴唇，发出“啧啧”的声音，一股甜滋滋的甘泉，流进了两个人的心田……

二

冬梅带领万清河、地瓜娃、王大树奔镇西的老石桥而去，芒种、小兰、来喜、娟子四人早已在此等候。看到冬梅安全归队，四人刚才那焦虑与悬着的心放了下来，娟子望着冬梅，生离之痛让她感到一阵心酸，跑向前去扑到冬梅的怀里，呜呜地哭了起来。冬梅抚摸着娟子的头发，安慰道：“娟子，别担心，姐这不是回来了吗？一切都过去了，娟子是大人了，懂事了，娟子不哭。”这时地瓜娃走过来打圆场，冲着娟子说道：“娟子，来来来，让表哥看一下，你哭起来真丑，这要是让俺二姑看到，都不认得了，娟子都是革命战士了，还掉瓜子（落泪）呢？”娟子抬头一看，眼前这个头戴破毡帽，身穿烂白褂子，腰扎麻绳的人原来是表哥，赶忙用手擦去脸上的泪痕，冲着地瓜娃叫了一声“哥”，地瓜娃摘下破毡帽，露出大光头，拖着长声答应“哎……”，逗得娟子笑出声来。

冬梅说：“这里不能久待，咱们回家再说。”然后和清河等人顺着镇西的土围子沟，奔冬梅家中而去。

他们来到家中，冬梅让众人先到自己住的西边偏房休息，然后和清河来到母亲的房间，老太太看到清河，是既高兴又闹心，高兴的是，看到清河和冬梅在一起，有说有笑，亲亲爱爱，这两个孩子是那样般配，让这当父母的打心眼儿里看着高兴。闹心的是，按农村的风俗习惯，两个孩子已到了该结婚的年龄，自己也应该是当姥姥的人了，可清河参加了队伍，忙着打鬼子，冬梅成天忙着搞抗日，白天晚上地不着家，这谈婚论嫁的事儿也顾不上，让这当娘的是又闹心又急得慌。

清河坐下后说："婶子，你和叔身体都好吧？冬梅没有让你们生气吧？"说完，清河望了冬梅一眼。冬梅拧了一下清河的耳朵，开玩笑地说道："就是你，成天在外不回家，让你婶生气了。"清河刚想说什么，这时刘铁匠进得屋来，清河赶忙站起来说："叔，你回来了，快坐下歇歇。"然后把刚才自己坐的椅子向前搬了一下。刘铁匠坐下后说："刚才我在铁匠铺，听到镇上有人喊叫，接着镇公所那边狗也叫得厉害，我不放心，回来看看。"刘老汉说完，掏出旱烟袋锅，从烟布袋里捏出捻碎了的烟丝，用力摁进烟锅中，然后又用大拇指摁了几下，擦着洋火在烟锅上转了一圈儿，嘴角不时地抽动，烟锅里的红光一闪一闪，刘铁匠猛吸几口，烟从他的口鼻中喷出，瞬间，满屋烟雾弥漫，烟圈儿缭绕。抽了两口，刘铁匠问道："清河，刚才是你们吧？"清河点点头，然后说："叔，近来生意还好吗？"刘铁匠回道："这汉奸和鬼子整天在镇上征伐各家的树木，不但不给钱，稍有反抗，不是被骂就是被打，四围两庄来镇上的人很少，生意一般吧。看到这些坏家伙们从铁匠铺子前过，我真想用铁锤敲死他们。这不，都是为了咱这个交通站的事，忍了。"清河说："叔，这小鬼子也太欺负咱镇上的人了，改天非把这炮楼炸了不可。叔，你这么大年纪了，还让你出来跟着受累，真是难为你了。"冬梅用手轻轻地推了清河一下，接着说："爹受累，都是为了你，要不，爹才懒得再去开那个铁匠炉呢。"回头冲着刘铁匠说："对吧，爹？"刘铁匠说："妮子，可不能这样说，爹一是为了你们俩，二是为了把这小日本赶出咱石河镇出点力，这叫'支持抗日'，对吧清河？"冬梅娘在一边插嘴说："回来光知道抽烟，也不问问孩子们结婚的事。"刘铁匠回道："孩子们都大了，他们自己有数，清河这孩子带领大家打鬼子，当前正干着大事正事，我才不给他添乱呢！清河，你们不在家时，你婶子整天和我唠叨这些事儿。"冬梅望着父亲噘起嘴说："亲爹爹啊，你就知道向着清河哥，重男轻女，把俺娘的话当耳旁风，以后再让我给你拉风箱，哼！拿工钱。"刘铁匠说："好好好，爹挣的钱啊，都给俺妮子攒着。"刘铁匠说完，回头告诉清河："我看那屋里的娃们在等你们，先忙正事，先忙正事。"清河说："叔、婶，你们先休息，我和梅子去了。"说完两个人向西偏房走去。

三

冬梅和清河来到西屋，此时大伙正在听地瓜娃讲述打鬼子粮船的经过，他一边讲一边表演，大伙都听得入了神。看到清河进来，地瓜娃赶忙打住，冲着大伙说道："我讲得不够生动，还是让咱们大队长来说说吧！"芒种和来喜赶忙给清河和冬梅搬凳子，来喜说："清河哥，给我们讲讲打鬼子的事，我也想当兵，和你们一起打鬼子。"清河坐下后说："刚才喜子的想法很好，我代表清抗队表示欢迎。自从这小鬼子占领我们小清河平原，沿岸很多热血青年，为了国家和人民毅然参加八路军，奔赴抗日战场，英勇杀敌，他们为国家、为小清河畔的老少爷们，还有自己的家人献出了年轻的生命。我们石河镇的土炮队，通过整编，在中国共产党的领导下，重新组建后返回小清河畔，利用我们熟悉的地形，加上老少爷们的支持，和鬼子展开了灵活机动的游击战，几次战斗下来，我们都是以弱胜强，对驻扎在石河镇的日伪进行了有力打击，取得了很好的战果。”来喜插话说：“清河哥，你们打了这几次胜仗，咱镇上的人可高兴了，乡亲们都说，这小日本鬼子也蹦跶不了几天啦！”清河说：“眼下抗日斗争形势依然严峻，日本鬼子现在的军事力量确实很强大，但他们不是不可战胜的，鬼子也是人，在战斗中就是要抓住他们的弱点进行打击。我们的最终目的，就是把日本鬼子赶出石河镇，赶出小清河平原，让这座千年古镇，重新回到人民的手中。”

清河的话让大伙看到了抗日的希望，充满了胜利的信心。

天色已晚，清河让大伙回去休息。冬梅打开街门，走出后向四周望了一下，确定安全后，用手示意芒种、小兰、娟子、来喜可以出门回家了。

四人走后，冬梅暂回娘住的北屋休息，清河、地瓜娃、大树睡在西偏房。三人刚躺下休息，地瓜娃环视了一下四周，忽然发现床边墙上挂着一个红底儿黄边儿中间绣着白色虎头、绿线镶边，虎头之上是一个“王”字，王字上面又绣了“长命百岁”四个黄字的小兜兜。地瓜娃爬起来说：“清河哥，你看东墙上挂的啥？”王大树瞅了一眼说：“冬梅姐真有心，还是男孩儿戴的。”地瓜娃接着说：“大树，你咋知道是男孩戴的？”大树说：“这谁不知道，这小兜兜绣虎头的，就是男娃戴的，如果中间绣个凤凰，就是女娃娃戴的。”地瓜娃刚想再说什么，清河说：“你们两个还让人睡觉不？明天还去河口侦察，赶快睡觉。”其实清河一上床，就看到挂在墙上的小兜兜了，此刻他双眼紧闭，躺在那儿与自己对话：冬梅，等打败了小鬼子，我们就结婚，哥种地、打鱼、养家，处处宠着你，给你快乐和幸福。梅子，哥会永远对你好……

天亮后，万清河、地瓜娃、王大树打扮成老汉模样，背上套野兔子的夹子，开始在鬼子炮楼周边进行侦察。

炮楼顶上站岗的日本鬼子，白天监视小清河沿线，晚上用探照灯封锁整个码头上的仓库和周边区域。鬼子修建的炮楼，地理位置十分有利，北面的小清河为天然屏障，有很强的防卫功能，而且整个炮楼四周枪眼交叉密布，既可对外射击，又可观察周边的活动，没有任何盲区，使得炮楼易守难攻。清河想，我清抗队没有野炮，用机枪又打不透炮楼的水泥砖墙，很难击中炮楼中的鬼子，如果想在晚上对码头采取行动，对鬼子进行击杀，必须选择有利地形，先打掉炮楼上的探照灯。

通过细心侦察，他排除了从北、东、南三个方向狙击炮楼鬼子的可能，确定只有从西边的苇塘可以迅速隐蔽接近炮楼。苇塘的边沿上是张大海的一个渔场，渔场内有七八间房子，东边房子的最近处和炮楼的直线距离不到三十米，狙击手如果埋伏在房顶上，可以随时狙击控制探照灯的鬼子。万清河把侦察到的敌情一一默记在心。

对炮楼周边环境摸得一清二楚后，清河回到家中，告诉地瓜娃暂时留下，执行一项任务，自己和大树告别冬梅一家，准备回清水湖。临行前，清河低声向刘铁匠说了什么，刘铁匠细心听着，一一点头，又向冬梅交代了一项任务，冬梅说："哥，放心吧，我们会积极配合，到时候啊，你就瞧好吧，保证让你满意。"

四

清河带领地瓜娃、王大树走后，士德为了打好这次码头突袭战，对全体战士进行了临战动员，并带领清抗队在清水湖上进行夜间作战训练，以便在战情发生突变的情况下，取得这次夺取码头物资的胜利。

这天上午，士德集合部队，总结这几天来的训练情况，对队员们强调说："在夜间突袭战中，怎样更好地杀伤敌人保护自己，是我们全体队员这两天训练的内容，虽然训练中人人满身泥、满脸汗，但平时多付出，战时少流血，同志们的付出，一定会使我们的夜间作战能力得到很大的提升。"

士德刚说完，清河、大树两人从石河镇返回，来到了队前。士德看到他们，赶忙招呼说："清河，你们辛苦了，走，回队部说。"士德吩咐各小队长继续带队训练，自己则陪同清河回到队部。

进得屋来，清河向士德汇报了这次去石河镇的详细情况。汇报完后，清河说："对摸清码头内部的情况，我已经安排刘叔通知交通站，让他们利用内线关系搞到鬼子的设防和物资储存情况，得手后让地瓜娃带回来。"

刘铁匠按照清河的吩咐，换了一身干净整洁的衣服，拿着旱烟袋，来到镇上的玉食村酒店，交通员钟子一看刘铁匠到来，赶忙迎上前去低声说："刘掌柜好！我们掌柜刚才还说，让你给打两把好刀，他现在在后院呢，我带你去见他。"说完钟子带刘铁匠来到后院。

李荣生看刘铁匠到来，赶忙问道："刘掌柜今天前来，一定是有要紧的事情吧？"刘铁匠把清河嘱咐的事儿对李荣生说了一遍。李荣生听后说："前段时间我们就接到特委于春成书记的指示，让我们搜集码头上的情报，特别是敌人各种物资的储存位置和防守情况，以配合清抗队行动，这两天已经搞清楚，并绘制了一份码头仓库布防草图，我拿给你。"李荣生说完，走到柜子后面，从墙的小洞里拿出一个伪装好的小纸卷儿交给刘铁匠。

刘铁匠接过后，马上把纸卷儿放在烟布袋的夹层里，用手捏了两下，然后站起来说："李掌柜，我得马上回去，把情报送到湖上，清河他们等着这个用呢。"说完后，点上一锅烟丝，边抽边走出屋来，李荣生送到后院门口，两人握手告别。

按照万清河的安排，地瓜娃接过刘铁匠拿来的情报，连夜赶回清水湖。

士德、田玲、清河三人根据地瓜娃带回的情报，结合清河侦察到的情况，进行了认真分析和深入研究。士德说："夺取码头物资，队员们翻墙进入仓库大院是不可能的，你们看，鬼子在围墙顶上安了高压电网，人通过会有极大的危险，就是剪断电网，鬼子也准备了备用的电力，你们看草图上已经标出来了，我们只能从大门进入。"田玲说："码头物资仓库，在小清河的北岸，和炮楼有很大一段距离，大门口只有伪警备队的一个班站岗，夜间袭击他们，我们现在的力量是绰绰有余的。"士德说："对，清河在南岸打响，拖住伪保安大队和炮楼里的鬼子，我们解决掉守门的伪警备队员，从大门进。就这么干！"然后通知各小队长，在队部召开了战前部署会议：由清河带领地瓜娃小队，狙杀炮楼上的鬼子，打掉鬼子的探照灯，吸引炮楼鬼子的注意力，战斗打响后阻击伪军周玉安部对码头的增援，为码头上夺取战略物资提供支持。士德和田玲带领另外两个小队，消灭码头上鬼子领班和伪警备队守备人员，夺取码头上的军用物资。最后士德强调："石河镇码头，已成为鬼子在小清河平原上的主要战略物资装卸地，鬼子防备森严，各小队在行动中，一定要提高警惕，一旦物资得手，各队必须迅速撤出战斗，不许恋战，行动时间定在明天午夜。"一切安排就绪后，各自回去休息。

根据时间安排，地瓜娃小队在万清河的带领下出清水湖，穿过一段红高粱地，进入石河镇村边的芦苇塘，悄悄移动到事先侦察好的鱼屋子附近。清河挑选了狙击手王传志、牟久清两人跟随自己击杀炮楼上的鬼子，其他队员在地瓜娃的带领下，埋伏在伪保安队通往码头的路边，一旦炮楼这边击杀鬼子的枪声打响，随时阻击前来增援的伪军。

这天晚上虽然有月亮，但被时时飘过的乌云遮挡，微弱的月光下，移动到鱼屋子顶上的狙击手王传志和牟久清却能通过瞄准镜将炮楼上站岗的鬼子看得一清二楚，鬼子的身影完全在狙击步枪的有效射程内，只等队长下达击杀命令。趴在房顶上的队长万清河，等鬼子的探照灯扫过之后，用望远镜详细看了下炮楼和周边的环境，确认时机已经成熟，就下达了开枪的命令。随着几声枪响，炮楼上的三个鬼子应声倒地，这时鬼子的探照灯幽灵般地扫了过来，王传志一枪将探照灯击碎，霎时夜空又是一片黑暗。完成击杀任务，万清河、王传志、牟久清迅速撤离狙击点，与地瓜娃小队会合。

万清河告诉所有队员："一旦阻击战斗打响，我们必须要把伪保安队挡在码头外围，不能让这些伪军干扰夺取码头物资的行动。所以码头物资还没有拿到手之前，周玉安的伪保安队一兵一卒都不能给我放过去！"队员们齐声回答："坚决完成任务！"

炮楼里的鬼子听到枪声，断定是八路来袭，扑向枪孔处，从炮楼中毫无目标地用机枪对外扫射，并拉响了警报，小山一郎瞪着惊恐的眼珠子通过枪孔向外探看，可是探照灯被击灭，在云遮月暗的情况下，外面黑咕隆咚，什么也看不到，气得他火冒三丈，暴跳如雷。

这时，离炮楼不远的伪保安队被惊动了，熟睡中的伪保安队长周玉安，听到枪声和警报声，像受惊的兔子一样，提着手枪跑到院中，举起手枪，向天空放了两枪，冲着房内的伪保安队队员大声喊道："兄弟们，兄弟们，都他娘的快给我起来，集合队伍，增援码头！"伪保安队队员从梦中惊醒，衣冠不整，乱糟糟地提枪跑到院内集合。

按照万清河临行前的吩咐，冬梅带领芒种、小兰、娟子、来喜、石头等人，早已埋伏在伪保安队周边，此时他们对着院中的伪军开始喊话，芒种大声喊道："大院里的同胞们听好了，你们都是中国人，现在要认清形势，不要帮着鬼子打自己人啦！只要你们调转枪口一致对日，或放下武器投降，八路军决不伤害你们的性命。如果心甘情愿给日本人当狗的，拒不放下武器的，八路军是不会轻饶你们的。只要你们一出这个大门儿，就等着送死吧！"

周玉安听后，举起枪向喊话的方向开了两枪，然后对着伪保安队队员说："兄弟们，别听八路的赤色宣传，现在跟我去码头，早赶到的每人两块现大洋！"说完一举手中的王八盒子手枪大喊："走啊！"带领伪保安队走出大门。

没走出几米，就进入了地瓜娃小队的伏击圈，战士们手中的各种武器一齐开火，射向伪保安队，机枪声、手榴弹的爆炸声，让走在前边的伪保安队队员死伤一片。受伤的伪保安队队员倒在地上，痛苦地哀号起来，顿时吓得后边的人赶紧卧倒，趴在地上不敢动弹。土匪出身的周玉安在手榴弹的爆炸中，连续打了几个滚，滚到路边儿的一个坑内，不断地叫喊着组织还击，边打边喊："兄弟们，快！快！早到码头的每人再加一块，三块现大洋，放假两天，到春花院'喝花酒、抱娘们、逛窑子'啊！"这时有几个想好事的站了起来，猫着腰端起枪向前冲锋，没走两步，一排手榴弹从天而降，随着几声巨响，全部被炸得血肉横飞上了天，坐了土飞机，剩下的吓得魂飞魄散。

五

为了应对战斗中出现的突变情况，张士德、田玲提前做了预案，今晚特地身穿截粮船缴获的日本军服，两人把军帽放在了口袋中，以便队员们辨认。化装完成后，按预定时间带领荣臣和铜锁两个小队，在黑夜中向码头摸去。

队员们经过了几天艰苦的夜间训练，健步如飞，很快迂回到码头附近。战前，士德在队员中挑选了部分精干战士，分成两个行动小组，根据情报站提供的码头布防图，两小组分别解决掉哨所内的鬼子领班和码头仓库大门前的守敌。来到码头，两组队员各就各位，以攻击性阵势潜伏待命。

士德看到炮楼上探照灯已被清河击毁，时机已到，按预定方案马上下达了战斗命令，两小组战士迅速展开行动。

荣臣带领一小组猫着腰，溜着墙根儿，慢慢移动到敌人哨所位置，哨所内昏暗的灯光下，两个日本兵警戒很松懈，正在喝着酒，狼吞虎咽地吃东西，盘子中的鲤鱼仅剩下个鱼头。此时两人喝得满脸通红，其中一个边喝边用日本话叽里咕噜地乱唱，口中喷出的唾沫星子四溅，两个鬼子说笑正兴，对外面的情况全然没有理会到，当听到炮楼那边传来枪声，才提着枪醉醺醺晃晃悠悠地走了出来。

前边鬼子的腿刚迈出哨所，荣臣一刀插进了他的后心，来了个透心凉。只见鬼子身子一歪，一头栽在了地上。另一个鬼子感觉不对，突然一愣，马上缓过神来，端起手中的三八大盖枪朝荣臣射击。此刻柱子一跃而出，飞身上前，掐住鬼子的脖子，不让他发出任何声响，鬼子的枪口往下一沉，“哐当”一声枪掉在地上，可鬼子还在拼命地挣扎。五月见状，举起大刀朝鬼子连捅两刀，刚才还在挣扎的小鬼子，双腿一蹬顿时断了气，稀里糊涂地做了鬼，回了自己的老家。鬼子领班被荣臣小组以偷袭的方式直接干掉。

码头哨所内的鬼子领班被干掉，因为做得干净利落，所以一丝也没有引起码头上伪警备队的察觉。码头仓库是伪警备队守卫，大门口是沙袋垒固的掩体，掩体里架有一挺歪把子重机枪，五六个伪警备队员在沙袋内抽烟聊天。只听得机枪手许三说："队长今晚去找皇军喝酒了，临走让我代班，怎么去了大半夜了，还他娘的不回来，准是乘着酒兴又去镇上找他相好的了。你们都给我听好了，耳朵都竖起来机灵着点儿，队长不在，千万别他娘的出什么岔子。"猴子回道："这深更半夜黑乎乎的，能出啥岔子呀！不是有皇军吗？别拿着鸡毛当令箭。"然后冲着郑狗蛋说："狗蛋，你他娘的再唱上段，给弟兄们提提神，这大半夜的值班，他娘的困死了。"狗蛋说："唱，唱哪一段啊？"猴子说："你又他娘的卖关子是吧，唱《跑毛王》(浪当小调)。"郑狗蛋回道："是是是，听猴哥的。"只听沙袋掩体内传出两声咳嗽声，后传出了郑狗蛋的浪当小调："四九是毛王集呵，买上那好东西呀，梳妆打扮去看俺郎君呵呵呵……"

士德带领另一组队员，顺着墙根来到码头仓库的大门口不远处，他向周边观察了一下后，便向队员们做了一个行动的手势。说时迟那时快，队员们迅速冲到仓库大门口的沙包前，几十条枪口呈扇子面儿对准了守敌："举起手来，缴枪不杀！"

正在沙包内聊天、抽烟、听戏的伪警备队员，被眼前的一幕吓得惊慌失措，敌机枪手许三妄图举枪顽抗，田铜锁大喝一声"狗杂种！"一枪将其击毙，剩余的守敌全部举手投降，队员们跃入沙袋圈内，缴获了他们的武器。

士德对伪警备队俘虏进行了询问，得知除带班的队长去找岗楼鬼子喝酒以外，其他人全部被俘虏。士德命令铜锁和几个队员换上伪警备队员服装守在门口麻痹敌人，让荣臣带队进入仓库搬运敌人的物资。

根据情报草图所示，荣臣和队员打开码头上的两个仓库，只见里边储存着大量的枪炮弹药和各种军用物资。因石河镇码头担负着鬼子对整个小清河下游平原，包括寿益、张店、博昌、滨津等地区日军作战物资的供应，所以各种物资特别充足。荣臣一看，机枪、步枪、医药、子弹、炮弹、手榴弹、掷弹筒应有尽有，高兴地喊道："发财了，暴富了，发大财了！"然后让队员们快速向外运输物资。队员们看到战利品如此丰富，个个喜出望外，卷起袖子铆足了劲儿，把所有物资搬运到码头北堤外的高粱地里，与前来接应的民兵会合。

荣臣看到仓库中心位置堆放着十几个木箱，拿起铁钳掀开一看，里边白色物品上全是日文，感到好奇，又不知是什么东西，马上吩咐柱子说："快去让士德哥来看一下，这里边装的什么玩意儿。"柱子说："好。"柱子答应着向外跑去，不一会儿领着士德来到仓库。荣臣说："士德哥，你看里边装的什么，不会是鬼子的毒气弹吧？"士德走到箱子面前一看，笑着说："这里边装的是电池，是配发报机用的，是咱们根据地非常稀缺的物品。"然后告诉荣臣："让队员们搬上几箱，一块儿送清北去。"

根据预定时间，荣臣带领队员们撤离到河堤上，由士德、田玲、铜锁及化装成伪警备队员的战士做后卫掩护，这时河中突然照来一道雪亮的灯光，伴随着炮舰的马达声由远而近。铜锁说道："有情况，鬼子的巡逻艇来了。"

士德示意田玲戴上军帽，然后告诉铜锁说："你和柱子跟着我，其余的人在门口站好，都精神点儿，看我的手势行事。”说完和四人一起来到河边。

鬼子的巡逻艇开到齐码头的位置停了下来，一束灯光照在岸上，只见巡逻队长田白站在甲板上，向岸上喊道：“刚才听到枪声，是什么情况？”士德用日本话说：“枪声是从河南岸传过来的，我们只负责仓库的保卫，这里情况非常安全。”田白听后，命令巡逻艇驶向南岸。可就在巡逻艇掉头转弯时，从河边的草丛里爬起来一个黑影，对着巡逻艇上的田白大喊道：“太、太、太君，别、别、别走，快救命啊，河岸上的人是八路军。”一边喊，一边蹚着河水向巡逻艇上求救。

看到眼前的情况，巡逻艇上的鬼子田白示意舵手暂停掉头转弯。河岸上的铜锁刚想举枪将这个黑影击毙，被士德示意拦下来。

河中的黑影看到巡逻艇又转了回来，高兴得心花怒放，对着巡逻艇上大喊大叫：“太君，太君，快回来，快掉过头来，他们是八路，刚才杀皇军就是他们干的，我亲眼看到的呵！”巡逻艇上的探照灯，立刻对准了河中的这个黑影，岸上的士德借着灯光一看，心中已明白，原来是他。

此人正是今晚仓库门口带班的小队长吴中用，外号狗屎。战斗打响前，他正在和岗楼里的两个鬼子喝酒，因尿急出来撒尿，方便完后吴中用提起裤子刚想返回时，看到荣臣等人袭击岗楼，吓得他连滚带爬跑到河边，藏到草丛中。当鬼子的巡逻艇开来时，他像抓到了救命稻草一样，从草丛中爬了出来，大喊大叫地向巡逻艇求救，可田白不懂中国话，根本听不懂吴中用叫喊的是什么。

此时，士德用日本话对着巡逻艇上的田白说：“此人在站岗时擅自离职，去喝花酒、逛妓院，刚才被人举报，本想将他就地处决，可这小子乘着黑夜逃跑，我们正在找他，原来是藏到这河边发酒疯来了，现在为了活命，竟敢欺骗皇军！”田白听说此人是站岗时擅自离开并喝花酒，视军规为儿戏，心中早已大怒，但他对士德的话并没做回应，而是反身摘下挂在机舱上的救生圈，找了一根绳子拴在上面，扔给河中的吴中用。

吴中用接过救生圈套在身上，打着狗刨，在绳子的牵引下，游到巡逻艇边，然后伸出双手扒住船舷，冲着蹲在船舷边的田白大喊：“太、太君，太君救命，岸上全是八路！”吴中用的喊叫声伴随着浓烈的酒气从喉咙里喷出，直冲田白而来，呛得田白用手在鼻子前来回扇动，他站起身来，然后用右脚猛地踏在吴中用扒住船舷的手上，左右狠狠地拧了两下，掏出手枪，冲着吴中用大声喊道：“八嘎呀路，你的站岗喝酒，大大的坏！”一枪将其击毙，吴中用手疼得还没叫出声来，便掉入小清河中做了水鬼。

田白朝岸上的士德做了一个表示完事的动作后，命令将巡逻艇调转方向，朝南岸的炮楼驶去……田白来到炮楼，帮助小山一郎将探照灯修好，并告诉他刚才码头仓库的事，小山一郎听后感觉事情不对，两人急忙乘巡逻艇返回北岸仓库……

士德带领全体队员和缴获的大量军需物资，已经安全撤离码头，并用土炮信号弹向清河发出安全撤离的信号。随后，他安排荣臣带领部分队员协助六区民兵将物资送往清北，自己则带领铜锁小队返回清水湖。

第十一章

清水湖上的婚礼

士德和田玲来到湖心岛，清河早已在此等候，见士德回来，清河迎上前去高兴地说："哥，今晚这仗打得真带劲，冬梅他们配合得也好，周玉安这老小子被队员们打趴下，还想起来组织冲锋呢，冬梅的机关枪（爆竹）在他后边这一响，吓得他撒开丫子往回跑啊！"田玲说："清河，今晚行动前士德告诉我，从战利品中取十支枪和部分手榴弹分给冬梅他们，以保护他们今后在行动时的安全。"清河说："还是士德哥想得周到。"士德说："在以后的战斗中，总不能让人家冬梅点爆竹吧。"

清河说："不能、不能，士德哥，我这就带人把枪给他们送过去。"士德说："看你猴急的，现在不行，刚打完仗，敌人戒备很严，等到晚上再去吧。"清河用手摸摸头，冲着士德憨笑了两下。他们三人边说边笑进得屋来。

清河走到屋角，拿起瓮盖上的水舀子，从瓮中舀起半瓢凉水，仰起头咕嘟咕嘟地喝下肚去，用手一抹嘴说："痛快！真痛快！比打周玉安这王八羔子还痛快。"然后冲着士德说："哥，如果没有啥事儿，我先回去睡觉了。”士德说：“好，打了一夜的仗，也都累了，现在我们好好睡上一觉，下午开个会，总结一下这次战斗的经验，清河你通知一下，让各小队长一起参加。”清河说：“好，我先去告诉他们一声。”清河、田玲各自回去休息。

临近中午，士德起床，正在准备下午会议的材料，士安跑来告诉他：“士德哥，叔上午来了，知道你在睡觉，没让叫醒你，现在在膏药作坊，等你一上午了。”士德听后，赶紧收拾了一下写的材料，和士安一起来到膏药作坊。

士德来到膏药作坊，见到大伯正在熬药的房间和士全讲解熬药时间的把握，便放慢脚步，站在大伯的身后，静静地听大伯说：“要使膏药更好地达到活血化瘀、祛风散寒、舒筋活络、开窍透骨、消炎止痛，现在要文火慢熬，如果火候大了，会严重影响锅中膏药和香油的化合，熬出的膏药不但药效降低而且光泽不佳，更影响膏药的黏度，贴到人身上对患处起不到很好的疗效。”张玉敬用手中的扇子扇了一下锅中的热气，看了一下锅内膏药的色泽，继续说道：“膏药的药效，在于熬制时间火候大小的掌握，归纳为一个字就是‘熬’。它的光泽在于香油原料的好坏和熬制时在锅中搅拌的速度，归纳为一个字就是‘搅’。我以前和你们常说，‘一丹二油、膏药呈稠，三上三下、熬枯去渣，滴水成珠、离火下丹，丹熟造化、冷水地下’。其形黑似漆，热则软，凉则硬，贴之即粘，拔之即起。我们老张家膏药之所以在小清河畔叫得呱呱响，是博采了民间传统药方之长而加以优化，又融入了历代祖辈临床经验，加祖传文武火秘制的结晶。”

说到这里，张玉敬回头看到士德站在身后，一边把手中的扇子交给士全一边对士德说：“醒了？上午来时看你睡得正香，我就到这边来了。打了一夜的仗，累了吧？”士德说：“大伯，不累，醒了一会儿了，士安去告诉我，才知道你来。”士安说：“刚才我就想去叫你起床，可叔不让去。”张玉敬接过话茬说：“士德，咱爷俩到你房间去，我有话告诉你。”然后两人向士德的住处走去。

田玲正在门前为士德洗衣服，听到脚步声，抬头一看，是士德陪着大伯一块儿来到，赶快起身，甩着手上的水，迎上前去叫道：“大伯好！你好长时间没有来湖心岛了，士德前两天还说想你了，准备抽时间回去看看你。”张玉敬微笑着回道：“你看，我这不是来了吗？田队长这孩子真好，帮助士德干这干那的，真是勤快！”田玲快步去敞开屋门儿，随张玉敬和士德进得屋来。张玉敬落座后，田玲端过一杯水递给他说：“大伯先喝口水，近来身体好吧？”张玉敬喝了一口水，说道：“好，身体还行，我能吃、饭量大，加上早起锻炼，身体没什么毛病。”边说边从上衣口袋中拿出一个雕刻非常精致的檀木小盒子，放到桌子上，刚想对田玲说什么，这时门外有人喊了一声“报告”，士德一听是荣臣回来了，赶紧前去开门，迎着荣臣说：“回来了？路上还顺利吧？这连夜行军赶路，一定累坏了，于书记有指示吗？”荣臣把一封书信交给士德，然后和张玉敬、田玲打过招呼后说：“路上很顺利，于书记对我们这次任务的完成非常满意，对清抗队的战绩给予了充分的肯定，他希望我们在小清河畔打出更好的成绩，切掉鬼子这条水上运输线，并扩大清河抗日根据地。”清河说：“好，于书记说得好，下一步我们一定要狠狠打击鬼子在小清河上的运输，切断敌人的交通命脉，夺取更多的战略物资，以实际行动支援清北根据地的抗战。”然后他让荣臣先去休息，其他事情下午会上再谈。荣臣和众人打过招呼后前往营地。

士德拆开于春成的来信，详细看了一遍，然后对田玲说：“清北特委给了我们新的任务，在打击敌人水上运输的同时，让我们继续扩大队伍，争取更多的人参加队伍，组建清河独立营。”士德说完微笑着把信递给田玲。田玲看到信的最后，上面写道：“士德，你大伯可好？前年在石河镇与他见面，事后拉起家常，他最挂心的就是你的婚事，那时他并不知道你已参加革命，我想你现在就在他老人家眼前，张会长肯定更盼着你早日成亲，你已三十二岁，早已过结婚年龄，如果有合适的人就结婚吧……”田玲看完，羞涩地把信交给士德。

这时，张玉敬接着刚才的话茬：“你俩整天为了抗日事业操劳，这个我向来支持，可是自己的婚姻大事咱也得办不是？”然后站起身，把桌子上的木盒拿在手中，对田玲说道：“田队长呵，你是个好姑娘，自从认识你，我就感觉到特别的亲切，像自己家人一样。士德的父母为了革命牺牲得早，留下士德让我照顾，现在我年龄大了，最想的事儿啊，就是在我有生之年，看着士德结婚成家。今天我代他的父母，把这个玉镯送给你，希望你能够来到这个家，把这个玉镯一代一代传下去。”

田玲望着张玉敬手中的木盒，然后看了士德一眼，双手接过盒子说：“大伯，放心吧，我会好好保管的。”在田玲接过木盒的那一刻，张玉敬的心中百感交集，想起早走的兄弟，心中一阵心酸，再看看眼前这么好的侄媳妇，从心里感到高兴，老人的眼睛里满含了激动、欣喜的泪珠……

士德把手帕递给张玉敬说：“大伯，这么多年来，我让您老操心了，您供我上学读书，启蒙我从幼年的懵懂一步步走出来，让我明白做人的道理，追求光明的生活道路。大伯，感谢您把我养育成人，给我成家，辛苦您了。请您老放心，我会永远对田玲好，做一个优秀的丈夫，与她相亲相爱，白头偕老。”说完他拉起田玲的手说：“田玲，我俩给大伯磕个头吧。”张玉敬赶快用双手示意两人不要磕头，并说道："现在是战争时期，不要搞得那么复杂，磕头就免啦！"士德说："尊重老人是我们张家的祖训，是我们应该做的，不磕头，那我俩就给您老鞠个躬吧！"张玉敬笑着说："好、好，鞠个躬，鞠个躬好！"士德和田玲把张玉敬让到椅子上坐下，两人并排站在他面前深深地鞠了一躬。张玉敬对田玲说道："闺女啊，真是难为你啦！在这特殊时期，今天咱就算是举行个简单的婚礼吧，等打败了小鬼子，我再给你俩补办一场正式的盛大婚礼，到时候我们老张家，要用八条大彩船，从咱这小清河上敲锣打鼓上济南把你娶回家，然后召集亲朋好友摆上他八十大桌。"田玲说："大伯，谢谢你，和士德在一块儿，没有什么难为的。"没有花轿，没有典礼，没有宴席，更没有闹洞房，田玲把被子搬到士德的住处，就算是结婚了。晚饭时间到了，只见伙房的门口两边贴着大红喜字。听说士德结婚，队员们早早来到。士德和田玲身穿整洁的灰色军服，胸前戴着红花，同战友们打着招呼。只见万清河站在门前向众人高喊："开饭啦，开饭啦！今天士德哥成亲，本来我们应该摆酒席，放鞭炮，可小鬼子占了我们的石河镇，只能举行简单的结婚仪式了。"清河继续说道："各小队分一坛子芝麻香老白酒，每人喝上两口，就算是祝士德哥和田玲姐新婚愉快、百年好合啊！"清河冲着田玲说道："下面请田玲姐给我们大家唱上一段儿，都欢迎啊！"田玲向队员们鞠了个躬，然后说："同志们一块跟着我唱，就唱我教大家的队歌吧。"队员们齐声回答："好，唱队歌。"田玲一边唱一边指挥：

土炮队，敢冲锋

小清河畔狼烟升

镇上汉子扛起枪

打得鬼子回东瀛……

一首歌唱完，田玲继续说道：“我们大家再来一首小清河号子。”队员们大声回道：“好！”只听队员们唱道：

小清河，长又弯
泉水东流浪花卷
面鱼雪白透明亮
船工拉纤背朝天

滚滚东流清河水
环绕故乡碧波涌
冲刷乾时古战场
流经齐地乐安城

号子声激昂高亢，队员们情不自禁地跟着打拍子，号子歌声、掌声、欢笑声合在一起，回荡在清水湖的上空。

炊事员郑大伯和柱子把两大盆菜端了上来，郑大伯冲着队员们说：“今天这菜是白莲藕炖野兔子肉、猪肉炖粉条子，大家伙儿就放开肚子吃吧！吃完了咱锅里还有！”队员们三个一群，五个一伙地吃起来……

根据下午总结会的安排，晚饭后万清河带领荣臣、铁锁、李传连、柱子、王传志前往石河镇，给冬梅送去缴获的步枪。他们六人乘一条溜子（小木船）来到湖边，将溜子藏在茂密的芦苇中，然后乘着夜色，进入石河镇来到冬梅家。他们六人刚来到院中，就听到镇南头响起了枪声、狗叫声。

第十二章
炸鬼子木炭窑

一

清河带人走后，士德巡查了一遍岗哨，然后回到营房宿舍。进得门来，只见田玲用红纸剪了一个“囍”字刚刚贴在床头，士德看到往日的恋人成为妻子，心里有说不出的高兴。看到士德回来，田玲说：“回来啦！水给你打好啦，快去洗把脸、刮一下胡子。”士德用手摸了摸下巴上的胡茬子。

刮完胡子，士德抬起头，田玲用双手捧起他那古铜色的脸，然后凑了过去，轻轻地吻了一下，士德感到有一股蜜般的泉水，甜滋滋地灌满了心田。

天亮后，田玲送张玉敬和士德来到湖心岛码头。回镇的路上，为避免引起敌人的怀疑，士德今天特意打扮成一个商人模样，准备回趟石河镇，到玉食村酒店和交通站掌柜李荣生接头。范向金划船送他们俩来到湖边，并让徒弟刘铁蛋送他们叔侄回镇。

回到镇上，士德和张玉敬分手后直奔玉食村酒店。

进入酒店，在交通员钟子的引导下，张士德来到后院，见到李荣生说：“老李，前两天我们袭击鬼子的仓库，能够夺取那么多的战略物资，顺利完成特委交给的任务，是因为你送达的情报准确，减少了我们清抗队不必要的伤亡，非常感谢。”

李荣生一边给清河倒水一边说道：“收集情报，是清北特委交给我们的任务，保证情报的准确，更是我们的职责，下一步情报站会提供更多准确情报，让你们打更多的胜仗，把日本鬼子尽早赶出清河平原，赶出中国，解放我们自己的每一寸土地。”李荣生说完把水放到士德面前。

士德说：“老李，昨天我接到于书记的来信，信中说让我们组织有生力量，狠狠打击鬼子在小清河上的运输线，我需要这方面的情报。”李荣生说：“清北特委也给我们发来指示，要我们密切配合你们的行动，于书记还让我单独转告你一件事情，特委准备把渤海印钞厂转移到清水湖来，一是考虑到济南爱国人士捐赠的印刷机器，从小清河运输可直转清水湖，运输方便；二是清北根据地经常遭到鬼子和伪军大规模的扫荡，笨重的印刷机械不易随时携带转移；三是从济南搞到的油墨、纸张等印刷材料，不必再辗转送到清北。于春成书记特别嘱咐，这件事还需要你去和张玉敬会长协商一下，争取他的支持，让我们更好地打败敌人的封锁，开辟另一条抗日战线——金融斗争。”

士德说：“这个事我去和大伯说。”李荣生说：“这次任务于书记特别嘱咐，让我们俩一块去。一来是让我代表他去看望一下老先生，二来这样做更彰显我们共产党人的诚意。”士德说：“好吧，就这样定下了，我先回去和大伯说一声，让他有个思想准备。”士德说完，起身和李荣生告别，去见大伯张玉敬。

二

万清河等人听到枪声，在院子里停了下来，不一会儿，枪声伴着追击的叫喊声由远而近。

此刻，李传连、铁锁、柱子迅速提着枪，从墙头爬上房顶，准备应付发生的意外情况，荣臣和王传志两人手持大刀守在大门的两边，清河和冬梅脚踏木凳，双手扶着墙头，向外观察大街上的动静。

只见五六个黑影手中端着枪，从大街南边小跑了过来，领头的手提匣子枪（手枪），来到离冬梅家五六米处停下来，拿匣子枪的人说："刚才还看到他们几个人在前边跑，咋追着追着看不见人啦？"一个高个子说："刚才跑到丁字路口，我看到像是有人往东跑了。"这个又说："不对，不对，我看到其中一个窜到邱家胡同里去了。"话音刚落那个又说："我看好像是跑进这方子门胡同了。"提匣子枪的人骂道："你们这些熊种怎么不早说，合着是我没有长眼，领着你们瞎追是吧？！"一个小个子接着说："队长，别听他仨胡说八道，你带我们追的这个方向，非常正确，他们就是往北跑了，一点儿都没错，队长才智过人，像皇军一样，做事大大的英明！"提匣子枪的人反问道："这方向对，那人呢？"小个子接着说："人？刚才不是让队长你一枪一个，给击毙了吗？"提匣子枪的人说："击毙？击毙了？对对对，还是你小子说得对。"然后冲着大高个说："人往哪儿跑了？"大高个赶忙立正说："报告队长，不是往东而是往北跑了。"提匣子枪的人听后，抬手给了大高个一记耳光，然后说："放屁！还是没打疼你！"大高个捂着被打红的脸回道："不疼，一点也不疼。"这时提匣子枪的对大高个又是一个左右开弓，两耳光子下来接着说："我叫你不疼，不疼你能记着吗？往哪儿跑了？”不等大高个回答，小个子忙说道：“活该，什么往北跑啦，是被队长击毙啦！”其他几个人异口同声地说道：“是被队长击毙了！”这时，提匣子枪的人举枪向夜空放了两枪，然后说：“都给我记住，今晚偷木头的人，全他妈的被我击毙了。走，回去。”小个子伸出大拇指说：“明天报告皇军，队长带领我们追赶八路，英勇善战，而且枪法是百步穿杨，击毙多人。”然后学着京剧中的老生道白，阴阳怪气地吆喝道：“打道回府啊！队长，还是你头前带路。”然后几个人吊儿郎当地消失在夜色之中。

这几个人走后，清河招呼柱子他们下来，为不影响冬梅父母休息，他们来到西偏房。冬梅看到清河送来的步枪，甭提多开心了，顺手拿起一支，枪是崭新的，枪栓上还带着黄油。冬梅说：“清河哥，我们有了枪，打鬼子就不用再点爆竹了。”清河说：“点爆竹是一种战术，这叫麻痹敌人，有时会起到意想不到的作用，就像上次，要不是你点爆竹呀，周玉安这小子哪能往回跑得那么快！”冬梅开玩笑说：“我们才不想点爆竹呢，清河哥，下次再给我们送一挺机关枪吧。”清河说：“看把你美的，你有了这步枪，自己从鬼子手里夺去。”冬梅说：“哼！夺就夺。”清河向冬梅伸了一下大拇指，说道：“梅子，刚才街上领头的那个，听说话的声音，是咱镇上吴希才家的二狗子吧？”冬梅说：“不是他是谁呀？就是这个家伙，整天跟在日本人后边，像亲儿子一样，干尽坏事。”清河说：“这小子什么时候混成伪警备队的了，还他娘的这么嚣张！”冬梅说：“去年春天，吴希才花钱在伪警备队给他买了个小官儿，这不整天带着几个人，在镇子上招摇过市，欺男霸女，忘了姓啥了都。”清河说道：“刚才被二狗子追的人，看来对地形很熟，他们跑的路线应是计划好的，是有准备的分散撤退。冬梅，你认为被追的是些什么人啊？”冬梅想了一下说：“不会是来喜、芒种他们吧？前天下午来喜找到我说，鬼子和伪警备队的人，这半个月来，在咱镇上强征老百姓的树木，不管谁家的，用红笔在树上打个‘×’号就被强征了，不但分文不给，还时常打人，镇上的人都恨不能杀了这帮畜生。这几天他们在镇南边的福利河上伐树，河滩里堆了不少。我和芒种商量好了，瞅个晚上给他掀到福利河里，顺水漂到海上去……”冬梅说完，清河说道：“很有可能是来喜他们，但是如果想彻底解决鬼子伐树的问题，必须从根本上入手，那就是炸掉鬼子的木炭窑。”冬梅说：“这样最好，刨了鬼子的根，叫他们伐树也没用。”清河说：“我回去和士德汇报一下。你让刘叔通知一下交通站，让他们尽快摸清木炭窑上的情况，为我们的行动做准备。”冬梅说：“好，我明天让爹去办。”

万清河对王传志和柱子说：“你俩留下来，教冬梅他们如何使用枪，训练时必须严格要求他们。”王传志说：“放心吧队长，保证完成任务。”清河安排完，起身和他们告别，带领荣臣、李传连、铁锁连夜返回清水湖。

三

为了保护人民群众的财产，并斩断鬼子的能源补给，彻底炸掉鬼子的木炭窑，按照万清河的吩咐，刘铁匠及时把侦察敌人木炭窑情况的任务传达给李荣生。

木炭窑在镇子的东边儿不到一里地，守护木炭窑的是伪警备队一个小队，共计二十四个人，小队长是博兴县店子人，名叫张有成，此人是个酒鬼，能喝一斤白酒，常到镇上的玉食村酒店吃喝。为了方便套取敌人情报，李荣生有意与张有成拉关系，不但不收他的酒钱，有时也会备好酒菜送到木炭窑去，这一来二往，日子久了，表面上两人就成了要好的朋友。

因木炭窑上的伪警备队有二十多号人，在送酒菜的同时，李荣生也顺便给他们带点香烟什么的，所以木炭窑上的人和李荣生都很熟。

李荣生接到任务后，靠着和张有成的关系，以送菜为名来到木炭窑，把酒菜送到张有成的队部，对张有成说道：“张队长，刚来的新厨子，做的这红烧肉蛮有风味，这几天你也没去，先给你送过来，品尝品尝啊！你自己先慢用，我把给兄弟们带来的烟送过去。”

张有成看到眼前青花瓷盆里色泽红亮、味正汁浓、冒着热气的红烧肉，那股诱人的香味，瞬间撩拨起难以抑制的食欲，立刻用手拿了一块送入口中，感觉肉质鲜嫩香软，肥而不腻，进口嚼了几下便滑入肚中，顿时浑身舒坦。吃完后，张有成用舌头在嘴唇打了两个圈儿，把刚才拿肉的手指头送入嘴中舔了几下，又拿起李荣生带来的酒，一边拧盖子一边说：“好，好，李掌柜你去、你去，那我就先喝上两盅。快去快回，等你啊！”

李荣生借着送烟的机会，对木炭窑进行了详细侦察，他发现木炭窑周边是很深的壕沟，还有两道铁丝网，铁丝网与木炭窑相距有五十多米，中间是一片开阔地，里边杂草丛生。李荣生想侦察一下这片开阔地的情况，就以解手为名，刚想进入，被站岗的王三河看到，大声呼道：“李掌柜不得进入，快回来！”李荣生听到喊声，急忙从开阔地的边缘退了回来。王三河走到李荣生身边，悄悄说道：“李掌柜，再往里边走，就是埋有地雷的雷区了，不可入内。”李荣生赶忙说道：“尿急了，尿急了，光想解手了。”说了几声“谢谢”，并顺手塞给他两包“三枪牌”香烟，赶紧离开。

李荣生回到队部，和张有成打过招呼后回到家，把侦察到的情况详细梳理了一下：如果要炸掉敌人的木炭窑，从周边进入是不太可能的，壕沟并不可怕，再深，用人梯也可以越过，但上去后，穿过这五十米的雷区就困难了。

李荣生对进入木炭窑的路线进行了反复研究和比较，最后确定，能进入木炭窑的唯一通道，也只有大门了，但这大门白天黑夜都有伪警备队人员值守，想通过也不容易。经过冥思苦想，李荣生终于想到了一个人，就是木炭窑的伙夫王胜三。

王胜三是石河镇人，三十六岁，前几年在广饶县城一家大饭店掌勺，是有名的“红案”大厨。这王胜三有一个非常漂亮的媳妇，叫孙香玲，有一次到市场买菜，回家的路上，被几个鬼子兵看到，便强行将其带回兵营准备施暴，孙香玲不肯受辱，极力反抗，惨遭杀害。自从媳妇被害，王胜三整天闷闷不乐，恨死了小鬼子，无心再待在县城，便回到了家乡石河镇。

回到家乡后，王胜三常到李荣生的酒店玩耍，因两人是远房亲戚，忙时，也下厨帮帮忙。年前，这木炭窑的小队长张有成托李荣生给找个做饭的伙夫，李荣生向他推荐了王胜三，这一来呢王胜三也有个收入，二来呢李荣生也可以通过他了解一下木炭窑这边的情况。一开始，这王胜三不想去，因为他恨鬼子，也恨帮鬼子做事的人，李荣生对他进行了耐心开导，向他委婉地说明了让他去的目的，王胜三心有所动，便答应下来。王胜三每到逢五排十赶集买菜路过酒店，都会住下歇歇脚，和李荣生聊上会儿，也不免谈一谈这木炭窑上的情况，李荣生都会对他进行表扬和鼓励。

这一天又是石河镇大集，王胜三买菜回来，把担子放到玉食村酒店门口，便来到李荣生的账房，两人沏上茶，边喝边聊，李荣生把自己的想法告诉了他。

王胜三听后，连连点头答应，并让李荣生放心，一定会办妥此事。临行前，王胜三告诉李荣生，这几天鬼子强征了范家沟涯上的所有大柳树，可能这两天就要伐树。李荣生说“知道了”，并告诉王胜三一定要小心行事。

李荣生送走王胜三后，细心琢磨刚才他说的话，一个大胆的计划在他的脑海里产生了，随后提笔把详细计划写好，让刘铁匠送到清水湖。

四

王胜三提到的这范家沟，离石河镇三里地，是古济水的一个老河套，因长年有水，两岸的大柳树长得特别旺盛，最粗的树身三个人牵手才可绕上一圈儿。

这树的主人叫范忠祥，八十二岁，心地善良，从其父辈就省吃俭用，吃苦耐劳，耕作闲暇时种下老河套两岸的这片柳树，如今都已成材，可就在十天前却被鬼子强征。范忠祥本想自己留下一棵，预备百年后打口棺材，便来到老河套伐木现场和小鬼子理论这事，谁承想不但没有办成，反被鬼子打了一顿！回家后连气带恨，含冤死去。

因老范家的树是被鬼子强征的，当地老百姓都不愿意来干伐木这个活，所以伐树很缺人手。李荣生正是从这件事想到了他的计划。按照李荣生情报中提出的计划，万清河带领着清抗队员，化装成伐树的壮工，顺利地进入了伐树场地。这天，鬼子没有来，只有伪警备队小队副刘怀明带领两个队员在伐树现场监工。因树木大，不易被盗，到了晚上，伐倒的柳树便无人看管。乘着黑夜，清抗队员们按原计划顺利地完成了既定任务，并且伪装得天衣无缝。

到了第二天，刘怀明把伐好的柳树先运到木炭窑，并吩咐木炭窑的头儿李富顺，把这批柳树堆放在靠近木炭窑的空地上。

傍晚时分，李荣生以卖烟为名来到木炭窑，一边卖烟，一边看了下从老河套运来的大柳树，心中暗自高兴，看到队员们做得如此巧妙，心想这次事情一定能成。

在木炭窑转了一圈儿，李荣生又去了伪警备队小队部，给张有成送了两瓶白酒，一只烤鸡，一盘油炸花生米，张有成看到李荣生送来的酒和菜，欢喜地摇晃着大光头，咧着嘴笑着，一脸的得意。

张有成说："李掌柜，今天又让你破费了，喝上一杯再走。"李荣生说："不了、不了，店里还有事，改天吧。"说完又给他放下两包"三枪牌"香烟。张有成送李荣生出门后急忙回屋，一盅酒一口肉地享受起来。

李荣生走到伙房，进屋来见到王胜三，低声交代了几句什么，便返回玉食村酒店。

午夜过后，王胜三按照李荣生的吩咐，起床来到院中，观察了一下四周无人，便乘着夜幕悄悄摸到炭场大门，将大门的门闩拉了开来，刚想开门，这时站岗的伪警备队员郑秃头好像是听到了什么响声，赶忙端起枪，用手电筒往大门口照来。关键时刻，只见一只大手捂住了手电筒的灯头，并说道："照什么照？没看到是我吗！"这郑秃头一看，原来是队副刘怀明过来了，连忙敬礼报告："刘队长好！刚才小的听到外面有响声。"刘怀明训斥道："连我的脚步声都听不出来吗？"郑秃头连忙顺着回答："听得出，听得出，队长的脚步小的自然再熟悉不过了。"刘怀明接着说道："你这家伙就会拍马屁。"说完，刘怀明便进到岗楼的内间，从左边的衣袋中掏出一瓶白酒，右边的衣袋里掏出一包碎牛肉，放到桌子上，对着郑秃头说道："啥时候才能熬到天明，这班值的，真他妈的累死了！过来陪老子喝上一杯。"这郑秃头看到不花钱的酒肉，一对黑白大眼，像算盘珠子一样盯着酒菜滴溜溜乱转，连忙点头哈腰，坐在刘怀明的对面。刘怀明给郑秃头倒上酒，这小子一仰脖子，举起酒杯就喝，酒杯刚到嘴边，刘怀明看准时机，拿起酒瓶往他的头上用力砸去，只听“哐当”一声，郑秃头倒在了地上……

刘怀明赶忙冲出哨所，协助王胜三将大门拉开，按原计划向早已埋伏在大门边的清抗队员们发出了信号。埋伏在不远处荒地里的万清河，看到木炭窑门口闪了两闪的手电筒灯光信号，遂带领队员们直奔木炭窑院内。

按战斗前的分工，地瓜娃小队负责解决全部岗哨和控制整个伪警备队人员，铜锁带领特爆队负责炸掉木炭窑，如遇反抗之敌坚决给予消灭。

地瓜娃带队进入木炭窑后，不费一枪一弹，将熟睡中的伪警备队全部控制起来，小队长张有成喝得烂醉，头枕在桌子上呼呼大睡。地瓜娃命令队员把伪警备队长张有成关押到一个房间里，并把门反锁上，其余的伪警备队员经简单教育后全部释放。木炭窑这边得手后，万清河传令，让打阻击的荣臣小队准备随时撤离，并告诉木炭窑上的劳工趁夜四散回家。一切安排妥当，万清河下达了炸窑的命令。

铜锁带领队员，来到木炭窑边的大柳木前，从掏空的树身中取出炸药，安放在木炭窑上。

原来前两天伐树的晚上，根据李荣生的建议，万清河带人乘着天黑，将大柳树用铁凿掏空，将炸药藏在树身里边，因为是在沟边伐树，队员们用黑泥对缝口进行了巧妙的伪装，内线刘怀明安排人提前运进了木炭窑。

铜锁带人将一切安排妥当，万清河下达了炸掉木炭窑的命令，伴随着一声声“轰隆隆”的巨响，木炭窑冲出一股炽热的波浪，碎裂的砖块和燃烧的木炭，在滚滚的浓烟中铺天盖地从空中坠落，木炭窑在爆炸声中被夷为平地。

听到木炭窑的爆炸声，小山一郎赶忙集合鬼子和伪保安队前来救援，可惜来到后看到的已是一片废墟。小山一郎气急败坏地来到汉奸队长张有成的队部，看到吃剩的酒菜，已知是张有成喝酒误事，气得小山一郎牙齿咬得咯咯地响。他命人打开关押张有成的房门，冲着张有成咬牙切齿地咆哮，狼叫似的，愤怒到了极点，恨不能将张有成敲骨吸髓，抽筋扒皮。张有成跪在小山一郎面前，磕头求饶："太君息怒！我也没想到会是这样啊！不是小的无能，是八路太狡猾了……""八嘎……"不等张有成说完，小山一郎一枪将其击毙，然后垂头丧气地带人返回河口炮楼。

第十三章
烧戏台挫败敌人阴谋

一

冬梅收到清河送来的枪后，召集来喜、芒种、小兰、大安、石头、娟子、庚子等人，组成了以冬梅为主的石河镇民兵小队，在清抗队员王传志和柱子的指导训练下，他们很快掌握了步枪的操作方法和使用技能……

王传志和柱子按照清河的安排，顺利完成教练任务后，返回清水湖。

这天傍晚，来喜来到冬梅家和她说："冬梅姐，你听说了吗？伪区长王建录出告示了，说要在咱镇上演五天大戏，专门上河北（小清河北）请的戏班子，说是从牛庄来的，唱、唱，叫什么、什么驴呢？"冬梅说："你听错了吧，什么唱驴呀，是唱'驴戏'吧，就是和咱们这儿唱的那个'扽腔'一个调。"来喜说："对对对，冬梅姐还是你记事儿，就叫'驴戏'。王建录这老混蛋可没那么清高大方，他咋舍得自己掏钱为乡亲们请戏看，不知花花肠子里又拉什么屎蛋子呢？”冬梅说：“一定是小鬼子和这帮汉奸又要合起伙来搞什么鬼把戏。”冬梅放下手中的活说：“来喜，走，咱得去看看。”说完两人朝镇公所大门走去。

日本鬼子为了愚化老百姓，掩饰侵略中国人民的种种恶行，打着“中日亲善”和“大东亚共荣圈”的旗号，在小清河两岸的村庄到处张贴宣传海报，借唱戏为名扎台表演，妄想以谎言粉饰和平，拉拢人心，推行奴化教育，欺骗麻痹老百姓。

冬梅、来喜两人来到镇公所大门，只见门右边三十多号人正在围观，墙上贴着一张大告示，上面赫然写着：

戏报

各位父老乡亲，大家好：

为了加强中日亲善，建设美好的“大东亚共荣圈”，大日本皇军特请了广饶有名的“高家班”来本镇表演琴书古装大戏，演出地点设在王家园子，连演五天。剧目有《小寡妇上坟》《潘金莲拾麦子》《白蛇传》《占花魁》《王小赶脚》，希望广大村民前来观看。

石河镇公所

冬梅看完后，拉了一下来喜，示意离开这里，两人一前一后来到冬梅家。到家后，冬梅把告示上鬼子请老百姓看戏的事儿在脑海中过了一遍，沉思片刻，告诉来喜：“你去通知芒种、大安、石头、娟子晚上到我这儿来一趟。”来喜说：“冬梅姐，通知他们有啥事吗？”冬梅抬头看了一下来喜说：“叫你去你就快去，问那么多干吗？等芒种他们来了再说。”来喜伸了一下舌头，朝冬梅做了一个鬼脸，答应着转身去了。来喜走后，冬梅找了一块小砖头，在地上不停地画着什么。

为了把这次政治欺骗宣传演出搞出点声色，小山一郎特别安排伪区长王建录和伪保安队长周玉安两人共同负责此事，并事先对王、周两人进行了严厉的训话，命令二人在演出期间尽心尽责，不许出错。这伪区长王建录为了讨好日本主子，对这次愚弄石河镇村民的演出是绞尽了脑汁，从演出场地的选址到每晚演出前欺骗宣传的编排，都通过精心的策划。形成书面文字后，来到河口炮楼，把材料报给小山一郎批阅。小山一郎看后，感觉还行，对他进行了一番夸奖，这王建录被夸得是从心底里都感到美，飘飘地从炮楼出来，哼着小调，倒背着双手，边走边唱，乐呵呵地回到镇公所。

周玉安负责戏台的搭建，他派手下人把老百姓家的石头碌碡集中到王家园子，然后按量好的尺寸，将碌碡立起来当石桩子，再把征用来的大户人家的高大木门板铺在石桩子之上，搭建了一个长二十米、宽十五米的大戏台。戏台的四个角各竖立了一根八米高的木头柱子，在柱子的上端拉上粗麻绳，挂上枣红色、浅灰色、黄色的幕布，幕布上用汉字写满了宣传“大东亚共荣”的汉字标语，然后把整个戏台围裹起来，戏台的后面还有一间供演员换衣服的更衣室。一切准备就绪，只等逢五排十的石河镇大集开台演唱。

到了晚上，来喜他们陆续来到冬梅家，冬梅向大家说明了自己的想法，得到大家的一致赞同，然后冬梅给他们进行了详细的分工。

到了石河镇大集这天，赶集的听说来了专业戏班唱大戏，并且还有名角，不少人便陆续涌向王家园子来了。

为了预防不测，周玉安在园子的周围安排了一个小队的伪保安队队员站岗。

上午八点，戏班武场锣鼓开台。两遍锣鼓打过之后，只见小山一郎带着十个鬼子兵，与翻译官黄瓜条、伪区长王建录、伪保安队长周玉安等人，一起来到台上落座。

少刻，只见王建录走到戏台中央，对着台下的观众说道："各位父老乡亲，为了共建大东亚共荣，大日本皇军，特别请了我们广饶县有名的高家班来镇上为乡亲们演出，这是对我们的无比关爱……"观众听到这里已是愤怒不已，忍不住在台下议论纷纷。一个老妇说："你们这些混蛋，还关爱呢，我家种的树，前几天都被你们抢光了，连老头子的棺材板儿都没给留下……"一个老汉神色忧伤，叹息了一声说："我们村在小清河边种的高粱，都让小鬼子无缘无故地砍了，还说什么防备八路偷袭，高粱挡住他们观察的视线了……"一个年轻人铁青着脸愤怒地说："抓我们村里人去上河口炮楼干活，不但不给吃，还经常打骂，我哥哥就是让你们无缘无故打残废的。"

这时王建录在台上高声说道："下面请皇军给我们训话，大家欢迎！"无论王建录在台上怎么招手示意，台下的人是默不作声，竟然吃了个闭门羹。

小山一郎装出一副笑容，走到台中央，用日本话叽里呱啦地说，黄瓜条再用中文大声号叫着翻译。只听从人群中传出一句话："这小鬼子在台上胡说八道，纯粹放狗屁，中国人不欢迎你们……"

根据冬梅前天晚上的安排，来喜和芒种化装成观众，来到演出现场对王家园子周边的环境进行了详细地观察，中午散戏后他俩往冬梅家走来。

二

为了挫败鬼子的愚化宣传阴谋，揭露敌伪的险恶用心，打击日本鬼子“强化治安”的愚民政策，冬梅决定在演戏的王家园子采取行动，散发抗日传单，并打掉敌伪的宣传场所，火烧戏台。她在地上勾画了从镇中到达王家园子的多条路线，反复进行斟酌、思考、比对，并派来喜和芒种到现场进行实地侦察，以便制定出打击敌人的最佳行动方案。

散戏后，来喜、芒种两人急忙来到冬梅家，向冬梅汇报了王家园子演出的整个过程和周边环境情况。冬梅听后说：“鬼子搭台唱戏的目的已经很明确，就是为了愚化老百姓，让我们子子孙孙成为日本军国主义的奴隶。”芒种说：“冬梅姐，要不咱晚上抱点棒子秸秆当引火，把戏台子点着给他烧了。”来喜说：“背上两包麦穰子多好，这个好点火。”冬梅说：“这事我也想过，等今晚我们到王家园子看过后再定。”三人商量了一会儿，最后冬梅说：“晚上叫上娟子，我们四个人先去看看，记得带上枪。”来喜、芒种答应后各自回家。

吃过晚饭后，芒种、来喜、娟子三人来到冬梅家，在夜幕的掩护下，冬梅他们顺着王家胡同运动到王家园子附近。

这王家园子处在石河镇和东关的中间位置，王家园子的西边，住有一户人家，老两口相依为命，户主姓王，叫王纯金，这王纯金不是别人，就是前几天教冬梅她们打枪的教练王传志的父亲。

四人来到王家门口，冬梅示意芒种向前叫门。王老汉听到敲门声，赶紧把门打开，见是冬梅他们，赶紧说：“快进来，快进来。”把冬梅他们让进院子，王老汉在门口向两边望了一下，确认没人发现，转身把门关上，并让冬梅等人进屋来说话。

冬梅把今晚的来意告诉了王纯金老人，老人听后思考了一下说道：“这个不难，因为演出完后，其他人员都回东关郑财主家住，戏台只留有两个伪保安队队员看护。”王老汉顺便介绍了一下戏台周边的环境。冬梅告诉王老汉说："王叔，我们想近距离观察一下，今晚让你操心了，谢谢叔。"王纯金说："看你这孩子说的，见外了吧？我是年纪大了，这身子骨也不听使唤了，要是早个十年八载的，保准和你们一样，拿起枪打这小鬼子。前几天传志回来，好片（夸奖）你们！说你们拿起枪来训练，个个顶呱呱，不愧是咱这小清河边长大的孩子。"冬梅说："王叔，看你把我们夸的，都不好意思了，你快回屋吧，改天再来看你。"说完，冬梅四人出门，顺着墙角摸到戏台后面。

此时，天空黑漆漆的，仿佛被无边的浓墨重重地涂抹在天际，黑蒙蒙的一片。丝丝的夜风，助几片黄叶挣脱了树的束缚，在凉风中轻轻飘着，上下翻动。整个镇子的街道上悄无声息，看不到任何踪影，除了偶尔听到几声狗叫。戏台顶上那盏昏黄的提灯，一闪一闪无力地照着冷清、沉寂的戏台。冬梅他们移动到戏台的后面，听到说话声音，停止前进，趴在戏台后边的一个小土沟内，观察戏台周边的动静。

一胖一瘦两个看守戏台的伪保安队队员，正对坐在戏台的武场位子上，一边抽烟一边议论今天的演出。胖子说："你看今天台上这小寡妇扮得是花枝招展，娇艳多姿，那玉手挥舞表演的动作，绝了，还有那台步走的姿势，那勾人的眼神，那樱桃小嘴儿，真他娘的馋人。"瘦子站起来接话说："你这胖子，就知道看人家长的模样，这看戏吧，得懂得听唱腔才是，有一句行话叫'听戏'，你听台上这小寡妇唱的，那叫声扣琴弦，腔音有高有低，以字达情，以情化腔，时而像清泉小溪，时而像春雨绵绵，不但声柔优美，而且委婉动听，扣人心弦，真是荡人心魄，令我迷醉啊……"看到瘦子手足舞蹈的演说，胖子也站了起来，冲着瘦子说道："你小子什么时候对戏还这么懂了？哦，想起来了，以前你老婆就是唱戏的，后来让人家拐跑了，对吧？"胖子说完呵呵大笑。这事巧的，还真让胖子给说着了。瘦子瞪了胖子一眼说："熊胖子，我告诉你啊，你别哪壶不开提哪壶，说人不揭短啊！"胖子没想到不小心揭了瘦子的疮疤，赶忙从口袋里掏出两根烟儿，递给瘦子一根说道："兄弟，开个玩笑，何必当真呢？改天哥给你去说说今天台上这个小寡妇，行了吧？"瘦子接过胖子手中递来的香烟说道："去去去，你可饶了我吧。"然后用洋火点燃香烟，边抽边哼起了青衣的唱腔……

两人忙着对演出评头论足，对冬梅他们的行动毫无察觉，冬梅观察了一会儿，确认只有两个伪保安队队员看守后，低声对三人说："咱们走。"说完四人按原路返回家中。

冬梅他们回到家中商定后，一致赞同火烧敌人的戏台，同时商定把抗日传单贴满王家园子。根据戏台布局和掌握的敌情，冬梅对这次行动作了详细分工。

到了晚上，所有队员全部到齐，出发前冬梅再三强调："今晚是我们正规训练后的第一仗，大家必须按事先分工好的任务去做，行动中更要听从指挥，遇到情况别慌张，不到万不得已，别开枪，这头一仗，咱们得打得像模像样，也给咱清抗队露一手，别砸了锅，都记着了吗？"队员们异口同声地回道："记住啦！放心吧冬梅姐。"队员们热情高昂地回答。冬梅说："好！现在我们就行动。"

这次行动看似简单，其实队员们要冒着生命危险，因为戏台有岗哨把守，万一出现疏忽，引起敌人的怀疑，就可能会丢掉性命。

大安、石头、来喜肩扛用口袋装好的麦穰子，芒种、根豆两人各拿一根绳子，娟子、小兰、丫头手中提着标语和传单，庚子右手提着糨糊桶，左手拿一把扫帚，向王家园子而来。

来喜、大安、石头、芒种按事先分工，分别从两个方向移动到戏台的后边。

这时听在台上看守的胖子说："今天真丧气，一天也没看上戏，晚上还来受这个罪。"瘦子说："我今天拉肚子，明天晚上不值班了。"这瘦子说完向戏台后边儿走来，本想找个地方解手，可刚走到更衣室墙后，就被来喜、芒种、大安等人逮了个正着。来喜摁着瘦子的胳膊说："别出声，你给我老实点，我们是清抗队的，今晚特来执行任务——火烧鬼子的戏台子，好好听话，就不杀你。"瘦子被吓得是直接拉了一裤裆，口中连连说道："八路爷爷饶命，我听话，我听话。"来喜说："今晚你们看戏台的有几个人？"瘦子回道："就我和胖子两个人，一点儿也没说假话，真的就是我们两个人。"来喜说："你把胖子喊过来，就说这里有情况，让他过来看一下。"瘦子连忙说："是是是，我这就喊。"只听瘦子冲着戏台上的胖子喊道："胖子你快过来看，我拾到一个钱夹子。"胖子一听捡到钱了，直奔戏台后边儿而来，边走边问："点了吗，看里边多少啊？"胖子刚一下戏台，就被石头和大安用麻绳绊了个跟头，只听扑通一声栽在地上。这胖子气得是青筋暴起，满脸发红，口中说道："谁呀？哎呀！我这腿呀！看老子非抓起你来不可。"面对嚣张跋扈的胖子，来喜上前一脚踏在他的头上说道："别出声！"这一脚踏得太重了，疼得胖子是嗷嗷叫。这时芒种、大安、石头一齐上来，把胖子捆了起来。押到冬梅跟前。两人被俘虏后惊慌失措，吓得跪地求饶，并向冬梅交代了戏台这里把守的情况，除他二人看守外，其他人都住在东关村。冬梅听后说："今天晚上我们要烧掉这戏台，就是为了不让小鬼子搞毒害乡亲们的宣传。为了行动安全起见，只有先委屈你们二人一下。"然后吩咐来喜和芒种用毛巾把两人的嘴给堵上。

按事先分工，娟子、小兰、丫头和庚子赶紧去贴标语，来喜看守胖子和瘦子，芒种等人将随身带来的麦穰子撒到戏台子的底部和台子布幕的下面。不一会儿，各自的任务完成，冬梅下达了点火的命令。

芒种、来喜各自划着了一根洋火，易燃的麦穰子遇到火苗，瞬间燃烧起来，引燃了幕布，引着了整个戏台，火势由小变大，由弱变强，熊熊大火借着强劲的风力，开始旋风似的四处蔓延，燃烧的声音噼噼啪啪，震动着天地，滚滚浓烟将戏台遮蔽，大火蹿出几十米高，向天空冲去，火焰在空中舞动，将整个夜空照得通明透亮。

戏台这边着了火，住在东关地主大院的伪保安队小队长慌忙拿起电话，向炮楼的小山一郎和周玉安报告，他使劲摇了几下，大声呼叫道："八路来了，八路来了，八路烧戏台子了，快来增援，快来增援！"叫了半天，却无人应答，原来刚才冬梅审问看守戏台的瘦子时，芒种早已把电话线给他剪断了。

戏台在大火中燃烧，眼看着就要变成灰烬。冬梅让石头和大安给两个伪保安队员解开绳子，并训诫两人，以后要好好做人，不要再给日本人干事了，随后将两人释放回家。

冬梅带领众人迅速撤离，不一会儿，只听戏台方向传来"叭叭叭……"的枪声和虚张声势的叫喊声，"抓住八路！追呀，别让他们跑了……"

来喜站住回头看了一下，说："这些狗汉奸，还真会装样，来来来，你们倒是追呀！"冬梅说："喜子，快点儿跟上，别落下。"众人消失在夜幕之中。

第十四章
巧建清河印钞厂

一

冬梅带人烧掉敌伪戏台的事在石河镇及小清河畔迅速传开，老百姓拍手叫好！消息传到清水湖，清河听后心中自然是非常高兴，他想和士德商量一下，回石河镇看看，一来是对冬梅他们这次的行动给予表扬和支持，二来再教教他们这夜间打仗的要领和应注意的事项。这样想着，来到士德的住处，进门后看到士德正用铅笔在纸上画图，便凑过去说："士德哥，画的啥呀？这一个圈一个圈的。"士德说："清河，你来得正好，我正想问你个事儿，这湖心岛西北方向那十多间房子以前是干啥用的？"清河说："士德哥，你是问在水边上的那十间吗？"士德道："对，就是那十间，我来岛上也这么长时间了，从没有见人去过。"清河说："士德哥，这十间房子，会长吩咐过，不让任何人靠近，所以这么多年也没有人去过，开锁的钥匙只有会长自己有。不过听说这些房子是你老爷爷那会儿盖的，别的我就什么也不知道了。”听清河说完，士德道：“噢，原来是这样。哎！你来肯定是有事儿吧？”清河说：“士德哥，听说冬梅他们烧了鬼子的戏台，打了胜仗，我想回镇上侦察一下鬼子的动向，顺便看看他们。”士德说：“这个事好，我同意。清河，再给冬梅他们带上点子弹和手榴弹。”这时田玲抱着一大摞传单进屋，对着清河开玩笑地说：“还有这纸弹，比子弹更厉害，威力大着呢。”清河说：“田玲姐，上次冬梅说，群众每当看到我们的传单，他们的抗日热情就会高涨起来。士德哥，你们先忙着，我走了。”士德说：“让娃子、荣臣和你一块去啊！”清河说：“好，放心吧，士德哥。”

清河走后，田玲来到桌前看了一下士德画的草图，然后说：“士德，你这是为筹建印钞厂设计的厂房吧？”士德说：“是啊，这次我到清河交通站，李荣生站长传达了特委要在清水湖建立清河印钞厂的指示，我回来前陪同李荣生站长专门拜访了大伯，说明情况后，大伯对这件事非常支持，满口答应了下来，同时还对筹建印钞厂提了不少好建议。大伯还说：‘就现在的抗日形势来看，你们建设清河印钞厂，通过发行货币，不但可以保证清北特区政府的财政收入，而且在筹集军费、支持八路军抗战以及根据地的经济建设方面，会有很大程度上的帮助，如果根据地经济繁荣了，就会有力地打击敌伪货币市场的经济。士德，李掌柜，这两全其美的事儿，我哪有不支持的道理呀？’”听完士德的话，田玲说道：“是啊，发行我们自己的货币，对敌开展金融斗争，打击敌伪钞市场，既有利于我们根据地的生产和发展，对敌斗争也增添了一件重要武器，根据地经济将会得到有力保障。”

田玲说完，士德对她说：“在湖心岛西北角的湖边上，有十间房子，周边芦苇茂密，是设置印钞厂最理想的地方，可刚才我问了一下清河，他说房子的钥匙在大伯手中，大伯还吩咐不让任何人靠近。”士德话音未落，就听到门口有人说道：“谁说不让任何人靠近啊？谁在说我的坏话呀？”士德和田玲一听是张玉敬的声音，赶快上前迎接，两人异口同声地说：“大伯来了，快来屋里，我们两人正在说建印钞厂的事呢。”

张玉敬进得屋来，落座后说：“听你们两人刚才的话音，是在惦记湖边那十间房子了，对吧？”士德说：“大伯，我正在和田玲说这件事呢。”张玉敬说：“今天，我也是为这个事来的，那天你和李掌柜走了以后，我在家想了好久，我就琢磨着，要在岛上建印钞厂，那十间房子是再合适不过了。”士德说：“大伯，听清河说，你吩咐过，没有你的同意任何人都不许靠近那十间房子，是这样吗？”张玉敬回道：“这个是千真万确，要说起这十间房子呀，这还是你老爷爷那个时候留下来的家产，你俩往前靠靠，我告诉你们一个咱老张家的秘密。”

老人深思片刻，说道：“在你老爷爷那时，这清水湖上盘踞着一伙土匪，为首的人称‘高大鼻子’，他们在石河镇一带打家劫舍，欺男霸女，并经常在小清河上抢劫商船，独霸一方。有句俗话叫‘兔子不吃窝边草’，可这高大鼻子不管这些，他不时地骚扰抢劫邻里庄乡，危害本地百姓，触犯了众怒。有一年的夏天，你老爷爷从镇子上组织了三十多人，都是精壮青年，拿着土枪和大刀，乘着夜色，乘船摸上清水湖，和土匪经过一场血战，将高大鼻子一伙全部消灭。为了保乡安民，你老爷爷组织了石河镇土炮队，在这清水湖上练兵，保全了一方平安，使家乡和小清河上的过往商船免受匪患。到了清末民初，政局动荡，战乱连连，在这样一个兵荒马乱的年代，你老爷爷为了储备粮食，就在这湖心岛的西北方向，盖了六间房子。”听到这里，士德接话问道：“大伯，这现在不是十间吗？”张玉敬端起水杯喝了两口，继续说道："为了安全起见，后来你老爷爷又接着盖了四间新房子，就在后接的这四间房子的底下，藏着一个现在只有我知道的秘密。"此时张玉敬站起身来，对士德和田玲说："你们两个跟我来，咱们去看一下。"

叔侄三人来到湖心岛西北角的房前，张玉敬从腰带上解下钥匙，然后把门打开。士德、田玲进屋一看，只见房内空空，什么也没有。看到士德、田玲的疑惑表情，张玉敬用手一指说："秘密就在那边，你们随我来。"

士德、田玲跟随张玉敬来到西边第四个窗户边上，张玉敬停下脚步，按了一下设在窗户底下的按钮，启动了机关，只见房子西边地面上的四块方砖缓缓向右移动，发出"吱吱吱"低沉的声音，片刻陷入右边的地面砖下，露出一个两米见方的洞口。

眼前的一幕让士德、田玲惊叹不已，两人赶忙走到洞前往下一看，只见一个木梯通到下面。张玉敬说："这是一条秘道，里边有多间房屋，是你老爷爷那时建的，顺着这条秘道往前走，直通湖东边的河神庙，河神庙当年是由你老爷爷筹资修建，图纸设计师是上济南请的大腕儿。有一天你老爷爷请这设计师来清水湖上给看一下风水，没想到他看完后提出了清水湖连通河神庙地下通道的方案，并说，这天下战争不时而起，如果修建成这地下秘道、密室，一来家人可以躲避战乱，二来可以抵御自然灾害。这建议还真被你老爷爷采纳，历时四年才修建完成。"张玉敬一边讲一边和士德、田玲顺着木梯走入洞内。张玉敬又说道："士德，下去后在右边砖墙上有个台子，台子上有洋火和马灯（提灯）。还有，在河神庙后院的西北角，有一个小门，开门后有一条深沟和这小清河相连，沟两边芦苇丛生，沟中藏有一条特殊的船，必要时可用来逃生。"士德回道："大伯，知道了。"士德和田玲来到洞底，按照张玉敬的指点，用洋火点燃马灯。

士德提起马灯刚想往前走，抬头看到台子的右上角露出一根食指粗细的火药信子（导火索），为防止火药信子受潮，用油布包裹得很严。田玲看见士德停下脚步，说："士德，看什么呢？"士德说："没什么，走，咱往前走走看。"两人向前走了一会儿，果然有多间宽敞的房子，两人在房中转了转，返回来把马灯放回原处。回到地面，士德忙问张玉敬说："大伯，在洞口下面马灯台右上角，我看到一根火药信子，是干啥用的？"张玉敬告诉士德："哦，这个呀，说来话长，当年修建这房子时，你老爷爷为防万一，在这岛上主要房子四角的地面下，都挖了一个洞，放上用油布包好的炸药，然后再用火药信子连接起来，地面上伪装好，为了不让重要的东西落到坏人手里，关键时可点燃火药信子炸毁它。"张玉敬又向士德和田玲讲述了这暗道机关的开启方法，两人一一记在心中。随后，张玉敬冲着田玲说："侄媳妇，你来试试，把这洞口关上。"田玲向前一步，按照张玉敬教的方法转动按钮，很快，只听"砰"的一声，地砖重新合拢，恢复了原样。

三人走到屋外，张玉敬返身锁好房门，然后把钥匙交给田玲，说道："侄媳妇，这钥匙就交给你了，房子你们随便用，建印钞厂选址特别重要，隐蔽性是第一位的。如果遇到鬼子来袭，今天你俩也看到了，可以迅速将洞口关闭，不会留下任何痕迹，技术人员也便于转移。"然后开玩笑地对士德说："士德，于书记他还欠我一顿饭啊！"士德说："大伯，放心好了，等这印钞厂建起来，我让清河和娃子套上马车拉着你，咱们一块回沙头营老家看看，顺便到清北于书记那里，让他给你弄只你最爱吃的野兔子，再让我光汉哥去六家户东边泥沟子里摸点鲫皮子鱼熬上，我们陪你喝上几盅，保证让你好好吃上一顿。"张玉敬听后说道："这事好，这事好，我就等着了。"三人边走边说，刚到门口，交通站的通信员钟子迎上前说道："张部长好，这是于书记的来信，李站长让我亲自交给你。"钟子说完，把手中的两封信件交到张士德手上。士德对钟子说："钟子，来屋里坐会儿，喝杯水吧。"钟子回道："不了，回去还有其他事。张部长，我先回去了。"钟子和张士德等人打完招呼后，返回石河镇。

三人进得屋来，张士德看了一下信封，把其中一封信递给张玉敬说："大伯，这是于书记写给你的信，你看一下。"然后自己打开另一封信，认真地看了起来。张玉敬接过信，从口袋中掏出老花镜戴上，然后静静地读了起来。信中写道："张会长，你好！石河镇匆匆一晤，瞬逾三载。相识以来，春成在您老身上学到了很多东西，您识大体、顾大局，高尚的人格、宽广的胸襟，无不令人敬仰。现在中华民族已经到了危急存亡之秋，您不计得失，捐款捐物，鼓励后辈投入到救国的革命运动中去，表现了一个真正中国人的骨气，八路军清北特委非常感谢您对我们的帮助和支持，您的所作所为感动着我们，坚定了我们抗战必胜的信心……"

张玉敬看到这里，心情激动，兴奋不已，如同被风吹皱的清水湖面，久久不能平静，一股暖流传遍了全身，热泪禁不住滚了下来。他拿出手帕擦了一下眼泪，静了一会儿，继续读了下去：

自抗日战争全面爆发，日本侵略者在军事上对抗日根据地实行疯狂的扫荡，在经济上进行封锁和掠夺，伪顽政府也妄图扼杀共产党抗日武装。随着清北抗日队伍和抗日根据地的不断扩大，我们筹粮筹款遇到很大的困难。同时，地方军阀、投机商大量发行地方流通券等土杂钞，他们强迫、欺骗群众使用，造成市场钞票种类繁多，杂币泛滥，物价飞涨，金融市场混乱，给抗日工作和人民群众的生活带来很大的不便，为保证军需民用，我党决定筹建清河印钞厂……

张玉敬看完信后，把眼镜摘下来放进口袋，然后对士德说：“看了这信，真是叫人心里暖和和的，要是这小鬼子不来侵略咱中国，不打仗，这于老板，不，不，是于书记保准是一位很好的经济学家。”

士德说：“抗战前于书记是一位大学教授，他在法国留学时，学的就是工商管理和经济学。对了大伯，于书记这封信上说，明天晚上印钞设备就要通过小清河运到清水湖，让我们前去小清河边上的尚道村附近接应。看来我们就要忙一阵子了，大伯，今天晚上你住下吧，明天再回镇上。”张玉敬说：“不了，不了，你们忙，我人老眼花的，就不在这里瞎掺和了。士德啊，再忙也要照顾好田玲，她要是有什么闪失，我可轻饶不了你。”田玲说道：“大伯，你放心吧，士德待我挺好的。”然后冲着士德说：“你要是敢欺负我，我就告诉大伯，看大伯怎么收拾你！”说完后朝着士德做了一个鬼脸对张玉敬说道：“大伯你慢点走，我和士德送送你。”张玉敬说：“别了，别了，你们忙吧，改天我再来。”张玉敬离开湖心岛，返回石河镇。

二

清河、荣臣、地瓜娃、柱子四人乘船离开清水湖，上岸后奔石河镇而来，他们走到镇西的蒋家窑高粱地时，只听有人高喊：“抓住他！别让他跑了！”同时传来了枪声，由远而近。

清河四人听到动静，为了不被敌人发现，他们快速隐蔽在废弃的窑坑中，从窑坑中向外观察情况。清河看到镇上的老乡邱文山，正被两个鬼子和三四个伪警备队员追赶，赶忙命令地瓜娃和柱子前去将敌人引开，然后再到这里汇合，并让荣臣在砖窑坑的制高点作掩护，自己冲出窑坑，顺着一个土坡快速向前，跑到邱文山的前边将他拦住，迅速带他躲进窑坑。

他俩来到窑坑，只见这邱文山跑得是大汗淋漓，脸色吓得苍白，气喘吁吁地瘫坐在窑坑的草地上。清河说："文山哥，别怕，现在没有事了，刚才小鬼子们为什么追你？"这邱文山定了一下神，说道："清河，原来是你啊，今天多亏碰到你，要不就让小鬼子们逮住了。刚才他们一打枪，可把我吓死了。清河，听说这几天小鬼子到处抓人，被抓去的人，都集中到警备队大院里去了。今天他们为啥追我，我还真是'丈二和尚摸不着头脑'！俺吃了早饭，你嫂子就让我来这高粱地里锄锄草，这刚锄了两趟，就碰上小鬼子来抓人了。"清河说："文山哥，被抓的人多吗？他们都被关在警备队吗？"文山回道："这个我也是听镇子上的人说的，至于抓了多少人，我还真不清楚。"这时，地瓜娃和柱子回来了，地瓜娃说："清河哥，我们把小鬼子引到时水古道的苇子沟里了，让他们在里边转悠吧。"清河说："那咱们走。"并嘱咐文山回家的路上要注意安全。

来到石河镇，清河把带来的弹药、传单交给冬梅，并吩咐荣臣、柱子向民兵队员们讲述对敌作战的要领和游击打法，一切安排妥当，自己奔刘铁匠的铺子而来。清河来到铁匠铺，和刘铁匠打过招呼后，两人进到屋中，清河低声和刘铁匠说明来意后，只见刘铁匠解下身上的围裙，拿起一把菜刀，直奔玉食村酒店。

刘铁匠来到酒店，待了约两袋烟的工夫，李荣生把他送出酒店。李荣生边走边说道："刘掌柜，你这手艺不但在咱这镇上出名，沿着这小清河上下十里八乡，那也是顶呱呱叫得响，咱这红案的大师傅，夸你是百里挑一的好手艺、好匠人啊！"刘铁匠回道："老了，老了，这人啊，不服老不行啊！"刘铁匠一边说着一边下了台阶，回头向李荣生继续说道："李掌柜，回去吧，别送了，有时间到我铺子上喝茶啊！"李荣生答应着："一定去，一定去。"李荣生目送刘铁匠走远，转身回到酒店。刘铁匠快步赶回铁匠铺，吩咐徒弟掌管好铺面，自己进得屋来。

清河见刘铁匠回来，说道："叔，见到李掌柜了？"刘铁匠说："见到了，你让我问的那事，他们也正在调查，李掌柜说抓的人现在都关押在警备队，下一步很可能把他们送到东北或者是日本去做劳工，具体押送时间，等他弄清楚了会及时告诉咱。"清河说："叔，我马上回清水湖，和士德哥汇报一下这个情况，提前做好营救的准备。叔，以后你要注意安全。那我先走了。"

清河告别刘铁匠和冬梅，和荣臣等人往清水湖而来。

三

士德得知印钞设备明晚就要到达清水湖，想出门前去准备接应的船只，这时清河带领地瓜娃、荣臣、柱子来到门口，清河一看士德急急忙忙地向外走，喊道："士德哥，我们回来了。你干啥去，跑得这么急？"士德听到清河的声音，停下脚步说："清河，回来了？我正想去湖边一趟，准备几条木船，好明晚往这儿装运印钞的机器。"士德和清河打完招呼后，荣臣向前一步说："指导员、队长，你们回去研究运机器的方案吧，备船的事，就交给我和娃子好了。"清河说："也行，你和娃子去湖边准备船吧。"回过头对士德说："士德哥，让他们准备三条船够吗？"士德说："行，我们去二十个人，三条船足够了。"清河对荣臣说："带上夜间行动可能用到的东西。"荣臣答道："队长，放心好了，在这小清河上玩船做事，咱是手到擒来。"清河说："每次行动都得认真，不可麻痹大意啊！这是命令。"荣臣在清河面前一个立正，高声说道："报告队长，坚决完成任务。"说完后，便和地瓜娃等人去了湖边。

清河、士德进得屋来，士德问清河："刘叔、婶和冬梅他们都好吧？"清河说："好，都好，现在冬梅他们的抗日热情可高了，他们不仅在鬼子眼皮底下撒传单贴标语，揭露鬼子所谓'东亚共荣'的真面目，还有勇有谋，烧掉了鬼子试图哄骗百姓、美化自己的戏台子。"

士德听后又说道："冬梅进步很快，现在成了石河镇的抗日女英雄了！这次他们在小清河畔反敌人'治安强化'运动中表现非常出色，在群众中起到了很好的带头作用。我们身边有这样的乡亲们支持，定会尽快把日本鬼子赶出中国去。清河，还有什么别的新鲜事，一块说来听听。"清河把座位往前挪了一挪，说道："听镇上的人说，这几天鬼子和伪警备队在小清河两岸到处抓人，见了人不由分说就给绑了，不光抓男劳力，还抓四十岁以下的妇女。现在鬼子抓人的目的还不清楚，只有等李站长他们的情报了。"士德说："等情报站的来信是一，我们自己也要密切关注鬼子的动向，要随时了解被鬼子抓去的乡亲们，关在哪里？有多少人？通过什么渠道押往何处？"清河说："好，这个事我去安排。"然后两人又对明天晚上接运印钞机器的事，作了研究和分工。

清河看了一下表说："士德哥，先这么定下，如果有什么变化，你再通知我，我去湖边码头看看荣臣他们船准备得怎么样了，顺便安排地瓜娃去侦察一下被抓乡亲们的事。"士德说："好，你先去吧，等会儿我也过去。"这时只听门外有人说道："这是要上哪儿去啊，真是来得早不如来得巧！"清河、士德顺着声音一看，来者不是别人，正是清河交通站站长李荣生。只见李荣生粗布长衫，一副商人打扮，手挥礼帽，边打招呼边向士德走了过来。

两人赶忙迎接李荣生进屋，士德一边让座一边说："李站长，你来得这才叫及时，刚才我还和清河唠叨你呢。"

三人落座后，清河忙问：“李站长，被抓乡亲们的情况侦察得怎么样了？”李荣生说：“日本鬼子占领东三省后，为巩固侵略东北的战果，大修公路、铁路和军事工程。为了确保工程的进度，他们在敌占区征用大量的劳工，把他们运往东北，强迫他们在煤矿、金矿、铁矿和各种军事工程中从事极其艰苦的劳动，劳役中稍有不慎，就会遭到鬼子的毒打，他们承受着非人般的痛苦和折磨，经常有人因饥饿晕倒，被活活地折磨死。被抓的妇女，鬼子会把他们送到军中，充当慰安妇。”清河说：“我们要尽快想办法营救他们，决不能让乡亲们去受这个洋罪，狗日的小鬼子。”士德说：“李站长，乡亲们现被关在什么地方？共有多少人？”李荣生说：“被抓的老乡，被关在伪警备队大院，男的二百一十二人，女的六十七人，现在得到的情报是，两天后鬼子用汽车把他们送往广饶县城。特委于书记传来指示，让我们一定要营救出乡亲们，狠狠打击鬼子。”

士德听李荣生介绍完被抓乡亲们的情况、说明于春成书记的指示后，说：“李站长，对于这次任务，我们清抗队坚决执行特委的指示，会不惜一切代价把乡亲们营救出来，请你转告特委和于书记，保证完成任务！”李荣生走后，两人商量确定了下一步的工作，由清河负责接运印钞机，士德准备营救乡亲们。

分好工，两人来到湖边码头，荣臣走过来说船准备好了，清河上船检查了一下，说：“好，再多带几根绳子。荣臣、娃子，你们从队里各挑选十个人，明天晚饭后我们出湖。”

四

到了接货的这天晚上，清河、荣臣、铜锁带领船队从清水湖出发，顺小清河往下游而来。船到上道村附近，清河按原计划发出接头信号，清北特委武装部长刘书杰早已在此等候。

看到清河他们的船队顺水而来，刘书杰挥手招呼道：“清河，快过来，我们在这里，我们在这里。”清河听到刘部长的呼叫，指挥船靠向北岸。

清河上岸快步走上前去，握住刘书杰的手说：“刘部长，你好！真没想到是你，自从清北一别，很是想你们，于书记和大伙都好吧？”

刘书杰说：“都好，都好！清河，你们清抗队自离开清北重返石河镇以来，在小清河畔打了不少的胜仗，有力支援了根据地的发展，特别是上次你们把缴获敌人的药品和武器及时送到根据地，使我军得到了很好的补充，尽管敌人多次疯狂扫荡，清北这片抗日根据地，始终牢牢地掌握在人民手中。”清河说：“刘部长，谢谢特委的信任，我们做得还不是很好，在今后的战斗中我们会继续努力的。”听完清河的话，刘书杰点点头，转身向清河介绍身边的两人说：“清河，我来介绍一下，这两位是从济南来的同志，负责印钞厂建设的技术人员，这位是许洪光老师，是我们印钞厂的机械师；这位是马立学老师，是负责印钞技术的工程师兼厂长。”刘书杰介绍完，清河赶忙上前和两人握手问候，并做了自我介绍，相互认识后，清河问刘书杰：“刘部长，机器在哪里？现在装船吗？”刘书杰告诉清河：“清河，为防万一，我们提前做了准备，机器都已装船，并在机器上面用盐作了伪装，船就停在前面，走，我们一起过去。”清河说：“好，刘部长，我们上船吧。”刘部长等人随清河上了船，又往下游走了一会儿，来到王家渡口，只见六条装满盐的木船停靠在岸边，刘书杰手指木船说：“清河，就是这六条船，印钞机藏在首尾两条盐船的下面，配件很全，到达清水湖后，只管组装就是了。”然后问清河：“印钞的厂房都准备好了吧？”清河回道：“一切都准备好了，只等机器到了，马上可以安装。”刘书杰接着说：“那好，为了把印钞设备尽快运到清水湖，你们现在就出发吧，路上千万小心。回去后，代我向张会长、士德、田玲和队员们问好！”然后对许洪光和马立学说：“许老师、马老师辛苦你们了，就此别过，咱们以后再见。”刘书杰又吩咐清河，路上要照顾好两位老师。众人分手。

刘书杰走后，清河按事先计划，吩咐部分队员在船上撑篙，应付可能发生的意外情况，随时准备战斗；让田铜锁带人扮成纤夫在岸边拉套子。

装满盐的木船，在小清河里逆水而上，田铜锁他们拉紧纤绳，扯开脚步，走在岸边，齐心协力下，盐船走得那真叫个快。

清河在头船掌舵，大声对领头拉纤的田铜锁喊道：“铜锁，加把劲，唱起咱的号子来啊！”铜锁回道：“好嘞！清河哥你就瞧好吧。”只听铜锁大声领唱道：

“小清河……”

队员们齐声接唱：

小清河

长又长

河边的苇子粗如梁

节节高

伸天上

河里的面鱼白又亮

三五月炖菠菜

油炸的螃蟹满街香

镇上的爷们跑大船

套子纤绳三人连

赤脚背纤跑济南

大家边走边唱，号子声不绝于耳……

木船通过尚道村后，继续向西前行，只见岸边是一片荒滩，杂草遍地，芦苇丛生，少有人烟。田铜锁继续引号，队员们各尽其职，一齐发力，听号应和：

小柳树嗨哟，嗨嗨哟

合：嗨哟、嗨哟

牵拉枝哟嗨

合：嗨哟、嗨哟

船上坐着个小白妮哟哟嗨哟

合：嗨哟、嗨哟

手也巧哟嗨

合：嗨哟、嗨哟

脚也巧嗨哟

合：嗨哟、嗨哟

小船高兴地快着跑嗨嗨哟哟嗨

合：嗨哟、嗨哟、嗨哟

从羊口嗨、哟嗨嗨哟

合：嗨哟、嗨哟

上济南嗨哟

合：嗨哟、嗨哟拉着白妮到泉城嗨嗨哟、嗨哟

合：嗨哟、嗨哟、嗨哟

行逆水哟嗨哟

合：嗨哟、嗨哟

过五寨嗨哟

合：嗨哟、嗨哟

赶到码头歇歇脚哟嗨嗨哟、嗨哟

合：嗨哟、嗨哟、嗨哟

船一路向上，再往前走，是船工们称为“连三漩”的险滩河段。

就在此时，西北的夜空上，大风刮着乌云，电闪雷鸣，不一会儿，那密集的雨点从天空中猛扑下来，雨越下越大。盐船一下子钻进暴雨中……

滂沱大雨导致河水暴涨，发出哗啦哗啦的流水声，由上而下的激流冲击着盐船的船头，激起朵朵浪花。雷电闪光的一瞬间，队员们看到暴雨击打水面，溅起无数个水泡，荡起朵朵水花。借着雷电的闪光，清河把舵交给荣臣，自己站在船头大声喊道：“兄弟们！船过连三漩啦，听我的号子，齐使劲呵！”队员们齐声附和。随后清河喊出了通过连三漩那高亢有力的小清河号子：

过了桓台草桥南哟嚯嗨

嗨哟、嗨哟

老河套子清朝迁哟嗨

嗨哟、嗨哟

镇上汉子哟、船头望哟嚯嗨

嗨哟、嗨哟、嗨哟

眼前就是连三漩哟

嗨哟、嗨哟
连三漩哟、三大湾哟
嗨哟、嗨哟
湾湾都有鬼门关哟嚯嗨
嗨哟、嗨哟、嗨哟

头一湾哟、头一漩哟嗨
嗨哟、嗨哟
旋涡飞转如蛇缠哟
嗨哟、嗨哟
一个追着一个赶哟嚯嗨
嗨哟、嗨哟、嗨哟
贴着船舷打转转哟
嗨哟、嗨哟

中间湾哟、又一漩哟嗨
嗨哟、嗨哟
形似马猴非一般哟
嗨哟、嗨哟
水声像是野狼叫哟嚯嗨
嗨哟、嗨哟、嗨哟
人人听了心胆寒哟
嗨哟、嗨哟、嗨哟
过了两漩再一漩哟嗨
嗨哟、嗨哟

旋涡像锅米溜圆哟

嗨哟、嗨哟

如同狮子大开口哟

嗨哟、嗨哟

像是水鬼来吞船哟嗨

镇上的汉子哟、嗨哟、有虎胆哟嗨嗨嗨哟

稳舵撑篙保船过哟、哟嚯嗨

嗨哟、嗨哟、嗨哟

有船咱才有饭碗哟

嗨哟、嗨哟

过了脚下这段湾哟嗨

嗨哟、嗨哟

老板给咱掏赏钱哟嗨

嗨哟、嗨哟、嗨哟

船队通过“连三漩”后不久，驶入石河镇水域。岸上圆柱形炮楼顶部，鬼子的探照灯不时在河面上照来照去，来回移动的灯光，把河水和暴雨照得一片明亮。小清河上来往的船只，通过石河镇河口，全在鬼子的监视范围之内。

此时清河所在的头船已进入码头河段，南岸炮楼上的鬼子发现了河中正在逆水向上的船队。

鬼子用话筒高喊停船检查，同时向船队前面河道中开炮示警，呼啸过来的炮弹，落入河水中，强大的爆炸力激起几条水柱，升腾十米多高，然后迅速扑回水面，头船在水浪的冲击下开始晃荡起来，船队速度慢了下来。

清河清楚地知道，船队现在鬼子的炮击范围内，必须巧妙与敌周旋才是，否则整个船队一条船也过不去，便用手示意船队向北岸靠近，假装停船，准备等鬼子过来检查时，将其制服，逼其放行。

按原计划，田铜锁等人放下肩上的套子，跳入河水中，只等船上的鬼子过来，见机行动。后边两条船上的队员，趴在船上盖盐的雨布底下，枪口瞄准了炮楼上的探照灯，只等清河下令，将其击灭。

炮楼上的鬼子看到船队前行速度慢下来，正在靠向北岸，便停止了炮击，小山一郎带领三个鬼子从炮楼里走出来，上了停在岸边的机动船，向北岸驶来。

就在此时，从上游开来一艘快艇，径直向船队开了过来。清河借着雷电光一看，快艇上架着日式歪把子机枪，只见艇上站着四个身穿鬼子军装的人，另外还有一个穿和服的日本商人。

战场上瞬息万变，清河没有想到，又来了一艘鬼子的快艇，如果他们联合查出印钞机，那麻烦就大了，乘着大雨，得抓紧时间冲过这码头河段，杀出一条血路，让藏有印钞机的两条船迅速离开这里，不然一旦被鬼子发现，开炮射击，后果不堪设想。

这时，荣臣走了过来，低声和清河说："队长，咱们打吧，晚了就来不及了。"

清河刚想下达战斗命令，抬头一看这艘快艇已开到和盐船并列的河中心，奇怪的是，快艇上的人，并没有到盐船上面进行检查，而是在河中心停了下来，拦住了从炮楼开过来的鬼子船只。

雨渐渐停了下来。快艇船头上的一个鬼子用旗语向炮楼上的鬼子发出让船队通过的信号。

荣臣一看，这鬼子旗语兵的身影咋这么熟悉？转眼一想，马上明白过来，立刻对清河说："队长，咱们赶快准备开船，是士德哥他们来了。这快艇上的旗语兵，是李传连装扮的，上次我们在小清河上沿河侦察时，俺俩学的就是这一手（旗语），刚才他发的旗语动作，就是告诉炮楼上的鬼子，让我们的盐船通过。”清河说：“我感觉有点不对劲，这快艇像是日本人的，士德哥上哪儿弄这么好的快艇啊？不可莽撞，再稍微等等看。”

河中心快艇上的日本商人，不知用日语和小山一郎说了什么，小山一郎听后是连连点头，大约一袋烟的工夫，小山一郎调转船头回了炮楼。

快艇在河中打了个半圈儿，开到清河的头船旁边。只见快艇上的日本商人对清河说道：“万老大，一切平安，开船吧。”清河一听，是士德的声音，赶忙回道：“好嘞。兄弟们，开船啦……”

快艇前边引航，船队在小清河中继续向前，炮楼上鬼子的探照灯为盐船照明送行，直到船队消失在雨夜之中。

船队走到清水湖口，准备转头进湖，士德让李传连在湖口巡逻警戒一会儿，之后把快艇开回原处放好。李传连答应说：“是，放心吧指导员。”士德说：“你们继续向前，我上清河的船。”随即从快艇上大步跳上了清河的木船。士德跳上木船后刚站稳，清河就迫不及待地问道：“士德哥，你真能耐，快艇是哪儿弄的？你和炮楼鬼子说的啥？他们咋那么听你话，不但将船队放行，还用探照灯送出咱这么老远。可了不得，你今晚要是不来，我可能就和鬼子们干起来了。”

士德说：“你们走后，我琢磨着，为了把印钞机顺利运到，尽快安装，我又去地下密道看了一下，按照大伯上次告诉我的情况，我顺着密道来到河神庙，找到了大伯所说的这艘快艇。”

清河说：“原来会长还藏着好家伙，怪不得不让外人靠近那个地方。”士德又说道：“上次交通站的李站长和我说过一个情况，驻广饶县城的鬼子队长松山有个亲哥哥，是个中国通，他在张店和周村各开设了一家大型染料厂、耐火材料厂，因生产中需要大量的盐做原料，经常私自买卖，根据这一线索，为了更好地接应你们顺利通过石河镇炮楼，我特装扮成'松山'哥哥企业的总经理，向小山一郎说明盐船装载的是企业定购的生产原料。现在太平洋战事吃紧，如果耽误了军需产品的生产，松山队长会不高兴的。再加上有这快艇和传连他们化装协助，所以啊，小山一郎听后，就乖乖地放行了。"清河说："不但放行，还用探照灯送出这么老远，真是难为这小鬼子了。要是有机会，一定赏他两颗花生米（枪子）。"

说话间，装载印钞机的两条盐船来到湖心岛的西北角。

第十五章 营救乡亲们

一

被抓的乡亲们全部关押在石河镇伪警备队大院里，失去了人身自由。负责看押的吴二狗在院子里来回巡视，不时走到窗户前探头往房中瞅一瞅，招来的是乡亲们的一片骂声。伪警备队长王向奎骑着自行车回到警备队院内，来到车棚前，两脚滑地一个刹车，然后把自行车放回车棚。

吴二狗见王向奎从炮楼开会回来，离得老远便点头哈腰地打招呼：“队长，这么快就回来啦？皇军又给咱们什么任务了？”王向奎看了吴二狗一眼，也不答话，直接进得屋来，吴二狗紧随其后。王向奎脱去伪警服上衣，往沙发上一扔，坐在椅子上，把双脚伸到办公桌上，从烟盒中掏出一支香烟，叼在嘴上。吴二狗赶忙掏出打火机说：“队长辛苦，来，小的给您点上。”王向奎叼着香烟嘴角一歪，吴二狗手捧打火机给他点烟，王向奎猛抽了几口，呛得是连声咳嗽，吐了几口唾沫，然后头往椅子背上一歪，双目紧闭，思索刚才会上小山一郎的训话及押送被抓劳工的安排。王向奎心想，这小鬼子小山一郎，也不告诉我押送的人数和出发时间，这是他娘的不相信人啊！抽完一支烟，转身对站在一边的吴二狗说："狗子，抓来的人这两天都还老实吗？"吴二狗说："男的多数还可以，比刚抓来时安稳多了，女的都不老实，在屋里连哭带叫，寻死寻活的，真烦人。"王向奎接着说："看押的事要特别小心，今天皇军在会上发话了，如果出了岔子，人从咱这里跑了，或是让八路钻空子救走了，你我的脑袋都得搬家，知道不？"吴二狗连声说道："知道、知道，小的每天坚守岗位，愿为皇军效劳，不，不，愿为队长效劳。"王向奎接着说："这几天你少去喝花酒、逛窑子，听见了没有？"吴二狗一个立正，举手朝王向奎打了一个敬礼，然后说："报告队长，小的记住了。"王向奎扔了一支香烟给他，吴二狗双手接过，高兴得点头哈腰，长驴脸笑成了圆烧饼，说道："队长，你先休息，我去查查岗。"吴二狗自己把香烟点上，口吐着烟雾退出王向奎的办公室。

石河镇这边，冬梅、来喜、芒种他们为营救被抓的乡亲们，一直在紧锣密鼓地进行准备，冬梅安排来喜、芒种两人侦察乡亲们被关押在伪警备队的确切房间。两人连续去了几晚上，都因敌人岗哨布置得太严，无法靠近。特别是警备队养的那条大花狗，更是凶得厉害，别说是生人靠近，一有风吹草动，就嗷嗷地叫个没完，给侦察和解救工作带来很大的不便。两人把侦察到的情况向冬梅一一做了汇报。冬梅听后向来喜和芒种说："救乡亲们的事是难，但我们必须救，如果连自己的亲人都不救，还谈什么抗日救国，再说了，从我们良心上也过不去，对不起我们手中的枪，更对不起小清河边上的老少爷们，你们说是吧？"来喜和芒种点头。冬梅继续说道："我看这样吧，你们两人去把庚子、大安、石头、娟子、小兰他们叫来，咱一块商量下，人多主意多。”来喜和芒种答应后，分别通知他们去了。傍晚时分，来喜、芒种与众人到齐，冬梅向大家介绍了这次营救乡亲们遇到的困难后，继续说道：“为救乡亲们的事，大伙都说说自己的想法，出个好主意，把乡亲们尽快救出来，让他们回家和家里人团聚，这是当下我们急需要做的事，大伙想好了，谁先说也行。”沉默了片刻，石头站起来说道：“这救人呵，刚才冬梅姐说的大花狗并不可怕，我有办法对付它，不但让它不叫，咱们还能顺便弄上锅狗肉尝尝。”庚子说：“要是这样，真解馋了，这叫救人打狗两不误啊。”来喜说：“什么救人打狗两不误，是叫搂草打兔子两不误。”庚子说：“反正是救人顺便打杀狗了，和兔子不沾边啊。”冬梅说：“你们两个少贫嘴。石头，你有办法不让那条大花狗叫唤？”石头说：“冬梅姐，瞧好吧，这个事我搞定就是。”冬梅说：“好，除掉这大花狗，我们行动就方便多了。”芒种接着说：“通过这几晚上的侦察，虽然没有靠到伪警备队大院跟前，但从里边的说话声、哭闹声和看守们的训斥声判断，妇女们应该是关在大院的南屋里，男的关在北房的西头。”庚子说：“芒种，你又没有进去看，咋这么肯定呢？可别把事搞砸了，一家人跟着吃亏啊！”冬梅接话说：“芒种，说说你刚才的看法，让大伙子听听。”芒种说：“我和来喜这几晚上去侦察，第一晚，我俩顺着时水河套子，进入伪警备队大院南边的苇湾，离大院十几步远，看到敌人的岗哨，我俩停了下来，埋伏在那里，随后，听到院内被关押妇女的哭闹声，非常清楚，从看守的说话中，也能听出来，其中听到吴二狗说‘哭什么哭，闹腾啥呢？让你们来，是把你们送到前线皇军那里享清福，整天吃香的喝辣的，知足吧你们，还哭哭叫叫的，真不识抬举’。相比被关押的男人，听他们说话的声音，就不是很清楚了，明显感到是距离远了。”冬梅说：“刚才芒种说的想的很有道理，如果是这样，妇女十有八九是被关在南屋里。”这时庚子站起来说：“冬梅姐，刚才芒种说把妇女们送到前线是啥意思啊？让他们去扛枪打仗，还吃香的喝辣的，这个不对吧？”冬梅说：“吴二狗胡说八道，鬼子这次抓妇女，是想把她们送到鬼子的军营充当慰安妇。”冬梅说完，大安说道：“冬梅姐，我看这次行动咱们可以分成两组，一组除掉大花狗，干掉二狗子们的岗哨，一组去救人，这样分头行动把握大点儿。还有，如果咱实在进不了伪警备队大院，咱可以从南屋后墙给他打个洞，让妇女们从洞口爬出来。”冬梅听后说：“这个办法好，具体怎么分工，咱再合计合计。”大伙齐声说：“好，冬梅姐，我们听你的安排，一定要把乡亲们救出来。”冬梅根据民兵队员们的建议，斟酌后作了详细的分工。

二

冬梅和队员们周密研究后，决定今晚开始营救行动。根据需要冬梅将人员分成两组，大家各自回家准备，吃完晚饭到冬梅家集合。

两个时辰过后，众人到齐，冬梅说：“现在我们开始行动，大家伙要继续发扬不怕流血、不怕牺牲的精神，把乡亲们安全救出来，早日与亲人团聚，大家有没有这个勇气啊？”队员们异口同声地回答：“有！”石头、芒种、庚子、五月等人为一组，负责解决岗哨和讨厌的大花狗，任务完成后并担任警戒，负责在突发情况下阻击敌人，保障冬梅小组顺利救人。

冬梅、来喜、大安、根豆、丫头、小兰、娟子等人为一组，负责在南屋后面打洞，事前冬梅向队员讲了打洞的位置和方法，具体的做法是先在屋基下面的土层进行，以免直接捶打墙体发出响声惊动敌人，影响救人行动的进行。

乡村的午夜，一片宁静。他们各自带好所需的工具，乘着夜色掩护，摸进伪警备队大院南边的苇湾，各自进入事先选择好的地点。石头、芒种他们爬着来到伪警备队的西院墙下面，庚子爬到墙角下，起身蹲下马步，对石头说："石头，上来。"石头爬起后两脚踩在庚子的肩头上。庚子挺了一下身子，悄声对石头说："我咋闻着你身上这么大的肉香味啊，准是把俺光腚叔（石头的父亲叫王光腚，开肉铺的）的肴驴肉偷出来了，下次给哥弄块吃啊。"石头双脚在庚子的肩上踩了一下，双手扶墙助力，低下头说："你老实点，现在是救人，冬梅姐咋嘱咐的，遵守纪律。"庚子讨了个没趣，"啊"了一声，双手撑地，身子慢慢站起来，用人梯把石头送到墙头上。

石头蹲在墙头上，解下腰上的布袋，拿出一块用油布包好了的肴驴腿。只听石头学着野猫的叫声，把大花狗引了过来，大花狗看到墙上有人，刚想狂叫，石头立刻把香喷喷的驴腿朝大花狗扔了过去。大花狗突然闻到一股扑鼻的肉香味儿，顿时一个激灵来了精神。它用鼻子在地上四处闻了一下，很快找到了肴驴腿，伸着舌头朝驴腿跑了过去。大花狗跑到驴腿前低头就去咬，嘴还没有碰到，那驴腿像蛤蟆一样，向后蹦跶了两下，大花狗扬头翘尾跟着就追，驴腿接着又蹦跶了几下，大花狗追追停停，一直追到西墙下面，石头手中的麻绳（石头事先让母亲搓了一根十五米长的细麻绳拴在煮熟的驴腿上面）往上一提，只见驴腿跳起一米多高，馋疯了的大花狗两条前腿腾空，后腿立起向驴腿扑上去。这时只见石头右手扒着墙头，左手举起短刀，顺势一个水中捞月，一刀扎进狗的耳朵根子（此招叫"耳刺"，是石头家祖传杀狗绝技），这只凶恶的大花狗还没有来得及叫出声，就被石头给轻松干掉了。

干掉大花狗，石头学了几声猫叫，右手松开墙头轻松落地，来到伪警备队大院之内。

冬梅、芒种等人听到墙头上石头发出事先定好的暗号，知石头已经得手，于是各自行动。芒种等人搭人梯进到院内，向南屋门口两个站岗的伪警备队员摸去。门口两个站岗的伪警备队员抽着烟正在说话。只听左边高个说："兄弟，这晚上站岗，真他娘活受罪，又困又累。"右边这个小个子说："兄弟，给根烟抽，这两天断了粮了，让你这一引动，我这烟瘾馋虫又上来了，今晚先借一根，改天还你一包啊。"高个子说："你小子还我一包啊，那得等到猴年马月，你发的饷钱，都去镇上逛了窑子了，还舍得买烟还我？唉，看在今天同班，给你支，下不为例啊！"高个说完，顺手掏出一支扔给对方。这小个子点上烟，深吸了一口，说道："里边关了这么多女人，咱二狗子小队长好这口，咋不敢碰呢？"高个子说："听说，这是为皇军准备的，他二狗子不傻，要是碰，就碰没了命了。"小个子说："今晚我看到二狗子溜出去了，一定是又偷着到镇上去找他相好的了。"高个子说："这几天看守任务这么紧，要是让王大队长知道他晚上私自外出，非宰了他不可。"两人正拉得高兴，听到响声，抬头一看，吓了一跳：黑暗中身边站着四个陌生人！小个子立刻把手中的枪一横，说道："哎，你们是干什么的，这是警备队大院，军事重地，闲杂人等进来统统抓作劳工。"庚子从后边举起手中的木棒说道："你个瘪三玩意儿，还把自己当大爷啊。"说着朝这小个子当头就是一棒，小个子立刻耷拉了脑袋，昏死过去。大个子一看，吓得浑身发抖出溜坐在地上。芒种上前，提起他的衣领说："起来，只要你乖乖听话，赶紧把门打开，我们不杀你。"高个子连忙说是，起来后把门打开。芒种让大安和庚子换上伪警备队员衣服，冒充站岗人员。门被打开后，看到被关的妇女坐了黑压压的一片，芒种轻声说："大家伙不要慌，原地坐好，不要声张，我们是来救你们的……”

这时被抓妇女中有一个站了起来，说：“这不是芒种兄弟吗？咱们从大门快走吧，这几天在这屋里吃屋里尿的，可把俺憋死了。”芒种冲着这个女人说：“是车子家二嫂啊，稍等会儿，大门岗楼上有二鬼子们的机枪，我们走大门不行，不等咱们出门，就让人家全用机枪突突了。”芒种话音刚落，就听到南墙下面“咚，咚，咚”响了几声，露出一个大洞。芒种等人赶忙上前一看，冬梅从洞口爬了过来。芒种说：“冬梅姐，一切顺利。”冬梅说：“好，让大伙按顺序来，马上走。”

冬梅指挥众人依次从洞口向外逃去。不到一个时辰，屋内的妇女全部安全逃离。

冬梅说：“芒种，你出去让来喜他们进来，留下小兰、娟子、丫头在外面放哨，咱们再去北屋看看，救出被关的所有人。”

芒种说：“好。”转身刚想进洞，突然听到门外吴二狗的说话声。

三

芒种刚想进洞，把冬梅的指示告诉外面的来喜等人，忽然听到院子里汉奸吴二狗的说话声。

吴二狗在镇上相好的小寡妇处待到大半夜，心中害怕关押的劳工出现什么意外，就匆匆赶回警备队大院，进得院来，直奔关押妇女的南屋。离得老远就对着门口站岗的喊：“你们两个，今晚有什么情况吗？”听到问话，庚子不假思索地回道：“没有，啥事也没有，很安全。”庚子的回答，引起了吴二狗的怀疑，心中暗想：这个回答有点不对啊，在这个大院里，个个和我说话前，都是先叫队长，这家伙是吃了豹子胆了，不把我放在眼里。吴二狗想到这里，从腰中拔出手枪，想吓唬一下站岗的这个小个子。庚子一看吴二狗拔出手枪朝自己走来，下意识地举起枪朝吴二狗开了一枪，这一枪正好打中吴二狗的左胳膊，吓得吴二狗赶紧趴在地上，举枪射击，并高喊："快来人啊，八路来了，八路来抢人了！"吴二狗这一喊，大门口岗楼上的机枪立刻响了起来，子弹速度快，火力凶猛，像狂风暴雨一样打了过来。

庚子和大安迅速撤到屋里，冬梅一看被敌人发现，赶忙说："敌人已经发现我们了，营救行动暂且停止，赶快退到院外。"

冬梅带人从洞内来到院外，看到妇女们都已经安全逃离，心中放心。对队员们说："快，我们走。"队员们跟随冬梅进入苇湾，来喜从腰上掏出两颗手榴弹往伪警备队院内扔了过去，院内顿时火光一片，然后众人消失在夜幕之中。

听到枪声、喊叫声和手榴弹的爆炸声，小山一郎带人赶了过来，大队长王向奎正在带人救火，吴二狗手捂着被打伤的胳膊，疼得是"娘啊娘啊"地叫个不停。小山一郎手握指挥刀站在院子当中，看到眼前的情景，气得是满脸通红，瞪着大眼直翻白眼珠，噘着嘴唇，咬得牙齿咯咯作响，额上的青筋涨了出来，半晌说不出话来。

火被扑灭，小山一郎把王向奎和吴二狗叫到面前，问道："你们今天是谁带班？被关押的人是否安全？"王向奎看了吴二狗一眼说："报告太君，今晚吴队长带班，你问他就是。"小山一郎把脸转向吴二狗说："吴队长，你的说一下情况，发生了什么事？"这吴二狗抬头看了一下王向奎，吞吞吐吐地说道："是八路进来，被我及时发现，战斗中我英勇射击，被八路打伤，太君，你不知道，今晚来的全是八路的正规军，被我带领兄弟们打跑了。"

小山一郎又问道："被关的人怎么样了？"吴二狗眼珠子一转，心想：我进院时没有发现大门有异常，也没听到枪声，人肯定是跑不了，想到这里赶忙回答："报告太君，人通通都在，非常安全。"小山一郎说："吴队长，你的带路，我们去看一下劳工。"

吴二狗带领小山一郎等人来到关押妇女的南屋。王向奎赶忙向前，推开南屋门一看，屋内空空荡荡，并无一人。屋中间的后墙皮在刚才挖洞时已被震得脱落了一片，昏暗潮湿的洞口边上凹凸不平地散落着一圈儿黄土。看到眼前的情景，小山一郎狠狠地扇了吴二狗几个耳光："八嘎，人呢？刚才你不还说都在吗？现在去哪了？"鬼子的翻译官黄瓜条带着刚才被打晕的伪警备队员走了过来，黄瓜条向小山一郎低声说了一会儿。

得知吴二狗值班偷偷外出，造成被抓妇女全部逃脱，严重失职，小山一郎大为恼火，他从腰上抽出指挥刀向吴二狗的脑袋砍了下去。吴二狗都没来得及跪地求饶哼上一声，就当场倒地，见了阎王爷。翻译官黄瓜条赶忙把手帕递上，小山一郎接过后，擦了擦溅到脸上的血迹，把手帕扔到地上，对王向奎说："王队长，看好劳工。"然后转身离去。

小山一郎回到炮楼，天已放亮，通信兵递给他一份电报，看过后他走到炮楼的北边，从瞭望孔目视着眼前的小清河。过了一会儿，他拿起电话，通知伪警备队和伪保安队，吃完午饭后封锁石河镇河口码头。

四

吃过午饭，驻守石河镇东关的伪保安队，在周玉安的带领下直奔河口码头，会合鬼子、伪警备队，在小山一郎的指挥下，进入各要口把守，封锁了整个石河镇码头。

大约又过了半个时辰，从小清河上游济南方向开来两艘舰艇（机动小火轮），停靠在码头的南岸。小火轮靠稳后，从第一艘小火轮的船舱里走出五六个佩带指挥刀的鬼子指挥官，为首的叫铃木（军旅团长少将），跟在他身后的是佐藤（高级参谋）、成和、杜边、重夫（联队长大佐）等。众鬼子来到甲板，看了一下码头四周的情况，便顺着桥板（连接小火轮和岸边的一块长木板）走了下来。

早已在此等候的小山一郎等人赶忙上前迎接，他们用日语相互问候后，在小山一郎的带领下，来到岸边的炮楼大院。

负责侦察码头鬼子情况的地瓜娃，埋伏在码头以西茂盛的大柳树上，他双手抓着柳枝，蹲在树杈上，把码头上的情况看得是一清二楚。他自言自语地说道："来了这么多鬼子的小火轮，还有五六个指挥官，定有重要的事情，得赶紧回去把这个重要情况向士德哥报告。"他站起身，在柳树上向周边望了一下，确定周围没有人，便两手抱着树身，滑了下来。来到地面快步翻过小清河大堤，顺着堤外的高粱地，回到湖心岛。

地瓜娃来到岛上，径直朝张士德住的房子而去，迎面碰上刚想出门的田玲，地瓜娃急急忙忙地说："田玲姐，士德哥呢？我有很重要的事和他说。"田玲说："士德现在印钞厂那边，娃子，我正好过去，咱们一块去。"地瓜娃听后说道："田玲姐，你慢点走吧，我先去了啊。"说完后，向印钞厂方向飞奔而去。田玲在后边喊道："你个毛头小子，等等我。"田玲快步跟了上去。

建在湖心岛上的清河印钞厂，通过技术人员和工人们的日夜奋战，第一批钞票已经印了出来，面值有一元、一角、五分三种，工人们正在打捆装包，准备运往根据地。

士德手中拿着一张印好的一元钱，和机械师许洪光、印钞师傅马立学在说着："马老师，咱们有了自己的票子，就能把经济命脉掌握在人民手中，对巩固清北抗日根据地，从经济上战胜敌人封锁，保障人民群众利益会起到重大作用。”士德刚说到这里，听到地瓜娃喊他的声音，便回头说：“娃子，知道了，等我会儿，这就来。”士德把手中的票子交给马厂长，快步来到地瓜娃面前。

地瓜娃一口气把码头上发生的事告诉了士德。士德听后说：“你侦察到的情况非常重要，昨晚冬梅她们解救被抓妇女的事，已由清河交通站将情况汇报过来，这两天清河带人已将所有的武器准备好，队员们都在湖边待命，一旦发生情况，我们会及时出击，以便解救被抓的劳工。娃子，走，咱们到清河那里去。”

两人边说边走，不一会儿来到湖边，清河看到士德和地瓜娃到来，从船上跳了下来。

地瓜娃冲着清河大声说：“报告队长，我回来了。”清河看到地瓜娃归队，就知道一定是带回了重要的消息，赶忙说：“娃子，这两天辛苦你了，快说说，码头那边怎么样了？”地瓜娃把在码头上看到的情况一五一十地又向清河说了一遍。清河说：“士德哥，根据娃子说的，咱该怎么办？”士德道：“从码头上的情况看，鬼子是想把抓去的劳工用小火轮运到羊口，然后转运烟台再到大连，沿这条水路去东北，要比走济南旱路近，也快，要是不出我所料，鬼子可能今天傍晚就会把劳工们装上小火轮，连夜运走。”

清河说：“鬼子们有这么快？”士德说：“日本在整个太平洋战场上战事吃紧，前线需要大量战略物资的供应，资源开采急需要大量劳工，所以啊，他们急需把劳工送到矿山去。”

清河说：“如果鬼子往羊口方向开，我也想了下，咱打鬼子小火轮的最佳地点，应选在码头以东的饮马壕处（小清河段名），这里河底很浅，不利于机动船只通过，鬼子的小火轮要是晚上从这里走，那就得放慢速度，有利于我们劫船救人。”士德听后说：“清河分析得很对，我同意劫船救人的地点选在饮马壕。”士德思考了一下又说：“清河，这次解救劳工的任务非常艰巨，一旦打起来，为防万一，要通知冬梅带领民兵在码头以东设埋伏，阻击河口敌伪保安队的增援。”

清河说：“士德哥，让娃子从小队中挑十个人，带上一挺机枪，带足手榴弹，协助冬梅完成阻击任务。”士德说：“好，娃子，再带上几颗地雷，选择地形埋好，这样阻击敌人的效果更好。”地瓜娃回道：“是，我这就去办。”然后转身而去。

士德对清河说：“这次营救乡亲们，要面对鬼子的铁船舰炮，就军事力量而言，清抗队无疑是要啃一块硬骨头，这仗怎么打？我们必须好好琢磨琢磨，清河，刚才你说救劳工的地点选在饮马壕河段，说说你的想法。”清河说：“士德，这两天我想了很多办法，但最后都排除了，只有饮马壕这个河段最合适不过。鬼子这次是铁船，船上配有火炮，凭我们现在的武器，难以和鬼子抗衡，我选在这个河段，有一个得天独厚的优势。”清河说到这儿，士德接话道：“所以你在打饮马壕河段岸边那片大柳树的主意，对吧？”清河说：“士德哥，我想到的，你咋早知道了啊？这就应了小时候你给我们讲故事时常说的那句话，叫‘英雄所见略同’啊。”士德说：“小时候，每到夏天，我们镇上的孩子一起下河游泳，有时比赛仰泳看谁游得远，就我们十几个孩子能在河中从码头顺水漂到饮马壕处，还时不时地顺着河边那一排大柳树爬上去，再爬到伸到河里的树杈上，然后站好，左手捏着鼻子，右手捂着蛋，同时喊个一二三，光着腚一齐往河里跳，这一想起小时候的事来，就如在眼前一样。清河，你是不是想把部分队员埋伏在河边的大柳树上，居高临下用手榴弹攻击小火轮上的鬼子呀？”清河咧嘴一笑说：“哎呀！俺的士德哥，我想什么你都知道，士德哥你看这么干行吗？”士德说：“行，这样我们就像在飞机上一样，掌握了制空权，会打小鬼子个措手不及，不等他们缓过神来，就让手榴弹给报销了（炸死）。”清河说道：“这被抓去的乡亲们，都是小清河边上村庄的人，个个会水法（游泳），我们扔手榴弹炸鬼子的同时，并喊话让他们趁乱跳河逃生。”士德说：“好，尽量避免伤着乡亲们。还有，我们必须在饮马壕以下三十米处的河面上设置障碍，提前逼迫鬼子把小火轮停在饮马壕河段。”清河说：“士德哥，这个我已经想好了，我已派荣臣去准备八个大菠萝（柳编制成的器具），把他们用铁丝穿在一起，往菠萝里放豆秸和棉被套子，然后倒上豆油，穿好的菠萝两头分别扯上粗麻绳子，拴在河两边固定的木橛子上，等鬼子小火轮进入饮马壕河段，就把菠萝里边的物品点燃，造成火焰和浓烟，这样就可逼迫鬼子的小火轮在饮马壕河段慢下来或者停船，以利于我们埋伏在树上的队员对目标精确投弹打击。”士德说：“对，为了更进一步让队员们看清小火轮上鬼子的火力布置，我看让荣臣带几名队员，埋伏在北岸的芦苇荡中，鬼子的小火轮放慢速度时，让他们对着火轮开枪射击，打上几枪然后迅速撤离。等小火轮上鬼子还击火力点暴露后，让埋伏在树上的队员照目标迅速精确投弹，首先摧毁他们所有的重武器，接下来，战斗的主动权就会掌握在我们手中。”士德说完，清河说：“好，就这么办。”然后两人击掌，分头行动。

第十六章 打这小火轮

一

石河镇炮楼大院里，会议室的长条桌子两边，分别坐着跟随铃木来的鬼子成和、杜边、佐藤、重夫、翻译官黄瓜条、伪区长王建录、伪保安大队长周玉安、伪警备队大队长王向奎等人。

鬼子铃木一步一步地走向主席台，他站定后，先是转身向悬挂在墙上的裕仁天皇像深深地鞠了一躬，然后看了看台下在座的所有人说：“我们这次从济南顺小清河前往烟台，是得到大日本华北司令长官冈村宁次的信任，到满洲国拟任新的职务。这次路过石河镇，有幸受到小山君和各位的热情接待，深表感谢。小山君带领各位在石河镇一带，为大东亚共荣建功立业，这次为了矿山资源的开发，积极输送劳工到满洲国，铃木非常敬佩。”讲到这里，台下在座的日伪给演讲的铃木鼓掌叫好。铃木接着说：“我们大日本帝国，现在科技发达，科研发展迅速，兵工武器飞机、大炮、潜艇等优于美、英、法、苏等国，发展速度令世界感到惊叹不已。现在各地战场上，我们天皇的部队，英勇善战，即将占领整个亚洲……”

鬼子铃木在台上瞎吹乱侃，鬼话连篇，乱说一气。台下的鬼子、汉奸拍手叫好。

他们在会议室折腾完后，小山一郎请客，前往镇上的玉食村酒店摆了两大桌，鬼子汉奸推杯换盏，酒足饭饱之后，回到河口炮楼。

小山一郎把王向奎和周玉安叫到办公室，告诉两人，吃过晚饭后把所有被抓劳工装上小火轮，上船前眼睛必须用黑布条全蒙上，以防止劳工逃跑。两人领命后退出小山一郎的办公室，前去准备。

天刚一擦黑，士德、清河带领队员们到达预定地点——饮马壕，按两人事先商定的计划，快速进行布置。

冬梅带领民兵伏在码头以东的酸枣树地段，地瓜娃指挥来喜、芒种、大安、石头、庚子等人正在挖坑埋地雷，地瓜娃往四周看了一下地形，然后指着大堤一旁的废窑坑对冬梅说：“梅子，你等会儿再让他们在那里面挖两个坑，把雷埋上。”冬梅说：“娃子哥，这地方又不是路，这帮坏蛋能从那儿走吗？雷埋那儿管用？”地瓜娃说：“只要汉奸们来，保准管用。妹子，你就等着看西洋景吧（看热闹）。”冬梅说：“好，一会儿就挖。”地瓜娃说：“梅子，我去那边看看啊。”

码头这边，伪警备队把被抓劳工全部押上后边的这艘小火轮，然后下船并撤走桥板。

这时听到河面上扑通一声。刚下小火轮的伪警备队员大喊：“有人跳河了！”船上的劳工一阵骚动，紧接着是船头鬼子“嗒嗒塔……”的机枪声，密集的子弹射向河中，船舷下边的河水瞬间被鲜血染红……

火轮上被抓的劳工恢复了平静。

鬼子的小火轮启动了，一声“呜”鸣笛后，缓缓驶出石河镇码头，船头划开碧波荡漾的小清河水面，轰隆隆的马达声响彻夜空，烟囱突突地冒着黑烟，尾部翻腾起一条长长的白浪，向羊口方向驶去。

航行在小清河中的小火轮快速前进，临近饮马壕河段时，船头负责巡航的鬼子兵看到前方河面上有多个火光点，感到情况不对，赶忙向船舱内的铃木报告：“将军，前面河面上发现异常情况。”听到士兵的报告，铃木同众鬼子走出船舱，来到船头，鬼子兵用手一指：“将军你看，就在前边。”铃木顺着鬼子兵手指的方向，用望远镜细心看了下，果然看到河面上有五六个燃烧的火光点，冒着浓浓的黑烟。铃木让小火轮放慢速度前进，命令小火轮上的炮手和机枪手准备。

鬼子的小火轮驶进了饮马壕河段，离前边的火光越来越近，已经看到燃烧的明火伴着浓烟在河面上随风飘荡。

铃木命令驾驶员将小火轮熄火，小火轮在水中自然漂动，走得很慢。

几声凌乱的枪声，从北岸河边的芦苇荡里传来，子弹打在小火轮的钢板上，擦出片片火星。

小火轮上的鬼子佐藤对铃木说：“将军阁下，前面的情况非常诡异，岸边有人偷袭，说明这一带常有八路军活动，站在这里危险，您还是去船舱躲一下吧。”铃木听后，并不惊慌，他用手示意佐藤不要再说，并对杜边下达命令，让小火轮上的炮火，向前边河面上的火光点处开炮，所有机枪向北岸的芦苇荡里扫射。

一排炮弹打出，剧烈的爆炸声在前方河面上响起，瞬间将数十米开外的火光点炸得支离破碎，散落在河面上，成了一片火海。

小火轮上的所有轻重机枪喷着火舌，朝着北岸的芦苇荡猛烈开火，成片的芦苇被扫射的子弹“扑哧扑哧”打成两段，射击过后芦苇荡中再也没有发出任何的枪响。

铃木站在船头，脸上布满得意的笑，随口说道："土八路的干活，还想阻止皇军的舰艇前进。"说完后便命令小火轮开动马达行驶。

这时空中传来"嗖嗖嗖"的响声，铃木等鬼子抬头一看，无数颗手榴弹铺天盖地砸了下来，冲着小火轮上的火力点飞去，在炮位和机枪射击位爆炸，小火轮上的轻重火力瞬间被炸毁。

二

敌明我暗，埋伏在大柳树上的清河一声令下："打！"队员们迅速拧开手榴弹盖子，手柄上的导火索"哧溜哧溜"地冒着白烟，闪着火花飞向小火轮上鬼子的轻重火力点，"轰隆轰隆"的爆炸声响彻夜空。

这铺天盖地突然来袭的手榴弹，打得鬼子措手不及，火轮上炮手和轻重机枪手被炸得血肉横飞，剩下没被炸死的乱窜乱跳，鬼子成和、杜边、佐藤、重夫四人一看情况不妙，架着铃木跳入河中。

看到鬼子落水后，埋伏在岸上的士德发出活捉残敌的战斗命令，事先分成若干小组的队员们，个个热血沸腾，说时迟那时快，只见他们迅速跳入河中，游向敌人，展开水上活捉行动。

这可不是拣好听的说，石河镇的爷们，个个从小光着腚在河边长大，几乎就像水鸭子一样，天天在河里玩水、游泳、捉鱼，人人堪称"浪里白条"，以前是捉鱼，今晚可倒好，要体验一把捉人的滋味了。

鬼子落水后，成和的水性还不错，只见他摘下头上的军帽，露出贼亮的大光头，在逃生欲望的驱使下，拼命地向北岸游。铜锁看到后，一个猛子扎下去，用上自己从小练就的潜水特技，来个老牛大憋气，从水下靠近成和，抓住他的双腿，用力往下一拉，只见这家伙的嘴立刻像瓶子口一样冒起了一串串的水泡，过一小会儿铜锁又把他举到水面之上，这家伙闭着双眼，张开大口用力喘气，口中还用生硬的中国话“娘啊、娘啊”地喊叫个不停。铜锁在水中连续上下拉举，成和被河水呛得是大喊饶命，铜锁说：“你个小鬼子，还想跑？这下老实了吧。”随后指挥两个队员把他拖上了南岸，用早已准备好的麻绳，将成和捆了个结结实实。

杜边和佐藤是两个直接不会水的旱鸭子，落水后便向下游漂去，漂了一会儿，明显体力不支，在水里是拼了命地挣扎，在体力透支的情况下，面对即将到来的死亡，没有了以往的霸道和骄横，两人大声喊叫：“救命啊，救命啊！”佐藤快沉得看不到头顶了，这时柱子、铁锁等人游上去，捉住后把他拖到南岸。

重夫跳河后见大事不好，负隅顽抗，一会儿蛙泳，一会儿潜水，拼命向北岸游。清河、王传志、牟久清看到重夫离岸边不远时，抢先游到岸边用长柳枝子把他打了回去，清河边打边说：“你这小子不是会浮水吗？我让你再浮会儿，你就在河里扑通吧你。”快到岸边的重夫显得很无奈，随着水流往下漂的同时口中说道：“别打了，别打了，放我上岸，上了岸给你们每人两块银圆，还有金表。”王传志和牟久清听到后，拾起岸边的砖块泥团投向他，并高声说：“先给你两块砖吧。”王传志抛出的一块砖头砸在重夫的脑袋上，这可应了那句话，叫“痛打落水狗”，只见重夫在水里拼命地挣扎，为了保命，口中说道：“我投降，我投降。”清河一看重夫因身体不支也渐渐地往下沉，等到他只露着半个头顶时，带着两人跳入河中，轻松制服了他。

再说铃木，掉下水后就没有见面，士德当时心想，这家伙可能水性好，出深猛子了（潜水），士德就在水面上观察着四围，可过了一会儿，没看到铃木的身影，士德感觉有点不对劲，猜想应该是不会水淹着沉底了，便招呼十几个队员一起潜水打捞。

士德一个猛子扎下去，使出浑身解数在河底寻找，当第二个猛子下去后，士德在离南岸三米的河底找到了他，顺手捞了上来。众人一看铃木的肚子，鼓得高高的，铜锁在一边风趣地说道："这是猪八戒喝了子母河里的水了吗？咋弄得像个孕妇似的哩！"引得众人大笑。

士德用日语对重夫说："你过来，趴在地上。"然后众人抬起铃木，肚子朝下放在重夫的后背上，让佐藤在铃木的背上用力压。铃木口中开始往外吐水，"哗啦啦，哗啦啦"地吐了一会儿。士德看了铃木一眼，感觉这家伙还有救，对清河说："清河，快把这家伙翻过来放平。"清河、柱子、铁锁等人扯胳膊拉腿把这家伙翻了过来，平放在河滩上。士德上前对他进行了压肚和人工呼吸施救，算铃木这家伙命大，还真活了过来。

这一仗打完，被抓劳工全部被解救，五个鬼子官被生擒。

士德说："铜锁，你带人连夜把俘虏押送根据地，过河后先到草院里村找李村长，把情况告诉他，他会派人用马车送你们，李村长是我们的人。"

铜锁答应道："好，士德哥，我先走了。"铜锁走后，上游不远处传来了"轰隆轰隆"的地雷爆炸声，清河顺着爆炸升起的火光一看，对士德说："哥，是酸枣树那边，一定是冬梅他们和增援的鬼子打起来了。"士德看到酸枣树方向冲天的火光和随之而来的爆炸声说："一定是，荣臣你带一组留下打扫战场，其他人随我增援冬梅。"队员们应声而动，万清河跑在队伍的最前边，奔酸枣树而来。

这爆炸声正是冬梅这边打响的阻击战。自小火轮开出石河镇码头，炮楼里的鬼子小山一郎就坐立不安，总有一种不祥的预感。被抓的劳工，只有妇女被成功营救，让他想到清抗队不会对此事善罢甘休。他在炮楼里转了几圈，然后拿起电话通知伪警备队长王向奎和伪保安大队长周玉安到他的办公室来。

两人接到电话后跑步来到炮楼，王向奎和周玉安报告后进得屋来，小山一郎刚想对两人说什么，只听炮楼楼梯上面，从上而下发出“咚咚咚咚”的脚步声，负责担任小清河水上瞭望的鬼子，气喘吁吁地从炮楼顶上跑下来，对小山一郎说：“报告队长，从饮马壕河段看到火光，隐约传来爆炸声和枪声。”小山一郎听后感到情况不妙，因为他清楚地知道，按时间推算，此时小火轮正好到达这个位置，自己担心的事情还是发生了。他命令周玉安赶快带人乘坐巡逻艇前去营救，周玉安敬礼说道：“是，我马上去。”转身刚走出炮楼的门口，就听小山一郎在身后喊道：“回来。”周玉安听后打了一个愣神，然后退了回来重新站好。小山一郎接着说：“如果爆炸的方向，真是小火轮出了事，那我们的巡逻艇去了也是送死。”翻译官黄瓜条站在一边说：“队长说的极是，火轮船身大，铁板厚，并配有火炮和重机枪，如果小火轮都能让八路劫持的话，那巡逻艇更是有去无回。”小山一郎对周玉安说：“周队长，你赶快回去集合队伍，随我出发，从南岸大堤向饮马壕前进。”小山一郎又命令王向奎防守石河镇码头，自己则带领鬼子会同周玉安部向饮马壕方向而来。

小清河南大堤上，小山一郎骑马带领二百多名伪保安队队员和数十个鬼子向饮马壕河段前进。周玉安的手枪队骑自行车走在伪保安队的前头，周玉安边走边对身边的人说：“今晚都长点眼，估计出的事不小，咱们要见机行事，别他妈的把老本都搭进去，听见了吗？”伪小队长二蛋皮说：“大哥放心好了，这个咱兄弟们都明白，一切听你指挥。”周玉安翻腿跳下自行车，停在一边，冲着行走的伪保安队队员大声说道：“弟兄们，现在拉开队形快速前进，别他妈的中了八路的埋伏。”周玉安话音刚落，前边骑车的几个人已经踏上了冬梅他们埋好的地雷，随着几声巨响，人和自行车被炸成了几块，后边的伪保安队和鬼子一看中了埋伏，马上卧倒在地。

冬梅高喊一声："给我打！"民兵们的子弹像飞蝗一般落入伪保安队中，这些家伙被打得乱了阵营，滚的滚，爬的爬，瞬间有二十几个伪保安队队员被枪弹击中，倒在地上。

周玉安在石河镇一带为匪多年，对这一带地形是非常熟悉，在受到阻击的情况下，为了摆脱当前不利处境，他命令自己的部队向大堤下面转移，并拉着翻译官黄瓜条和小山一郎窜入大堤下面的废窑坑躲避，黄瓜条刚进入窑坑，就踩响了冬梅他们事先埋好的地雷，被炸了个粉身碎骨。小山一郎的胳膊也被弹片划得鲜血直流，疼得哇哇直叫。周玉安身子朝前一扑，来了个嘴啃泥，幸好只是腿部受了点伤。

鬼子兵赶忙过来给小山一郎进行了包扎，他低头看了一下被炸伤的胳膊，气急败坏地抽出指挥刀，命令鬼子和伪保安队集中火力，用小钢炮和掷弹筒向冬梅的阵地猛烈轰击。炮弹在冬梅阻击的阵地上连续爆炸，机枪子弹“噗噗噗”地在他们的左右落下，阻击阵地上一片硝烟。

阻击阵地上多名民兵受伤，根豆、五月中弹牺牲，来喜被炮弹炸起的泥土压在下面，地瓜娃一边高喊让队员们卧倒隐蔽，一边用双手扒土救来喜。

小钢炮炮轰了一会儿后，阻击阵地上没有了动静。

“哟西，哇哈哈哈哈。”小山一郎发出一阵狂笑，然后把指挥刀向前一举喊道："杀！"周玉安举起盒子炮冲天打了几枪，在鬼子轻重武器的掩护下，带领伪保安队向阻击阵地发起冲锋。

冬梅指挥队员们沉着应战，大声喊道：“大家都听好了，一会儿鬼子上来给我扔手榴弹，等他们靠近了再打。”机枪声、手榴弹的爆炸声、敌伪掷弹筒和小钢炮轰炸的爆炸声响彻整个夜空……

面对装备精良的鬼子和伪保安队，冬梅带领民兵们死守阻击阵地，虽然她们的武器装备十分简陋，很多都是土装备，正面和敌人打阵地阻击战，根本就无法给敌人造成多大的伤害，但即便是这样，也没有一个人退缩，如钉子一般在阵地上死死地钉着，决不后退半步，冬梅带领民兵们用自己的满腔热血守卫着阵地，为清河他们解救劳工赢得时间，用自己的生命捍卫着小清河畔这片热土的尊严。“八嘎，打光所有的炮弹，给我炸，把他们全部炸死。”小山一郎狂叫道。就在这个时候，从鬼子和伪保安队的后边响起了震天的喊杀声和嘹亮的冲锋号声，士德和清河带领战士们边射击边往小鬼子和伪保安队冲了过去，扔出的一颗颗手榴弹在敌群里炸开了花。

看到突然出现这么多的八路军，把伪保安队打得东滚西爬，抱着脑袋四处乱窜，小山一郎气急败坏地吼道：“土八路，鬼心眼大大的有，花招大大的多。”黑夜中小山一郎不敢恋战，急忙把伪保安队和鬼子收拢在一起，带领部下往炮楼方向溃退。

第十七章
暗　战

一

鬼子的五名将领在小清河途中意外被劫失踪，济南、广饶日军当局大为震惊，随即派出多股小部队、便衣特务、飞机在小清河沿岸上空及清河平原地区进行搜寻，忙活了半天毫无结果。无奈之下，便派出侦察飞机在小清河两岸及清北根据地上空投撒传单，宣称只要有人找到铃木五人并交还，可领取黄金一千两作为奖励，如俘获后能将其释放，他们愿意用大批武器交换人质，也可以提别的条件，总之只要释放人质任何条件均可照办。传单撒出多日未见任何回应。

石河镇这边，石河镇码头炮楼里，统领寿光、青州、广饶、博兴的鬼子少将松山，从总部广饶县城赶到石河镇，正在对小山一郎这次的失职进行训斥。

松山对小山一郎厉声说道："据特高课可靠情报，袭击火轮的这帮家伙，根本不是清北八路军的主要作战部队，是石河镇原土炮队的人，而你所指挥率领的是我们帝国的精锐之师，却败在一群肩扛原始武器的土八路手里，在你的防区，火轮被劫持，劳工被救，铃木将军和多名军官生死不明，你如何对得起天皇的信任？如何对得起帝国的臣民？”

小山一郎说：“将军阁下，这伙人盘踞石河镇多年，擅长煽动民心与帝国为敌，他们已成为阻挠帝国水上交通的最大障碍，希望将军阁下给我一次机会，尽快将这伙人消灭，解除帝国水上运输的心腹大患……”

松山双手背后，在屋里转了几圈说道：“暂时让你戴罪立功，消灭清河土炮队的事儿，别再让我失望，否则，你就切腹自尽，向天皇请罪吧！”

“嗨！”小山一郎点头答应。

松山接着说：“还有，济南军部决定在石河镇设立‘济羊航运株式会社分社’，由吉田君担任董事长，过几天就来石河镇展开筹备事宜，你要全力配合，把事情做好，保证帝国在小清河上的运输畅通。”

“嗨！”小山一郎又一次立正答应。

松山走后，小山一郎总算是舒了一口气，挎着受伤的胳膊，躺在长条沙发上，紧闭双眼，寻思着什么……

石河镇码头的东边，由日本商人吉田负责筹建的“济羊航运株式会社”工地，经过半个多月的加紧施工，各项事宜进展迅速，已近尾声。

这天早上，吉田在工地转了一圈儿，回到办公室，整理桌案上的文件。

吉田看上去五十多岁，中等个儿，半秃头，脸庞圆圆的，眼睛很大，他为人狠毒，肥胖的身体挺着装满坏水的大肚子。

助手菊子给他倒上一杯热茶端到面前，吉田问道：“菊子小姐，让你准备的礼物都备齐了吗？”菊子回道：“吉田君，我到镇上转了一下，购得全香楼老汤焖煮香鸡两盒，张家玉食牌芝麻香白酒两坛，北厚记的芝麻绿豆糕两盒，共六件。按中国人的习惯这叫六六大顺。”吉田说：“菊子，你对你们中国的传统文化了解得很深，在我们大日本拜访送礼是不用二、四、六这些偶数的，可中国不同，他们喜欢叫好事成双，六六大顺，所备礼品价值和分寸你都掌握得很好，你很聪明，这也是这次我带你来石河镇的主要原因。菊子小姐，好好干，让我们共同在这里为大日本帝国建功立业，谱写属于我们自己的新传奇。”菊子回道：“嗨。”吉田说：“这北厚记牌芝麻绿豆糕不是张玉敬自家的产品吗？”菊子回道：“正是。为了表示你去的诚意，我特买了他家生产的土特产品。”吉田回道：“这样也好，说明对人对其生意我们都非常重视。”吉田喝了两口茶说：“菊子小姐，王区长什么时间到？”菊子看了一下手表说：“吉田君，通知他九点到，快来了。”从对话中听出，这两人都是十足的中国通。

菊子话音刚落，伪区长王建录一边敲门一边高声说道：“吉田君，吉田君，让你久等了，老朽来迟，老朽来迟啊。”说着进得屋来。

吉田迎上前说道：“王区长辛苦了，快坐下、快坐下，吉田初来乍到，一切事情还得仰仗着王区长你呀！菊子，给王区长上茶。”王建录听后乐得眯起小眼睛，一边笑一边说道：“应该的，应该的，为皇军做事，为吉田董事长服务，是建录之幸啊！”

王建录坐下后，吉田说：“这次特请王区长共同拜访张玉敬，是为了组建石河镇新的商会，让张玉敬重新担任商会会长一职，希望王区长从中斡旋，促成此事，为振兴石河镇商业，多多出力啊。”

“那是，那是，老朽会全力以赴，促成这桩美事的。”王建录说完，吉田安排两名仆人，各提礼物和一个箱包奔石河镇的张家大院。

他们五人进得门来，王建录头前带路，拐过影壁墙沿青砖铺设的小道向正房走来。

"玉敬兄，玉敬兄好啊，今天这张家大院是蓬荜生辉啊！吉田董事长前来拜访你了。"

张玉敬听到王建录的声音，从内心里烦，心想你这只老狐狸帮日本鬼子做事，霸占小清河上的运输业，现在还假惺惺地前来拜访，心中怒火上升，可张玉敬表面上还是笑脸相迎，说道："王区长好，欢迎光临，欢迎光临哦。来，来，咱们进屋说话。"张玉敬此时心想，王建录陪同四个日本人一起登门，决不只是拜访那么简单，定有别的什么事情找自己出面去做。

进到屋来，张玉敬给众位让座后说："王区长你是无事不登三宝殿，这几位是？"王建录赶忙介绍说："这位是济羊航运株式会社的吉田董事长，这位是他的助手菊子小姐。"

张玉敬打量了一下吉田，只见他身穿红底黑色吉钱图案的唐装，胸前口袋里装一块怀表，一副东方商人模样的打扮。

吉田说："张会长，今天我们前来，一是登门拜访，二是向你道歉。自皇军治理石河镇以来，因不熟悉本地区商业情况等原因，给张老先生在石河镇和济南、羊口的生意造成很大的不利影响，我这次来到石河镇，听说此事，马上汇报给济南的航运总部，总部研究决定不但要全力支持张老先生事业的发展，还准备组建新的石河镇商会，特请张老先生继续担任会长一职，共享大东亚共荣，并对以前的失误向张会长表示歉意。"说完，吉田站起来向张玉敬低头鞠躬。

张玉敬见状，也站起来说："吉田董事长，你这样就叫我心里过意不去了，你代他们向我道歉，真是不敢当啊！"

"张会长，咱们有句老话说得好，叫'大人不记小人过'。"王建录插话道。

王建录这句话真歹毒，竟把自己和日本人放到一起了，张玉敬心中感觉很不是滋味，但还是装出笑脸说：“我的王大区长啊！你真是日本和吉田董事长的好帮手啊！在这石河镇上有了你，还有办不成的事吗？”

张玉敬的一席话，说得王建录脸色通红，他也是场面上混的人，张玉敬的弦外之音，他当然听得一清二楚，可今天在吉田面前他不敢多说。

吉田示意菊子从仆人手中接过箱子，菊子把手提箱放在八仙桌上，向张玉敬鞠了一躬说：“张会长，为表示我们的合作诚意，这两千大洋你先收下，这点钱也弥补不了你以前的损失，但这是吉田先生的一点心意，万望张会长笑纳。”菊子说完，把箱子打开朝张玉敬面前推了一下。

张玉敬看了一眼说：“吉田先生，中国有句老话，叫无功不受禄，这么贵重的礼品，玉敬实在是收受不起啊！”张玉敬说完，把箱子推向菊子。菊子道：“张会长说的是，也好，也好，这个我暂且保存，等张会长就任时一定献上，以示祝贺。”

张玉敬说：“吉田先生，我年老多病，身体状况一直不好，怎能担当如此大任？”吉田回道：“只要张先生肯出任会长一职，其他事情由我们安排。”

张玉敬本想当面拒绝，但转念一想，不行，这头一次见面就让他们吃个闭门羹，对以后不利，还是采用缓兵之计，留一手的好。张玉敬抬头笑了笑说：“吉田先生，容我和家人商量一下，尽快给你答复。”

“好，好，过几天我再来，那不打扰张会长了，先告辞了。”吉田说完和王建录等人离开张家大院。

金锁把他们送到门口，回到房中，对张玉敬说："会长，如果你不答应，吉田这家伙没完咋整？"

"车到山前必有路，这个我早就想好了，他有千条妙计，我有一定之规。金锁，下次他们再来，你代我出门迎客。"

金锁说："好的，会长。"

过了十日，吉田带人再次来到张家大院，金锁出门迎客，众人进得屋来，只见张玉敬卧病在床，大热天盖着一层厚厚的被子。吉田走到床头，故作关心地说："张会长，身体怎么样？"

张玉敬听到吉田的声音，便半坐了起来。金锁赶忙拿起棉袄给他披在身上。张玉敬咳嗽了几声，然后说："吉田先生，这不，老毛病又犯了，这皮汗（忽冷忽热）发的，难受死了。"说完后，张玉敬咳嗽不止，口中吐痰，一个劲地声唤（病态哼吟声）。吉田等人看到眼前这个情况，也没坐下，便起身告辞。

吉田回到住处，摘下头上的礼帽放到衣架上面，对着菊子说道："张玉敬良心大大的坏，我们诚心和他合作，他却装病，糊弄我们。"

"吉田君，既然张玉敬不识时务，处处与帝国为敌，此人不被我用，绝不可留。"菊子说完，右手做了一个砍杀的动作。

"菊子小姐，按下一个方案执行。"吉田吩咐道。

"嗨，我马上去办。"菊子说完，走出吉田的办公室。

午后，金锁匆匆忙忙从码头上回家告诉张玉敬："会长，日本人出告示了，凡不加入济羊航运株式会社的船，一律不准在小清河里跑运输了，如果这样的话，咱家的船都得闲下来了。"

"没有那么容易，在石河镇十只船就有我们的七只，其他散户加起来不足三成，何况码头上大批物资每天需要运输，吉田的济羊航运株式会社只是一个空壳名头，停我们的船，那他们是自寻死路。"张玉敬说完，金锁接话道：“会长，你得早作打算，免得被动。”

“好的，这个我知道了。”张玉敬说完，走到书案前，提起毛笔写着什么。

午夜过后，张家大院的房顶上有两个黑影在悄悄移动，两位不速之客从西边厢房纵身跃起，经过夹道空间，来到北房之上。房顶上的灰色小瓦，被夏天雨水冲刷得很滑，稍不注意，就会摔个仰面朝天。只见两个黑影身手矫健，快步轻移，来到一间亮着暗淡灯光的窗户之上，其中一个站稳后向院中张望了一番，看看四处无人，然后扑身向下，一个倒挂金钟，双脚钩住房檐，左手抓住木头椽子，右手的食指到口中湿润了一下，伸向贴在窗户上的毛头纸，从纸上掏出一个小洞来。

一缕灯光从里面透过来，黑影把眼睛对准小洞，向里看去，房中的一切尽收眼底。

他观察了一会儿，右手掏出一支手枪，向房内的目标瞄准。就在他扣动扳机的同时，一把牛耳尖刀带着寒光直插他的手背，黑衣人疼的“啊”了一声，手枪落地。他呆愣片刻，迅速将插在手背上的刀子拔出，扬起头用足了内力，身子猛地向后一甩，翻身上了房顶。放哨的黑衣人伸出双手将他扶稳，两黑影消失在夜色之中。

金锁听到枪声，从东厢房提着土枪跑出，朝房顶上打了一枪，冲着北屋喊道：“会长，会长，你咋了？”

金锁进得屋来，看到张玉敬左胳膊鲜血直流，赶忙给他用白布条包扎。

张玉敬说：“放心吧，是子弹穿透伤，没事，虽然这家伙是下了狠手，但子弹还是打歪了。”金锁一边包扎伤口一边说：“会长你看，我在窗户下捡到一支手枪，还有一把牛耳刀。”张玉敬右手接过刀子说道：“看来是有人救了我。”

“会长，说实话，在这镇子上，没有人敢夜闯咱们大院来开枪杀人。”金锁一愣神，接着说道：“难道是他们？我他妈的一定弄死吉田这个孬种，不是他死，就是我亡。”

“会长，咱们去湖心岛吧，让田医生给你弄弄伤口，这大热天的，免得窝发了（感染）流脓啊。”张玉敬听后说：“这个节骨眼上不能去，以免让鬼子知道清抗队的住处，会暴露他们，这点小伤，没关系。”

的确，今晚这两个刺杀张玉敬的黑衣人，正是吉田的助手，一个叫中村，另一个叫小林。前几天，两人跟随吉田到访张玉敬家时，就对大院的地形作了仔细观察，为今晚的行动做足了准备，在中村举枪瞄准张玉敬头部开枪时，要不是有人暗中拔刀相助，那后果不堪设想，因为中村是训练有素的特务，枪法极准。

中村和小林翻过多个房顶，逃回住处，奔向一间亮着灯光的房子，房中的吉田正在等两人的消息。

“报告主人，我们在行动中遇到埋伏，有人暗中袭击，阻止我们对张玉敬下手。”中村进屋赶忙向吉田汇报，听口气十分地憋屈。

“事先没有想到还埋伏着高手，让我们感到非常意外，这人的飞刀技能十分了得，一道寒光冲中村右手而至，又快又狠。”小林刚补充说完，中村又道：“对方扔出的刀如同活着的一般，其速度之快让我来不及应对，还有，估计对方是不想取我性命，否则，我就不可能再回来了。”

吉田说道：“今晚辛苦了，小林你要密切盯紧张玉敬及身边人的行踪。中村快去让菊子给你包扎一下。这次我们来到石河镇，不管情况多复杂，要把信念当作武器，一定要赢。”

“嗨，主人。”两人回答后退出吉田的房间，各自回房。

不一会儿，菊子来到吉田的房间说：“吉田君，中村的手伤并无大碍，我用药物给他做了处理和包扎，休息数日便可恢复正常。”吉田说：“这次我们刺杀计划非常周密，不可能外泄，怎么就中了埋伏呢？”菊子说：“张玉敬不被我们所用，非杀不可。”吉田说：“不被我所用，只有死路一条。”吉田两眼凶光，发出恶魔般的吼叫。

张玉敬受伤的胳膊，因没有及时上药，几天下来，伤口发炎化脓，又疼又痒。为了给张玉敬治伤，金锁决定私自到清水湖走一趟，让田玲来看一下，顺便从湖心岛带回几贴膏药来。

这天下午，金锁瞒着张玉敬偷偷溜出大门，穿过中心大街向清水湖而来。一边走一边自言自语道：“真是年龄越老越犟，伤口化脓也不让看医生，和老小孩一样。唉，不管他愿意不愿意，我都得让田医生来给她看看。”

金锁穿过西洼的一片高粱地，进范家的芝麻田走了一会儿，忽然听到身后有人“啊”了一声，他赶忙回头一看，一个黑衣人抱着头往高粱地里跑。金锁停下脚步，转念一想，“这是有人跟踪啊”，他立刻改变方向转身向南，奔石河镇砖窑而去……

刚才跟踪金锁的黑衣人，被弹弓打出的石子击中脑袋，抱头狼狈地窜回高粱地。“哎哟、哎哟，疼死我了，土八路就会来暗的。”黑衣人一边说一边用手摸着脑袋上被石子击打的血泡。

等他再次走出高粱地，金锁已经不见了踪影。

跟踪金锁的人，正是吉田的助手小林，失去目标后，小林返回石河镇码头驻地向吉田汇报。

“主人，金锁出门后直奔清水湖方向，我一路跟踪，途中突然被人击伤，丢失目标。”“一定又是土八路的干活，有人在保护他们，更值得我们怀疑。”吉田说，“菊子小姐，按下一个方案，你去办。”

“嗨，吉田君。”菊子回道。

“清水湖，清水湖，清水湖……”吉田拿起地图一边说一边用红笔在上面标注着什么。这用飞刀打伤中村手背，用弹弓击破小林脑袋，乃是一人所为，不是别人，正是石河镇地下交通站的交通员钟子。

吉田到石河镇筹建济羊航运株式会社的头一天，就引起了清河交通站的注意，站长李荣生命令钟子监视吉田等人的活动。

当吉田、伪区长王建录等人首次从张家大院走出后，钟子第一时间把侦察到的情况报告给了李荣生。

“钟子，敌人这次让张玉敬出任会长，是想达到‘以华治华’的目的，背后有着更大的阴谋。可就张玉敬的人品和性格而言，一定不会出来当这个汉奸伪会长，那么吉田达不到自己想要的目的，可能要对张会长下毒手，我们必须暗中保护好他，决不让敌人的阴谋得逞，今后你要密切注意吉田等人的动向。”李荣生说完，王钟子说道：“站长，放心吧，我会见机行事，保护好张会长的安全。”

小林和菊子退出吉田的办公室，小林赶去包扎头上的伤口，而菊子去执行吉田的下一步计划。一场敌我双方新的较量又拉开了帷幕。

二

金锁摆脱了小林的跟踪，围着西窑转了一圈儿，再不敢贸然前往清水湖，便返回家中。

刚进家门，就听到门外有人喊道：“锁子，锁子，毛驴在门口拴着，先去给我喂上毛驴，这一天下来，可把我和它给饿坏了。”

金锁出门一看，赶忙迎上前去说：“张叔，你怎么来了，快进屋看看会长吧。”

“这孩子，就知道和你会长近，也不说先让我进屋喝口水，这孩子，越大越坏，小时候多打你几回腚就好了。”

“张叔，会长受伤了，你去看一下吧，任性地不去上药，谁说也不听。”金锁凑到此人的耳朵上说。

“这个犟脾气的老头子，看我怎么收拾他。锁子，这事你别管了，先给我喂驴去。”此人边说边向屋内走来。来者不是别人，正是张玉敬的好友、正骨疗伤的名医张奎三。

张奎三走到门口说道：“老伙计，这胳膊伤了咋还不去看呢，非等着我来呀？”张玉敬听到是老朋友来了，起身迎到门口，高兴地说：“奎三兄啊，是什么风把你给吹来了，真没想到啊，金锁，金锁，快给你张叔上茶。”

“还喝茶呢？这饭还没有吃呢，锁子给我喂驴去了，别喊他了。来来，快让我看一下胳膊。”

张玉敬坐好后，张奎三仔细看了一下他的伤口，说道：“皮肉伤，没大碍，没大碍，我给你处理一下，两三天就好了。”说完，张奎三从布包中掏出祖传秘制消炎中药，先用药水给张玉敬处理好伤口，然后撒上药面，再用白布条包扎好。

张奎三一边洗手一边说：“老伙计，你河口的药铺关门了？”

张玉敬说：“这鬼子占领了镇子，要把生产的药品全部供给他们，气得我就把药铺给关了，所有的药全处理了，一点也没有留。”

张奎三说：“那湖心岛上的作坊也不生产了？”

“不生产了，都停了，不够和小鬼子们生气的。”张玉敬说。

张奎三接着说：“前些时候，俺路过清水湖，可闻到你们老张家的膏药味了啊。”

“就你老伙计鼻子尖，来来来，先喝茶、先喝茶。”张玉敬风趣地说着，然后用食指向东北方向一指，做了个动作。张奎三心领神会，赶忙附和道：“好好，喝茶，喝茶，那天路过喝醉了，口误，口误。”

“张叔，毛驴我让人给喂上了。”金锁说着话进得屋来。

“金锁，你张叔挺长时间没来了，你告诉厨房准备几个菜，我要和你张叔好好喝上几杯。”

金锁说：“好的，会长。”转身对张奎三说：“张叔，花生米和猪头肉还上吗？”

“你这小子，明明知道我喜欢这口还问。”不等张奎三说完，金锁已跑出屋外。不一会儿，酒菜到齐，老哥俩边说边聊……

次日早晨，张奎三因事离去，临行前对张玉敬说：“老伙计，这些药给你留下，关键时候自己用，过几天再来看你啊。锁子，我的毛驴呢？”

“在门口呢，知道你见天忙，我起了个早把它喂饱了，你只管骑驴就是了。张叔，这是会长让你拿上的东西，咱自家的芝麻绿豆糕和小磨香油。”

“哎呀，这么多，这袋子装的啥呀？”张奎三问。

“是咱自家酿的芝麻香酒啊，你最爱喝的，昨晚会长让我去弄的缸头（头道酒）。”金锁说。

张奎三说：“这个好，这个好，这老伙计就是老伙计，啥时候也差不了，走了啊。”说完，张奎三骑驴而去。

金锁回到房中，告诉张玉敬：“会长，我去码头看看，顺便打听一下日本人的情况，一会儿就回来。”

“去吧，这夏天雨多风大，码头的货都得盖严实了，别让雨给淋了。”张玉敬说完，金锁答应着奔码头而去。

三

金锁来到码头，直奔三益栈货栈（张玉敬船运物流字号），先在货场转了一圈儿，吩咐伙计头（工头）牟万田把货场上的货物盖实、压牢，排水沟清理通畅，所有库房门全用挡水板加固，防水沙袋同时备齐，一切安排妥当，便来到账房。

“管家，你来了，刚才王区长来找过你。”码头上负责接单的田长青迎上前来告诉金锁。

“他找我干什么？”金锁问。

“他没说，只说如果见到你，让你在这儿等他。”田长青说完，从柜台上拿起这几天的账本，递给金锁。

金锁接过账本，刚坐下看了一页，王建录进得门来。

“金锁，看把你忙的，我都找你好几趟了，总是见不到人。”王建录气喘吁吁地说完，把手中的拐杖放到墙边，一屁股坐在沙发上，赶忙从口袋中掏出手帕，擦去额头上的汗珠。

“王区长，我刚到，有什么吩咐你尽管说就是，在我能力范围之内，金锁一定尽力去办。”

“好，还是俺锁子说话痛快，老朽就喜欢你这样年轻有为的俊才。锁子，这不，今年咱镇子上西瓜是个大、瓜圆，大丰收啊，为了给乡亲们办好事，镇上出资收了几船，准备运往济南。这一来呢是解决了瓜农的销售问题，为老少爷们解决了卖瓜难的问题。这二来呢，为表示中日友好，感谢皇军对石河镇的关照，特向济南军部送上咱们石河镇的特产，以表我河畔民众之心意。这次运输是我提议，特租用咱三益栈自己的船，老朽我呵，还是想着咱自己近乎吧。运费嘛，好商量。这运瓜不比运盐，运费在原来的基础上再给你提高六成。”说完，王建录伸出右手，用拇指和小指做了一个“六”字手势动作。

金锁一想，前几天日本人贴出告示，对没有加入航运商会的船只一律不准在小清河里行船，这王建录不但不怕日本人的告示通知，还亲自上门送来订单，为镇子上的老少爷们运瓜出力，总归是件好事，便对王建录说道："这么热的天，还有劳区长亲自上门，真是不好意思。为镇上的老少爷们出力，一直是我们三益栈的服务宗旨，既然区长这样吩咐下来，我们也没有推辞的理由。好吧，就这么定了。"

王建录说："好，好。"对金锁赞扬了一番，便拿起拐杖，起身告辞。

石河镇的西瓜，在小清河流域那是赫赫有名，不但瓜圆、个大，而且瓤红、汁多、甘甜。这要归功于这里的地理环境，西瓜苗期浇水，瓜农是中午从小清河里提水；伸瓜秧子做果期浇瓜，是赶在小清河里上潮河水倒流之前；盛果期浇水，是看准赶在小清河水落潮以后从小清河中提水浇瓜（海水上潮时小清河水倒流终点就在石河镇）。所以石河镇人种瓜，有自己的一套经验，瓜的香、脆、甜特色，与种植管理是分不开的。不同生长期，选择好用河水浇瓜的时间，才培育了石河镇西瓜这独具特色的地域风味。

金锁从三益栈出来后走到河边，见货台上堆积了大量的花皮西瓜，伪镇公所的人还在大声吆喝着收瓜。

他绕过收瓜货台，走到自家的泊位处，冲着河上的漕船大声喊道："牛大哥，你出来准备一下，到六号货台装镇公所收的西瓜，送到济南黄台码头。"

这时从船的前仓中走出一个人，四十多岁，向金锁挥了挥手，说道："管家，这就把船划过去吗？""是，你告诉顺元和光胜，现在就划过去，鲜果蔬菜，不可久等。"金锁回道。

"好嘞，管家，你就放心吧，上济南府送货，咱家的船那是轻车熟路。"牛江海转身向边上的两条船喊道。"顺元、光胜，起锚了，起锚了，六号台，装西瓜啊，起锚了。"牛江海大声招呼着。

三条大船停在六号货台的边上，装卸工两人一组，肩抬装满西瓜的柳编大篓筐喊着小清河号子，往船上运瓜——

走金板哟嚯嚯
嗨哟
过金桥哟嚯
嗨哟、嗨
石河镇的爷们抬西瓜、哟
嗨哟、嗨哟、嗨嗨哟呀
抬一筐哟
嗨哟
又一筐哟
嚯嗨哟、嗨
抬到船上入了仓哟
入了仓哟
摆放好哟嚯
嗨哟
放正当哟嗨
嗨哟、嗨
再抬十筐就装满船哟
装满船哟
装满船哟……

“兄弟们，再干一会儿这船就装满了，干完了发钱，今晚都回家睡，抱抱老婆孩子，明天一早天放亮就起锚啊。”牛江海大声咋呼着。

到了次日凌晨，天刚一放亮，三益栈三只满载西瓜的大漕船逆水向上，朝济南方向而来。拉套子的船工，沿着河的北岸，拖动呛流（逆水）的漕船前行，边走边喊着响亮的小清河号子——

小清河
长又宽
吃着西瓜飞上天
碰上老鸹哚一口（啄一口）
呱嗒落到河中间
河这边
是俺家
河那边
是你家
今天太阳出得好
俺晒渔网你晒啥
俺娘说
伸开卧单晒芝麻
一晒变了两碗油
大姐二姐梳油头
大姐梳了个高蓬起（帆起）
二姐梳了个大船头
顶数三姐不会梳
梳了个桅杆挑绣球

岸边七八个割猪草的孩子，手拿镰刀和提篮，跟在纤工的后面，一边跑一边喊："光腚猴，趴墙头，号子喊得声音高，拉的绳子不直溜。"（拉纤人夏天在河边都是光着身子）牛江海站在船头朝孩子们大喊道："离河边远点，这么大的水，掉河里怎么办，再不走开，弄到船上拉你们走了，想见你娘也找不着。"

孩子们一听找不到娘了，吓得赶紧跑开。

牛江海看到孩子们跑走，便转身说："管家，你已两年多没去济南府了吧？""是啊，唉，正当我们三益栈的发展期，可这日本人来了，把正常的业务全给搅乱了！加之会长非常抵触给日本人运货，济南的大订单少了，所以呀，很长时间没去了。"金锁叹道。

两人正说着话，押船的鬼子兵走了过来，用手指着船上的西瓜说："你俩过来看一下，这西瓜什么情况的有？"金锁、牛江海走到船舱一看，有的西瓜从顶部往外流水。

金锁用手搬起一个西瓜，仔细一看肚脐，马上明白过来，这是有人从中对西瓜做了手脚。但他不动声色，用手指了指天空的太阳说："这个情况，可能是让太阳晒的吧，我也搞不太准。订单上签的我们只负责运输，质量问题你们得问一下王镇长。"

金锁说完和牛江海回到船头。这时牛江海说："管家，你不知道，这个王建录也他娘的太坏了，因为有保安队撑腰，他霸道得很，收瓜价格压得很低，镇上的人敢怒不敢言。"

"怪不得出现这种情况呢，王建录自作自受，也怪不得老少爷们这么做。"

四

这天，济羊航运株式会社的菊子找到王建录，让他收一部分西瓜，送到济南。这王建录一听，觉得从中有利可图，便满口答应，随后他来到伪保安队部。

“周大队长，周大队长在吗？”周玉安一听是王建录的声音，知道这小子来一定有事，在屋内答道：“不在，出远门了。”“哎呀，我的周大队长啊，这次老杍是让你发财来了，还不快请我进屋呀？”周玉安一听有钱可赚，把门敞开：“哦，原来是王区长啊！屋里请，屋里请。”王建录进得屋来，把自己的计划向周玉安说了一遍。

“好，就这么办，王区长咱可说好了的，三七分成，我七你三，这大热天的让弟兄们在太阳底下站岗受罪，咱得给他们赏钱不是？”周玉安说完，王建录回道：“周大队长，这个你放心，讲好的，三七开，这事明天咱就开始，我先告辞了。”

王建录出门后自语道：“就知道玩硬的，还三七开，收多少斤你知道吗？兵痞！”

到了明天，石河镇通往各地的路口，全有伪保安队站岗，所有卖西瓜的一律不得外出，外出卖瓜者就诬为私通八路，西瓜全部没收，还要去炮楼罚三天苦力。

农历二、七是利城大集，这天镇上的王有田推着一车西瓜，准备去赶利城大集，刚出邱家小门，就被站岗的伪保安队队员拦下。“哎，你站住，没看到告示吗？这瓜一律不准外卖。”站岗的伪保安队队员大声叫喊着。

“那、那上哪儿卖啊，自己地里种的东西又不是偷的。”王有田辩解说。

“这个老东西，找茬是吧？想私通八路是吧？还反了你了。”站岗的伪保安队队员从车上搬起西瓜，“咔嚓”一声，摔在地上。

路过的村民看到后上前说和，并劝王友田赶快回去，毕竟是胳膊扭不过大腿。

刚巧来喜路过，看到此事后，便赶忙跑回去告诉冬梅："冬梅姐，镇上种的西瓜卖不出去了，保安队员封住了所有路口，凡出去卖瓜的一律扣押。想卖瓜只有去码头上，卖给王建录，可这老小子收购的价格很低，瓜卖给他，连投入的本钱都收不回来。"

冬梅说："走，咱出去看看，回来再说。"

冬梅、来喜在镇上的各个路口转了一圈儿，便回到家中，刚进门，芒种已在家等着。"冬梅姐，你干啥去了，黄狗子们不让出镇卖瓜了。"芒种迎着进门的冬梅说。

"我和喜子也是为这事出去看了看，这不，刚回来。"

"这个一定是王建录和周玉安串通好的鬼点子，坑害咱老百姓。"芒种说。

"我们不能袖手旁观，一定给他点颜色看看。"来喜说。

"走，咱们先进屋合计合计，看怎么办。"三人进屋，来喜往盐袋子上一坐，马上站起来说："有了，咱让老少爷们这样干。""咋干呢？你倒是说呀，急死个人了。"芒种急忙问。

来喜说："自己种的瓜还不让外卖，天理不容，王建录压低价找便宜，只想讨日本人的好。咱们也给他来一手，咱把队员们组织起来分头行动，瓜卖给王建录前，在西瓜的花蒂处把盐粒摁进去，然后用泥堵上，太阳一晒，不出三天，那西瓜就开始冒白沫了，别想运到济南。"

芒种说："这个办法好，真解恨，别以为咱老百姓好欺负。"

冬梅说："这样干惩罚他们是一方面，主要还是让乡亲们能走出去卖瓜，赚点钱才好。这样吧，白天照来喜说的做，晚上我们组织队员护送瓜农们出镇子。"芒种说："好，晚上我们化装，暗中袭击保安队的哨卡，让乡亲们安全通过，把西瓜运到外地去卖。"

三人举手击掌，然后各自行动。

这才发生了运瓜船上西瓜流水的一幕。王建录运往济南的三船西瓜，让太阳一晒，盐粒在西瓜里融化后起了反应，便往外吐着白沫，流开了红水。

船上部分西瓜一烂，引得是满船苍蝇，押船的日本兵，无奈之下只得让船工把烂掉的西瓜扔到小清河里，一边走一边扔，到了济南西瓜只剩下了三分之一。

船来到济南黄台码头，金锁吩咐牛江海等人负责卸船，自己前往福聚货栈（济南生意合作伙伴）结账。临行前，金锁说："牛老大，西瓜卸完了以后，往回运的货是洋火，趁晚上凉快装船，明天咱们休息一天，后天早上往回返。"

"好嘞，管家，你去忙吧。"牛江海说完，指挥船工们卸船。

金锁忙完业务上的事，回到码头，牛江海说："管家，回来了？""回来了，西瓜卸完了吗？"金锁问。"全卸完了，正在装洋火呢。"牛江海回道。"走，到船上看看去。"金锁说。

两人来到码头，在装船现场看了一会儿，便回去休息。

到了明天，早饭过后，金锁觉得清闲，便想在济南转转，毕竟是两年多没来济南了。他来到马路上，叫了一辆黄包车，朝大明湖而来。刚到大明湖门口，迎面走来一个女子和她打招呼："这不是张家的大管家吗？在这里碰到，真是天大的缘分啊。"

金锁一看，站在眼前的这位女子，魔鬼般惹火的身材，穿一身淡绿底色的红花旗袍，直挺的衣领隔开了她微带卷发的头与脖子下面丰嫩的肌肤，袍叉开到大腿之上，微风一吹袍角飘起，暴露出一大截吹弹可破的玉腿，白皙无瑕的皮肤透出淡淡的粉色。

女子从瓜子脸那挺秀的琼鼻上摘下墨色眼镜，露出水汪汪的一对眼睛，那如玫瑰花瓣娇嫩欲滴的双唇一张，开口说道："哎，哎，就光知道看，怎么，不认识了？"

"认识，认识，这不是菊子小姐吗？你咋来济南了？"

"我的大管家啊，咋啦？这么好的省城，光兴你来，不兴我来呀？这大济南可是俺的家。"菊子说完，金锁回道："菊子小姐，真是不知道啊，我还以为你是日本人呢。"

"我本来就是济南人，我呀，从小在这里长大，父母都在这里住，对这里的一草一木熟悉得很。我大学毕业后才去日本留学，学的日语和航运专业，回国后正遇到全国抗战，到处都在打仗，父母对我疼爱有加，不让出门。因为在家闲着无事可做，在警察局干局长的哥哥就给我找了份工作，头一天上班，就分到你们石河镇了，我真不想在那里干，可这家公司的老总是哥哥在济南的好朋友，想辞职吧哥哥又不让。刚到一个新地方，没有朋友，自己闷了，也就回济南来玩几天，这不，来这大明湖转转、散散心。"

"自抗战以来，我也是多年没有来济南了。按我们三益栈的惯例，这船到济南，都让船工们休息上一天，然后再往回赶。今天清闲，也来这大明湖转转。"金锁说完，菊子说道："好啊，走，咱们一起，同游大明湖，我可以给你当向导了。"

"那太谢谢菊子小姐了。"金锁刚说完，菊子回道："张家大管家，你老是那么见外，别一口一个小姐的叫行不？弄得我好像是个真正的日本人似的。一到石河镇我就听说，在张家大院，有一个出类拔萃的年轻才俊，他的名字叫金锁，在府上见过一面，可没有交流。就为今天这缘分，从现在起我就叫你金锁哥吧，你叫我菊子好吗？"

金锁用手摸了摸头皮，刚想说什么，菊子伸手拉住金锁的胳膊说："金锁哥，走，我带你去李清照祠，看看咱们古代才女留下的墨宝。”菊子拉起金锁向李清照祠而来。

两人来到李清照祠，菊子借此讲了很多古今才女的事迹和故事，金锁听得入了迷。转了一会儿，两人便来到湖边垂柳下一个大碗茶棚内，菊子说：“金锁哥，这茶水选用新鲜的泉水泡茶，喝起来无比地清爽，咱们来上两碗。”

“好，好，来上两碗。”金锁想，这菊子不但文雅温柔、博古通今，深通古文诗词，且生活朴素，落落大方。“老板，给两碗茶。”菊子一边付钱一边说。“菊子，怎能让你破费，还是我来付吧。”

“金锁哥，我有，等我没钱花了，就和你要，到时候你给我吗？”

“给，给，一定给。”金锁回道。

“好哥哥！”菊子一边说一边把茶碗端到金锁的面前，并用含情脉脉的眼神瞟了金锁一下。两人边喝边聊，菊子便给金锁讲起了这大碗茶的来历……

在茶棚休息了一会儿，菊子起身走到湖边，租了一条小船，她一个猛劲跳上去，重心的偏差使得小船在水中来回剧烈地摇摆。“金锁哥，金锁哥，你快上来，上来，我怕，我怕。”金锁看到菊子在船上吓得大声呼救，便起身来到湖边，一个箭步飞身上船，此时菊子借着船身摇晃的惯力，一下扑到金锁的怀中……

金锁无意识地抓住她的手腕，皮肤与皮肤之间微妙的摩擦，让他感到从没有过的热流在全身蔓延开来，涌入血液而慢慢融合，柔长而缠绵……

金锁划船，两人畅游在湖中。菊子用手撩起湖中的水说道：“金锁哥，这湖水真清凉。”说完脱去鞋子，坐在船边把脚放到水中，水面上立刻形成一层层闪闪发亮的波纹。

菊子口中唱着小调，双手举起不停地摆动，做出各种优美的姿态。

金锁听着她动人的歌声，看着她曼妙的身姿，不仅沉醉其中。

两人在湖里转了几圈儿，菊子看了一眼表说："金锁哥，咱们吃饭去吧？今天我带你去大观园，品尝一下济南的小吃。"

"菊子，我不去了吧。"金锁说。"你回去有事吗？"菊子问。

"也没有什么大事。"金锁回道。

"那你是不是怕吃饭花钱啊？这个不叫你出，放心好了。"菊子说完，金锁说："不是，不是，我是怕耽误你的时间。"

"那我们去大观园，金锁哥，行吗？"菊子一边说一边用小女人那娇媚的眼神看着金锁。

金锁说："好，好，哥哥听妹妹的话，上大观园，把船靠岸，咱们走。"

"上大观园了。"菊子高兴地举起双手喊道。

出了大明湖，菊子边走边说："金锁哥，今天和你在一起好开心。"菊子说完，快步走在金锁的前边，然后转身，面对金锁倒退而行，高兴间，菊子忽然"啊"了一声，左脚一歪，半蹲了下来。

"菊子，咋啦？"金锁忙问。"哎哟，脚脖子，脚脖子崴了，哎哟，哎哟，金锁哥，有点疼。"

"让我看一下。"金锁说完，蹲下用手在菊子的伤处轻轻地揉捏了一会儿。

"感觉怎么样？"金锁问。"哥，比刚才好多了，你真好！谢谢你。"菊子一边说一边用手摸了摸金锁那火热的脸庞。

"哥，咱们走吧。"菊子说。

"好，哥扶着你走吧，前边大路上，就有黄包车了。"金锁说。

"嗯。"菊子回道。

"黄包车。"金锁招手叫停一辆黄包车，车停稳后，金锁搀扶着菊子上了车。

车，一路向西而行。

菊子坐在车上，双眼紧闭，一声不吭，身子随着黄包车的颠簸不停地晃动。黄包车继续前行，走了一会儿，菊子半睁开一只眼睛说："金锁哥，今天我跑累了，有点头晕。"说完，菊子把身子一歪，靠在金锁的怀中……

"菊子，醒醒，菊子，到大观园了。"

"怎么这么快呀。"菊子把头在金锁的怀中来回扭动了几下，一副不情愿起来的样子。

两人来到大观园，找了一家特色饭店，边吃边聊。饭后，又喝了一会儿茶水。菊子起身说："金锁哥，出来大半天了，我要回家了，再不回去怕爸爸妈妈担心了。"

金锁恋恋不舍地说道："好，你先回去吧。菊子，你什么时候回石河镇？要不明天坐我的船一块走吧。"菊子回道："金锁哥，你们先走吧，我还得住几天，很快就回去。"

两人来到马路上，金锁叫了一辆黄包车，车停稳后，金锁扶菊子上了车。"金锁哥，走了啊。"菊子坐在车上一边挥手一边招呼。金锁站在路边，望着菊子远去的身影。

可拉着菊子的黄包车走出十几步远，就停了下来。

金锁看到车子停下，便跑了过来问道："菊子，怎么了？"

菊子两眼含泪，伸出右手递给金锁一张白底黑字的名片说："金锁哥，这是我家的地址和电话，在济南有什么事，需要帮助的，告诉我。"金锁接过名片，也没有顾得看，便装入口袋中。

"菊子，菊子你没事吧？"

"没事，金锁哥，再见。"金锁目送菊子乘坐的黄包车远去，渐渐地消失在人群之中。

五

金锁走在返回黄台的马路上，路过的人力车夫不时地冲他喊："爷，走累了吧，要车吗？"金锁只往前走，好像什么也没有听到，太阳偏西的时候，自己徒步回到黄台码头。

"管家你回来了？今天一定玩得开心，这溜溜的一天，都没见你人影。"牛江海说。

"好久没来省城了，到处转了转。"金锁随口说道。

"是啊，看把你累的，脸色都变了。"牛江海说。"牛老大，咱们的船都弄（装）好了吧？"金锁问。

牛江海回道："管家，全弄好了，就等明早开船了。"金锁说："好，晚饭后让船工们早休息，别耽误了明天早上的事。"

次日早晨，三益栈三条满载货物的大船驶出黄台码头，向小清河下游而来。船虽然是顺水，可偏巧遇上大呛风（顶风），货船走得不是很快。

快出城区水域时，只见迎面开来四艘巡逻艇，舰艇上挂有日本膏药旗。巡逻艇以最大的航速前进，距离金锁他们的木船十米左右开始喊话："前边的木船注意了，靠到北岸接受检查，靠到北岸接受检查！前边的木船注意了……"

金锁、牛江海、王顺元、徐光胜听到喊话声，站到船头一看，见来者气势汹汹，赶紧让船工把船靠向北岸。木船抛锚，停稳。

四艘巡逻艇将木船围在中间，巡逻艇上所有炮口、轻重机枪一齐对准了金锁他们。

喊话还在继续："木船上的人都听好了，放下手中所有的东西，只身上岸，赶快上岸。”话音刚落，只见从四艘巡逻艇的船舱里各走出十个穿伪水上保安服装的人，他们同时举起手中的冲锋枪扣动了扳机，瞬间密集的子弹在天空中炸响……

木船上的船工看到这阵势，在枪声的震慑下，不得不赶快上岸。

枪声过后，一艘巡逻艇上的伪水上保安队员迅速向两边靠拢，闪出一个空间，一个尖嘴猴腮的家伙从仓口走了出来，此人名叫成楼，是伪水上保安队的大队长。他向木船上望了下，冲着自己的手下说道：“打什么枪，打什么枪，这人都上岸不就行了吗，咋就不知道亲民呢？”

一个伪水保安队员搬来一把椅子，放平后用毛巾擦了下椅子面，说：“成队长，你先坐。”成楼坐稳后，向左歪头说道：“三儿啊，你带人把岸上这些家伙都收拾好了。”

“是，大哥。”侯三带人上岸，不容金锁等人分辩，用麻绳将他们捆了起来，然后用毛巾堵住每个人的嘴，并让他们呈一字排开站在岸边。

成楼又向右一歪头说：“六儿，你带人把船上的那些家伙搬出来吧，大热天的快点啊，知道位置吗？”

“大哥，知道，前天晚上我亲自带人放好的，大哥，你吩咐的事兄弟办不砸。”

“还是你乖，听话就好，别整天魂不守舍钻到窑子里瞎混，要真是耽误了大事啊，你只能一辈子光着腚躺在窑子里了，我能饶了你，那东洋小矮个们可饶不了你！”

“大哥，马六明白，我去了啊。”

马六带人上了牛江海他们的木船开始搜查，一会儿工夫，他们从三条船上分别搜出二十箱手榴弹，三十支步枪，还有两挺轻机枪和十五箱子弹。马六站在木船上对巡逻艇上喊道：“大哥，情报准确，这三条木船走私军火，军火全埋藏在船舱下面，都找到了，人赃俱获。”

“哼，乡下蟊贼，胆都上了天了，敢在王母娘娘头上拔毛，走私军火，全都死罪。把人都给我押到船上，照相。”成楼从椅子上抬起腚，大声冲着岸上喊。

金锁和被捆绑的船工们都被押回船上，站在搜出的武器前边。

从前后两艘巡逻艇上，分别走出四个手拿照相机的报社记者，拍下了多张现场的照片。

一切完事后，巡逻艇押着木船返回黄台码头。

第十八章 金锁投敌

一

三条木船被拖回黄台码头，成楼命令手下将其封存。

金锁、牛江海、王顺元、徐光胜等二十八名船工被押回济南后，投入大牢。

天亮后，牢房的走廊里来了十几个身穿白色上衣、黄色军裤的人，他们径直走到关押金锁等人的牢房前，打开牢门提走八个人。随后只听“咣当”一声，看守又将牢门关紧上锁。

不到一个小时，八人个个被打得皮开肉绽，拖回牢房。

又有八人被提走，同样被打得满身是血，奄奄一息，血肉模糊地拖回大牢。

“田金锁、牛江海、王顺元、徐光胜出来。”看守高声喊着四人的名字。

四人被带到一处地下审讯室，牛江海、王顺元、徐光胜三人被捆双手倒吊在木桩之上。有打手搬来一把椅子，放在墙角处，让金锁坐好后，连人带椅用绳子捆在一起，同时过来两个赤着上身的打手，站在金锁的身后，搬椅子的打手从墙上拿起一块挂着的毛巾塞到金锁的口中。

这时从通往地下室的台阶上走下五个人，有伪水上保安队长成楼，他的两个亲信侯三、马六，还有两个身穿日本军服的人。

“所有人都给我听好了，我问什么，你们回答什么，然后用手在这个纸上按个红印，就这么简单。听话的呢，什么事没有，放行给肉吃；不听话的呢，让狗吃你们的肉。就这么简单。”成楼说完，扬起手中一张写好字的纸，在四人面前晃了两下。

成楼走到徐光胜面前，用手捏了一下他胳膊上的肌肉，说：“还是你先说吧，是谁让你们走私军火的？是他，对不？”成楼用手指了一下金锁。

“老总，我就是一个玩船的，这活了大半辈子了，就知道在小清河上为东家运粮，运盐，你说的军火这个事，我压根就不知道啊。”徐光胜说。

“哈哈哈哈，你这人看着老实，还在这里和我唱洋戏呢，你不说是吧？三儿，好好招待，给他弄几根香烟抽抽。”侯三答应着：“是，大哥。”一挥手，过来四个打手，他们分别从烟盒里拿出五六支香烟点燃，放到嘴里猛吸了一口，烟头被吸得闪闪发亮，通红，烟火正旺。

四人分前后左右走到徐光胜的面前，同时把烟头插向他的手部、背部、腿部和两肋间，顿时身上的肉被烧得发出“吱吱吱”的响声。“哎哟，娘啊！娘啊！疼死了，我，我真的不知道啊，老总啊，饶了我吧！”徐光胜被烟火烫得大叫。

“这下知道疼了吧，刚才问你，还他娘的不说！疼吗？这下知道了吧，快说，是不是坐着的这个人指使你们做的？”成楼说完，用手指了一下坐在椅子上的金锁。

“老总啊，在黄台，我一天都没见到管家，你们饶了我吧！”徐光胜刚说完，成楼转身对侯三说：“三儿啊，他还是不知道对吧，你看你，咋这么舍不得呢？弄点关东烟（厉害的）给他品尝品尝。”侯三对着打手们一挥手，有人端来一盆羊角辣椒干，放在徐光胜的面前点燃，用两根皮管子分别把辣椒烟导入他的口腔和鼻腔内。徐光胜顿时剧烈地咳嗽不止，想喊都喊不出来，身上的汗水顺着全身流出，流入被烟头烧伤的部位。“我，我，我知道。”徐光胜断断续续地说道。

“终于知道了，这烟抽不舒服是不说，对吧？”成楼走到徐光胜面前边说边问，“是他指使的吗？快说！”徐光胜被折磨得双眼紧闭，用微弱的声音说：“是，是……”

侯三拿起徐光胜的手，在纸上按了一个红红的手印。

成楼说：“早说是不就行了吗？就是那么不听话，活该。三儿啊，先把他弄回去（送牢房），明天游街枪毙。”坐在椅子上的金锁，挣扎着想站起来说什么，被身边的一个大汉摁住，身边另一个大汉拿起一根木棍，在金锁身上狠狠地打了几下，口中说道：“别动，再动打死你。”

成楼又走到王顺元面前，对着王顺元上下打量了一番说：“刚才嘛，你也都看到了，那个一点也不让我省心，现在轮到你了，你就回答两个字，是，或者不是。”

“是，还是不是？我真就不知道咋说这两个字。老总啊，我来到济南后就拉肚子，在岸上喝药，也一直没到船上看，刚出济南，就被你们截住，弄到这儿来了，那枪是怎么装上船的，我还一直纳闷呢。看到你们从船上搜出枪来后，简直和做梦一样啊！”

“做梦是吧？梦到娶媳妇了吧？净想好事你！”成楼说。

他看了王顺元一眼，心中想这个家伙是个滑头，干脆别问了，直接打。“六儿，过来，你三哥刚才做得很到家（彻底），手段像个真爷们，你也给哥露两小手，给这个拉肚子的灌点药，给他治治这肚子，也醒醒梦。”

“是，大哥。”马六来到王顺元面前，提高嗓门喊道：“臭小子，到了这里还动心眼，你不是做梦吗？你不是肚子疼吗？先给你喝点药，好好给你治治，让你清醒清醒。”马六说完，挥手招来三个打手，将他从木柱子上放下来，平躺在一张木板床上，手脚全用麻绳拴住。

有一个打手将一根水管子拖到床头前，又有一名打手用老虎钳子把王顺元的嘴撑开，然后将管子头塞到他的口中，将冷水不停地灌入他的口腔，王顺元的肚子被灌得凸了起来。

不一会儿，水从王顺元的鼻子中倒流出来。

这时，打手们把水管子撤掉。一个肥胖的家伙走到床前，一屁股朝王顺元的肚子坐了下去，然后站起来，又重新坐下去。反复六七下后，王顺元被折腾得是七窍流血水，昏厥了过去。打手提来一桶水，泼在王顺元的身上。

王顺元气息奄奄地醒来，马六走到面前说：“是不是田金锁让你们干的？”

王顺元用低弱的声音说道：“我记不得了，也许是，也许不是。”

马六拿起烧红的烙铁说：“我让你也许是。”狠狠地往他的腿部一插，皮肉立刻冒了烟，王顺元又昏死过去。

成楼拿起刚才徐光胜按手印的纸对马六说：“行了，行了，也许是，就一定是了。让他画押，按个手印算了吧，明天一块拉到城门口枪毙。”

王顺元被拖回牢房。

成楼说完后，走到牛江海身边一努嘴说：“刚才那两个都有爱好，是抽烟的抽烟，喝药的喝药，完事后都舒舒服服走人。现在就剩下你了，咱该咋办呢？”

“滚开，你们这些陷害人的坏蛋二流子，迟早会得报应的！”牛江海冲着成楼大声地怒吼。

“哎哟呀，真是的，还这么大的火气啊，可了不得，在这个地方，这喜欢发火的人呀，还真是不多见，三儿啊，给他指指道，让他走走咱这火焰山，看看是他这火气旺，还是咱这火焰山火气旺。”

成楼说完，侯三指挥四个打手把牛江海从木架上放下来，拖到一块烧红的长铁板前，过来一个打手，把牛江海的鞋子脱掉，然后四人架起，硬摁着他在烧红的铁板上跑动。很快从审讯室中传出了凄厉的惨叫声，那令人毛骨悚然的惨叫声一直持续……一番折腾下来，牛江海几次昏死，也只剩下半条人命。

金锁看到眼前的一切，豆大的汗珠从额头上滚了下来。

“三儿啊，给他把手印按了，明天一块枪毙。”

“是，大哥。”侯三拿起王江海的手，在早已写好的“供词”上按上了手印。

“拖回牢房去吧，这人的火总算是消了，哈哈哈……”

成楼大笑后走到金锁的面前说：“大管家，现在只剩下你了，三条船上的人可都招供了，主谋就是你。”成楼边说边扬起手中的供词在金锁面前晃了两下，继续说道：“大管家，签字吧，别装了，别以为我们不知道，你在石河镇私通八路，为他们走私军火提供便利，使得皇军在小清河上多次受挫，损失极大，今井将军的亲侄子被你们抓去，至今下落不明。如果你如实招来，我们，不，皇军会保证你的人身安全，否则一块拉到城门口枪毙。”

“我们三益栈的船，在小清河上行走上百年，这一年四季做的都是良心生意，老实买卖，从不搞那些歪门邪道和让街坊、同行瞧不起的事。这次所谓走私军火一事，实属有人对我们栽赃陷害，还望长官明察，还我们三益栈和船工一个公道，一个天理。”

“公道是吧？天理是吧？还什么什么明察。六儿，过来，这大管家让明察，是说咱这地下审讯室黑暗，听大管家的，上去，到院子去，明察明察。”成楼说完，看了一下站在一边的日本人。

“哟西，上边的干活。”其中一个日本人边说边用手做了一个走出去的动作。马六打开审讯室的门，一股浓浓的血腥味从里边冲了出来。两个打手把金锁拖出审讯室，来到院子正中。

成楼向院子的西南角招呼了一下，突然窜出一条狼狗，嗷叫着向金锁发起了攻击，金锁苦喊着：“救命啊，救命啊……”边喊边在院子里转圈子，拼命逃离，可狼狗紧追着咬，金锁身上被撕咬得血肉模糊。

院子里金锁的惨叫声，狗叫声，夹杂着鬼子和汉奸们的大笑声，一片恐怖。

“还救命，谁也救不了你，承认不承认明天都得枪毙。”成楼对着金锁大声喊道。

这时，进来一个人和成楼说了什么。成楼一挥手，有人把狼狗唤了回去。他走到躺在地上的金锁面前说道：“他老娘那个腿的，你在济南关系还很硬，连警察总长的妹妹也来为你说情，大管家呀大管家，你可别忘了，这回你招惹的是皇军，知道不？没人救得了你，好自为之吧你。”

金锁躺在地上一动不动。

二

金锁醒来后，躺在一家医院的单间病房里。

“你醒了，都两天了，真是急死个人，前几天还好好的，咋会弄成这样？”

金锁睁开眼睛，看到菊子坐在床边在和自己说话，他似乎记起来了，从返航的船上搜出来的枪支弹药，自己和众船工被强制带回济南，牢房、审讯室、直到打手把自己拖到院子里、接下来便被狼狗撕咬，再到后来，隐隐约约地听到成楼说，是警察总长的妹妹救了他。

金锁挣扎着想坐起来，可浑身疼痛。“哎哎，金锁哥，别动，好好躺在这里，需要什么告诉我。”

菊子走到桌子前，从带来的食盒里盛了一碗海参莲子汤，端到金锁面前说：“金锁哥，喝点汤吧。”

菊子一边用勺子给金锁喂汤一边说道：“昨天中午哥哥下班回家，进门就说，菊子，你去的那个石河镇，船工们可惹了大事，为八路走私军火，让水上分局给查到了，这不是找死吗？你以后做事可得注意，千万别碰这样的事。我一听是你们出了大事，赶紧求哥哥帮忙，哥哥说，这次行动虽然是水上警察干的，可幕后指挥者是日本人。”

“他们这是栽赃，陷害。”金锁推开菊子手中的碗说。

“都这个样了，脾气还这么大，金锁哥，这个我知道，我也和哥哥说了，石河镇的船工不会干那个事，绝对不会为八路走私军火的。”

菊子说到这里重新端起碗，把汤勺送到金锁的口中，然后继续说道：“金锁哥，栽赃也好，陷害也罢，听哥哥说，这次军火走私案，你们的船工都按了红手印，材料上写得很明白，是你指使的。”

“他们是屈打成招，被逼的。”金锁说。

“这事我知道，你知道，可石河镇的人不知道啊，白纸黑字红手印在那儿放着呢，军法会议判下来，船工们可能全是死刑。船工们在石河镇上有老，下有小，要因这事冤死在济南，你就是回去了，可怎么向船工们的家属交代？人们会用怎样的眼光去看你，你在石河镇还能待下去吗？毕竟你们是祖祖辈辈居住在一起的街坊啊。”

“死就一块死吧，那有什么办法？听天由命吧。”金锁说完眼中流出两行泪水。

菊子掏出手帕，擦去金锁脸上的泪珠：“金锁哥，来时我已经跪下求哥哥了，求他想想办法，救救你们，我说了，我在石河镇时间不长，可镇上的人善良忠厚，装在船上的武器弹药，可能是有其他什么原因。”

金锁看了菊子一眼说：“菊子，谢谢你。”

“金锁哥，自大明湖一游，我从心里喜欢你，我也和哥哥说了，只要你愿意，我就嫁给你，咱们在一起生活，一生一世不分开。”

金锁用力睁了一下眼睛，深情地望着菊子，刚想说什么，菊子用手轻轻地捂在了金锁的嘴上。

“金锁哥，我先回去了，晚上再来，这里我都安排好了，医生和护士会特别照顾你的，有什么事喊他们就行。”菊子说完，走出病房。

金锁躺在病床上，两眼望着屋顶，想了很多：自从这万清河重新回到石河镇，三益栈的生意就大不如从前。特别是会长，偏偏去支持万清河抗什么日，没事找事地和日本人对着干，很多小清河上的运输订单找借口不接，还把清水湖上的一切，让给八路军和万清河免费使用。特别是士德，会长从小把他养大，供他读书学习，去省城深造，回到石河镇后，不但对祖上留下来的基业没帮上任何的忙，还整天带人闹闹腾腾地打鬼子，会长也真是白养他这么多年！

金锁把腿伸了一下，长叹了一口气，低声自语道：“会长啊会长，我们就是做生意的，就是在小清河里跑运输的，平平安安地挣自己的钱就是了，你去抗什么日啊，去打什么鬼子呀？事情闹到这个地步，都是万清河、张士德他们在石河镇惹下的祸。”

晚饭时间到了，病房的门被推开，菊子提着食盒走了进来。

“金锁哥，我来了，猜猜我做的什么？荷包蛋。一会儿给你盛上，趁热快吃哟。”

“菊子，我不饿，心里堵得慌。”

菊子说：“金锁哥，咋啦，先吃上一个，我告诉你个好消息，气就消了，来趁热吃吧，我亲手给你做的。”

“菊子，现在我最盼的就是好消息，能把船工们救出来，平平安安回到石河镇，我也就心满意足了，他们的老婆孩子还在家等着呢。”金锁说。

菊子放下手中的碗勺，坐在金锁的床边说：“金锁哥，下午回去后，我直接去警察总署找哥哥，哥哥告诉我，他亲自找到日本军部最高长官今井……”

金锁等不及地问道：“人家怎么说？”菊子站起身，端起碗中的荷包蛋，冲着金锁眼角一挑，卖关子地说道：“金锁哥，你先吃了这个鸡蛋，我就告诉你。”

金锁吃完一个荷包蛋，菊子起身倒了一杯凉开水，给他冲了下喉咙，说道：“今井对哥哥说，既然张管家是你妹妹的好朋友，那咱们就是一家人了，中国有句古语，叫‘一家人不说两家话’，我的亲侄子在石河镇被土炮队的劫持，至今下落不明……”

菊子把头靠到金锁的耳朵边上说：“今井将军把自己的亲侄子带到中国来，途经咱石河镇，就这样无缘无故地被八路军抓了去，他怎么向自己的亲哥哥交代啊？这事要是换上你，你能甘心吗？”

“那要我干什么呀？”金锁问。

菊子说：“今井将军想抓几个土炮队的人，互换人质，把自己的亲侄子换回来。你只要提供土炮队的驻地就可以了。有句老话说得好，叫‘叔侄亲，砸断骨头连着筋’嘛。金锁哥，今井将军这么做，也是人之常情啊，对不？”

金锁双眼紧闭，心中像倒江翻海一样，现在自己遭罪，船工们个个九死一生，都是土炮队回到石河镇打鬼子给招惹的，你们做的事，我们三益栈的人凭什么去垫背啊？心中越想越生气，于是说道：“菊子，我想好了，不过我有一个条件。”

菊子刚想对金锁说什么，一个穿警察制服的人走进病房说：“提什么条件啊，都已被判死刑的人了，还提什么条件？”

“哥，你怎么来了？”菊子问。

“不来行吗？都是为你这整天让人操心的丫头。爸妈看你这几天心神不定，怕你出什么事，今天是一个电话一个电话地往我办公室打，嘱咐我看好你，你瞧瞧你，什么时候才能长大？”

“哥，好哥哥，知道了，人家金锁哥有条件还不让说呀？”

菊子拉着此人的胳膊来到金锁的床前，介绍说：“金锁，这是咱哥，警察总长郑方田，有什么话你尽管说，不要怕，有我呢。”菊子说完，在哥哥的额头上亲了一口。

金锁抬头打量了一下此人，只见他微微发胖，眼睛很大，眉毛很浓，鼻梁上架着一副眼镜，有着一米七八的个子，身上的着装非常整洁。

“哥，谢谢你，谢谢你救了我们，刚才菊子也和我说了，这个事我完全可以做到。再说了，是土炮队先惹的事，今井将军救自己的亲侄子，无奈之下这样做也合乎人情，不就是抓几个人换换人质吗？你放心好了。从小俺在石河镇长大，地形熟悉得很，到时候我带你们去抓就行。”金锁说完，看了一下菊子。

菊子说："看我干吗啊？和哥哥实诚说就好，这是咱哥，你说就行。"

金锁说："哥，可我带来的船工被打得半死不活，被关押在大牢，我希望尽快给他们治好伤，早点回家，也好了了今井将军的心愿。"

"我看啊，这个条件完全可以。哥，水上警察队的人太坏了，怎么能这样随意打人呢？无法无天了，没王法了吗？"菊子冲着哥哥说。

"田管家，这个条件你就是不提，今井将军也已经想到了。将军知道此事后，已命令军部将成楼、侯三、马六等人撤职严办。将军已经将受伤的船工们送往医院，现正在治疗中，这个你放心好了，等你伤好，让菊子陪你一块过去看看他们。"

郑方田看了一下表，和金锁说："田管家，这个事我得及时向今井将军汇报，他知道亲侄子有希望回到身边，一定会非常高兴。菊子，你陪田管家说会儿话，我先走了。"

菊子把郑方田送到病房门口说："哥哥，你慢点走，告诉爸妈他们别担心，一切都好。"

郑方田回头用手势朝菊子做了一个动作，两人会意地笑了……

第十九章

血战清水湖

一

石河镇清水湖夜晚的湖心岛上，张士德在主持一个有万清河、田玲和各小队长参加的军事会议，明亮的油灯下，士德正在传达清北特委的指示。

“下一步，根据特委的统一部署，要组织一次大规模的攻势，为了牵制、消灭敌人，清北特委决定攻打滨津县城，要我们清抗队抽调两个小队参加这次攻城战役。”

士德说完，清河说道：“根据当前石河镇的对敌斗争情况，我们前段时间连续在小清河上打了几个漂亮仗，鬼子小山一郎和这些汉奸兔崽子们再也不敢轻举妄动。接到特委的指示，我和士德商量了一下，决定由士德带领荣臣、银锁两个小队，配合特委主力攻打滨津县城。我、田队长，还有娃子小队，留在清水湖坚持对敌斗争，继续发动群众、牵制鬼子。”荣臣说：“作为一名党员，我听从党的安排，服从指挥。”

银锁说：“我是党员，执行组织决定，服从组织指派。”

清河说：“好，通知队员们明儿早起，天一亮就开饭，饭后集合。”

“是。”荣臣和银锁异口同声地回答。

天亮后，队伍集合，士德做了战前动员：“这次我们清抗队走出清水湖，配合主力部队作战，是对我们全体队员一次严峻的考验。在行动中我们要服从命令，听从党的指挥，战斗中继续发扬不怕流血，不怕牺牲，英勇杀敌的精神，在战场上要打出我们清抗队的声威，打出小清河畔军民抗日的气势！同志们能做到吗？”士德在队前大声地问道。

“能，做得到，因为我们是小清河畔人民的武装，抗日的先锋！”战士们高声回道。

“好！现在我命令，出发。”

参战的清抗队员分别乘船出湖，奔向清北抗日根据地。

士德走后，田玲和清河回屋来，准备商量一下这几天的工作。

“报告。”清河顺着声音开门一看，是印钞厂的小刘。

“小刘啊，快进来。”清河说。

“报告万队长，不进去了，新钞已经印好打捆了，马厂长让你过去一下。”小刘说。

“好，知道了，你先回去告诉马厂长，我一会儿就到。”清河说。

小刘走后，万清河对田玲说：“田玲姐，我先去印钞厂看看，马厂长让我过去，一定是商量往根据地运钞的事。”

“好吧，运钞也是一项重要的工作，你先去吧，回来咱们再商量其他事。”田玲说。

万清河出屋后，加快脚步向西北角的印钞厂而来。进屋后，看到马立学厂长刚刚从地下印钞厂的洞口上来，两手沾满了颜料。

“清河，这下子可不能握手了，要不，你也得沾光了。”马立学边说边伸开自己的双手。

“马厂长，为发展抗日根据地的经济，你这响当当的专业人才，撇家舍业地来到俺石河镇，印出这么标准的钞票，为咱根据地人民出这么大的力，我啊，早就沾光了呵。”清河说完，赶紧往脸盆里倒水。

马立学一边洗手，一边说：“万队长，新钞我已经包装打捆了，当前根据地急需这批钞票，找你来就是商量下，用什么办法把它运过去。”

清河把毛巾递给马立说：“这个咱真是得好好琢磨琢磨。”

马立学接过毛巾擦去手上的水，坐下后，点燃一支香烟说：“新钞出清水湖，防水防潮湿是个关键，运输的路上怎么伪装，怎么安全通过鬼子的封锁线，这些问题，我们都得提前想周到，做到万无一失。”

清河说：“马厂长，你看把钞票装在棺材里运出去，可以吗？”

“这个近了可行，但这清水湖距离根据地太远，不太合适。”马立学说。

清河想了一会儿，站起来一拍大腿说：“有了，马厂长，咱还是用船运，走咱的小清河。”

“说说你的想法。”马立学说。

“是这样，把溜子的船底改装一个夹层，先把钞票放在船上，然后再用木板在上面重新铺上一个伪装的船底。”

“那新铺的船底上面用什么伪装啊？”马立学问道。

“这个好说，木板铺好后，木缝间用石灰、桐油等混合封严，然后做旧，再铺上一层油布，遇上敌情或盘查，就说船是去羊口装运虾酱。”万清河说。

“好，这个办法可行。”马立学说。

“我先联系一下交通站，让他们通知清北特委，提前在小清河边选择好地点，做好接应的准备。”万清河说。

“接应地点和时间很重要，必须考虑周全，做好预备方案。”马立学说。

“马厂长你放心，我会安排一条帆船，伪装成从济南到羊口的商船，随航护送的，以确保运钞船的安全。”万清河说完后，马立学点了下头。

“马厂长，那我这就安排下去，让他们尽快弄好，早点把钞票送到根据地去。”清河说完，便告别马立学，去准备改船的事。

清河首先回到田玲处，把运输钞票的想法和田玲说了一下。田玲说：“清河，你想得很周到，士德不在家，这担子全压在你一个人身上，辛苦你了。”

“田玲姐，没事，我身子壮，抗折腾，放心吧。我先去让娃子把溜子弄好（伪装），然后再回镇上找一下李站长，让他通知清北特委。”清河说。

“清河，回镇的路上注意安全，我等你的消息。”田玲说。

“好，田玲姐，那我去了。”清河说完，走出房门，直奔湖边，去找地瓜娃安排改船一事。

“娃子，娃子，过来。”正在湖边和成大木匠修船的地瓜娃顺着喊声一看，清河正在向他招手，他赶忙放下手中的工具向清河跑过来。

“清河哥，啥事啊？”地瓜娃气喘吁吁地问道。

清河说：“给你一个任务，要尽快办好，还要办稳当了，你找几个人，去这么干。”清河低声和地瓜娃交代了一番。地瓜娃一边听一边连连点头，最后地瓜娃说：“清河哥，瞧好吧！这事交给我就对了，你忙去吧。”

清河安排好改船的事，出清水湖来到石河镇，直奔玉食村酒店。

店小二钟子赶忙向前迎接，口中说道：“客人来了，里边请。”清河在大厅边上找了一张桌子坐下，钟子提水来到清河面前，趁人不注意，低声告诉清河说：“李掌柜在后院。”清河说：“小二，尿急了，你们的茅房在哪儿？”钟子说：“在后边。”清河看了一下四周，闪身进得后院，又拐进一个侧门。

清河见到李荣生，把往清北根据地送钞及交货地点选择的事和他说了一遍。李荣生说：“这事我马上让人去办，回来后，我会及时通知你。”两人又谈了其他的事情，清河便返回湖心岛。

上岛后，清河找到田玲，把经过详细说了一遍。

两天后船已改好，马立学、清河和地瓜娃等人将印好的钞票全部装船，并将船底伪装得是天衣无缝。

“娃子，这次护送钞票的事就交给你了，路上要特别小心，装钞票的溜子上，人不可太多，一人划船就行，路遇盘查，就说去羊口装虾酱，这个事我不用教你，你比我圆得都好。”地瓜娃朝清河一笑说：“清河哥，这个你放心好了。”

“让李传连带上机枪，再挑选二十个人，扮成从济南到羊口的商船，跟在后边保护你们。娃子，剩下的事儿，你自己酌情处理，我回去等交通站的消息。”清河说完，和马立学等人告别回到驻地。

清河进屋，倒了一杯水，仰脖喝了下去，用手抹了下嘴，刚想出门，田玲进到院来。“清河，交通站的信，交通员说，交货时间、地点全在上面，你自己看吧。”田玲说完，把一个纸条交给清河。

清河接过李荣生派人送来的情报，详细看了一遍，然后说：“田玲姐，明儿早天一放亮就让娃子他们走，按照特委选择的地点，到了后将溜子划进一条长满芦苇的河汊子，那里的地形娃子他们很熟悉。那我先去湖边通知他们去。”

“好，你先去吧。”田玲说。

次日天明，地瓜娃、二虎两人分别划着运钞船走在前边，负责掩护的李传连指挥漕船随后，他们在小清河上顺水而下。

二

张玉敬晨练完成，收起马步，然后来到屋中，刘婶送来早餐，放到桌子上，对张玉敬说：“会长，这是给你熬的小米粥，趁热喝吧！这些天了，看你瘦多了，饭也不爱吃，这样下去怎么受得了呀！”刘妈边说边把小米粥用勺盛到碗里，递到张玉敬面前。

“他婶子，放心吧，我这老骨头啊，还硬着呢。”张玉敬说。

“管家这去济南也该回来了，至今咋还没有个信呢？要不就叫围子上济南府看看去，找找管家他们，免得你整天担着个心。”刘婶说。

“先不去了，等等看吧。他婶子，你给我准备两套出门的衣服，我要去咱湖上住几天，顺便拿几贴膏药回来，一会儿你告诉围子，让他送我到湖边。”张玉敬说。

“会长，先喝了这碗小米粥吧，我这就去和围子说。”刘婶说完出屋。

张玉敬吃过早饭，和刘婶交代了一下，便和围子两人向清水湖而去。

围子背着装有衣服的布包，走在前边，一边走一边不时地回头和张玉敬说话：“会长，金锁哥咋还不回来啊？都过这么多天了。家里这么忙，光知道在济南玩，把咱们都忘了吧？”

“小孩子家懂什么？别乱说，金锁在济南等着装货呢，很快就会回来了。”张玉敬说。

“九月他媳妇都快生了，挺着个大肚子在码头接他男人都好几天了，问从济南到咱码头上的船工，人家都说没看到他男人。”围子说。

“哦，回去你告诉刘婶，让她买点鸡蛋和小米，再称上二斤红糖，给九月他媳妇送过去。就说是九月托人给他带回来的。”张玉敬说。

“知道了会长，前边到了，我送你过湖心岛吧。”围子说。

“不用了，一会儿你把布包给我放溜子上，我自己划过去就是。”

来到湖边，围子扶张玉敬上了小木船，然后把布包放在船头，赤脚下水，解开拴船头的绳子，把溜子用力向湖中推去，小溜子在水面上凭借着惯性蹿出有十步开外。

“会长，你慢点划，我回去了，过几天我来接你啊。”围子两手捧成一个喇叭口状，凑到嘴上高声冲张玉敬喊着。

张玉敬来到湖心岛，直奔田玲的住处。

田玲正在编写抗日传单的内容，抬头看到大伯走进院中，赶忙起身迎接：“大伯，你来了，看累得这满头大汗，快把布包给我。”田玲接过布包放在靠墙的桌子上，顺便拿起一个水杯，给张玉敬倒水。

“玲子，这好长时间也没有见到你们了，士德呢？”张玉敬说。

“他带队去根据地了，特委指示我们配合主力部队攻打滨津县城。队伍走得很急，也没有时间回镇子和你说一声。”田玲说着把水端到张玉敬面前。

“当兵打仗，一切行动听指挥，这是应该的。”张玉敬端起水杯喝了一口继续说：“玲子，你忙就行，我一会儿去岛上转转。”

“大伯，这次来，你在岛上住几天吧，我这就去给你收拾房间。”

“好吧，住几天，布包里是我的衣服，你去的时候拿上。”张玉敬说完起身向岛上的膏药房走去。

士安、士全看到张玉敬进屋，赶紧放下手中的活计，向张玉敬打招呼：“叔，好长时间没来了。你瘦了。”

“可能是护夏的缘故吧，每到夏天总是瘦一阵子。”张玉敬向士安和士全招了一下手说，“你俩随我过来。”两人随张玉敬来到窗户前，士安问：“叔，啥事啊？”张玉敬说：“从现在起，膏药咱先不做了，把所有的成品和原料装入地下暗室。把账本放到夹沟（暗室）里去，把不该留的货单信件烧掉。”

士安听后说：“叔，放心吧，按你的意思，我们这就弄。”

“好，咱祖上留下的枪你俩放哪里了？”张玉敬问。

士全说：“叔，在门后边挂着呢，我和哥每天早上起来都擦土枪，这双管枪长时间没打了，要是土匪们敢来抢咱的东西，就给他轰烂了头。”

“士安、士全你俩给我记住，你们都是老张家的种，将来咱这清水湖不管遇到什么样的情况，都要为老祖宗守好，就是面对死亡，也坚决不能当软蛋，在这老祖宗留下的地儿上丢人现眼。”

“叔，放心吧，俺们记着呢。”士安、士全回道。

“你俩干吧，我去炸药房范师傅那里看看。”张玉敬说完，走出膏药作坊，朝炸药房而来。

张玉敬来到炸药房，刘铁蛋正在收拾院子，看到张玉敬，扔下手中的家把式（工具）就往屋里跑，边跑边喊：“师傅，师傅，张会长来了，你快出来啊。”铁蛋的师傅范向金听到喊声，赶快出门迎接，这离着还有好几步远呢，就伸出双手边走边说：“会长啊，你可是很长时间没有来了，昨天我还絮叨你呢，这不，今天真就来了。”

张玉敬紧赶两步，接住范向金的手说：“老弟啊，你这一唠叨，那还得了，再怎么说我也得来。”

“走，走，会长啊，咱屋里说话，走。”范向金拉着张玉敬的手说。

两人进得屋来，张玉敬看到屋中间放着几个进口的煤油桶，便问道：“老弟，你弄这些油桶，是又在鼓捣个啥呢？”

范向金说：“这个吗，成形后比咱那双管大抬炮都厉害得多，暂时还没有想好名字呢，弄起来打两炮看看。”

“师傅，昨天我问，你还说这叫‘打翻天’，怎么又改名字了？”刘铁蛋在一边说。

“去，去，大人说话，小孩子别插嘴，赶快烧水去。”刘铁蛋做了一个鬼脸，跑出屋去。

张玉敬蹲下身子一看，好家伙，这两个煤油桶用铁箍固在一起，口径足有六十厘米，立起来和自己的胸口一样高，这家伙要是装满了火药和锅铁片子，那打出去可不就是打翻了天。

“老弟啊，你咋想起来鼓捣这玩意儿了？有才，有才啊。”张玉敬伸出大拇指说。

刘铁蛋提着烧开的水走进来，冲好茶后，给张玉敬和师傅每人倒上一碗，然后说：“会长，师傅弄了好几个呢，都放仓库里了。会长你和师傅慢慢喝，我干活去了。”刘铁蛋说完跑出屋去。

范向金端起茶碗喝了几口说：“会长啊，自打咱这土炮队从清北回来后，这服装换了，枪也换了，土枪也用不上了，我这造了一辈子土枪的人也派不上用场了！”

张玉敬说：“咱土枪是不用了，可你造的地雷、手榴弹那是呱呱叫啊！对咱的土炮队支持很大，前段时间士德、清河他们还在我面前夸你呢！”

范向金起身给张玉敬倒了碗茶，把茶壶慢慢放回桌子上说：“会长，这地雷吧，局限性很大，只有鬼子踩上才可以杀伤他。手榴弹使用是方便，可对敌人的杀伤范围有限。”

“那你就想鼓捣个大炮对吧？”张玉敬说。

“可不是嘛，几个月前清河过来，俺俩聊起这打鬼子的事。清河说，咱河口上的鬼子并不可怕，可他们倚仗着有铁条（钢筋）洋灰（水泥）做成的炮楼子，当你打他的时候，就躲进里边去，从枪眼里用机枪顽抗。炮楼太结实了，墙又那么厚，现在咱们清抗队的武器根本打不透，要是什么时候咱也有几门大炮就好了。清河走了后，我自己就琢磨，这没有大炮咱们自己可以造啊！这几个月来，我就造了六门。这炮造出来呀，就算打不透炮楼，那在战场上打鬼子，也是一打一片。”范向金说。

“老弟啊，你这个想法很好，做得是更得劲。老弟，咱家的走线枪还多吗？”张玉敬问。

“多，自从咱土炮队换了洋枪，很多旧土枪就都闲置了下来，为了咱清水湖的防御，去年我让伙计们都改成走线枪了，这不，前几天士德带队走了，清河说这岛上的安全防卫必须跟上，让我在岛的西边和南边下了（放了）一部分，要是这坏蛋们胆敢来咱清水湖捣乱，蹚上就响，一打一片。”范向金说。

“好，老弟啊，你让伙计们把库里的走线枪全收拾好了，枪膛里多放锅铁片，咱要派上用场了。”张玉敬说。

“会长啊，有人要打咱清水湖的注意吗？”范向金问道。

“现在还说不准，但是我总隐隐约约地感觉将要发生什么事似的。”张玉敬说。

“会长啊，这自清朝到民国，土匪、官兵凡是来找茬的，不都被咱打得死的死、伤的伤，剩下的也一个个像狗一样跑了吗？现在小鬼子要是敢来闹腾，光咱清水湖上这埋好的炸药，也够他们喝一壶的。”

范向金说。

“老弟啊，你把咱埋好的炸药再检查一遍，关键时候不能出岔子，我先去找一下清河，忙完了咱哥俩好好喝上一壶。”张玉敬说。

“好，会长，你先去忙吧，我这就带人去，放心好了。”范向金说。

张玉敬从炸药房出来，向自己的住房走去。“大伯，你回来了？”田玲说。

“回来了。哎，好久没来住了，屋子里咋没有那种潮湿味道？”张玉敬问。

“大伯，士德告诉我，他小时候，你经常隔三岔五地带他来这湖心岛上住几天。这次我们回来，士德经常过来收拾收拾。”

“我说呢，士德从小就孝顺，是个好孩子。”张玉敬说。

“这次他出发前，嘱咐我要把这个房子打扫干净，经常敞开门晾晾，通通风，被子、褥子要常晒，士德说啊，岛上很多事，大伯不一定什么时候过来，免得屋里潮湿。”田玲说。

“要是没这小鬼子入侵，他教他的书，你做你的医生，一家人欢欢喜喜地过日子，该有多好啊！”张玉敬说完，把布包里的衣服拿出来，放到柜子里，然后问田玲：“玲子，你看到清河了吗？”

田玲说：“刚才我碰到他了，告诉他你去膏药房了，可能是你们走岔了吧？”

“会长，会长。”清河边叫着进得屋来，“会长，我找了你一圈儿，范师傅说你回来了，这跑的，还不如在这儿等着你呢。”清河说。

“看你这满头的汗，先洗把脸。”张玉敬说。

万清河边擦脸边说：“会长，你好长时间没来了，你这一来啊，肯定是有事情，快和我说说。”

张玉敬坐在椅子上，抬起右手招呼了一下说：“清河、玲子，你俩过来，我有事要告诉你们。”

待二人走近后，张玉敬将自己的疑虑和对策详细告知他们。

三

金锁的伤在菊子的细心照顾下，近一月来已经好转。

“菊子，我想尽快回石河镇，我的伤已经好了，船工们大多数也恢复得差不多了，看看这几天就动身，免得会长在家中挂念着。”金锁说。

“金锁哥，能行吗？要不再住几天吧？”菊子说。

“不了，不能再住了。”金锁说。

“金锁哥，我陪你一起回去，到家有什么事，可以商量着来。”菊子说。

“好吧，菊子，这么长时间，也辛苦你了，你看你，都瘦了。”金锁说完，用手摸了下菊子的脸蛋，继续说道：“金锁今生今世也忘不了你，下辈子就是做牛做马也要报答你的恩情。”

“金锁哥，别这么说，我喜欢你，为你，我什么都可以做。”说完菊子把自己依在金锁的怀中。

过了一会儿，菊子说：“金锁哥，我先回去准备下，咱明天走，回石河镇。”

“好，明天回。”金锁回道。

“那我回去告诉爸妈，顺便给张会长买上点济南的绿豆糕。”菊子说完，走出病房。

菊子出得医院大门，叫了一辆黄包车，车夫停下后问道：“小姐，你去哪里？”

菊子说道：“问那么多干吗，叫你怎么走，听话就是了。”

黄包车在菊子的指挥下，一会儿向左，一会儿向右，一会儿直走，大约一个时辰，来到一个大院门口，菊子说停车，黄包车夫两脚在地上用力一踩，屁股往后一挺，车子刹住，菊子付钱后，朝大门而来。

门口站岗的日本宪兵拦住菊子说：“你的，站住，证件的有？”

菊子抬起右手，露出一个印有菊花的银手镯，日本宪兵一看，赶忙立正敬礼放行。

菊子径直来到大楼前，走上台阶，来到二楼，敲响了一间办公室的门。

“进来。”一个男人的声音。

菊子进得屋来，立正、敬礼，说道：“报告将军，计划进展顺利，金锁已经说明，土炮队隐蔽在清水湖中的湖心岛上，但进岛的水路错综复杂，必须由他亲自带路才是。其他事情，都在我的掌握之中。”

“好，菊子小姐，辛苦你了，你做得很好，很出色。不愧是帝国最优秀的特工。”今井说完，指着旁边一个穿少将军服的人说：“这是川村将军，负责这次行动的总指挥，你们要好好合作，完成这次围剿土炮队的行动。”

“为了大和民族，为了圣战，为了大东亚共荣，菊子应全力以赴，配合川村将军完成任务，就是牺牲自己，也在所不辞。”菊子说。

“很好，根据你近来提供的可靠情报，我已调集大量兵力和炮舰在小清河、石河镇周边待命，对土炮队的藏身之处清水湖形成包围之势，只等你回到石河镇后，在预定时间内对清水湖发起攻击，一举歼灭土炮队，摧毁他们的老窝清水湖、湖心岛。”

菊子转身说：“川村将军，明早我就返回石河镇，船在小清河上走顺水，三天后即可到达。为安全起见，到达后的当晚我就开始行动。”菊子说。

“好，这次围剿清水湖上的土炮队，我为你挑选了三十名帝国的勇士共同执行这次行动。”川村说。

“好，川村将军，事前我只告诉金锁抓几个人质，三十个人足够，多了会引起他的怀疑，让他带路进湖，先把岗哨全部干掉，为川村将军全面进攻扫清障碍。”菊子说。

“好，你到达湖心岛得手后，迅速打出两颗信号弹通知我们。”川村说。

“嗨，将军。那我现在就回去准备，明早开船，川村将军，咱们石河镇见。”菊子说完，走出这座大院。

四

三益栈的漕船在小清河里顺水前行三日，即将到达石河镇码头，船工们都非常高兴，经过这次大难，他们更是盼家亲切，希望早日见到久别的亲人。

金锁站在头船的船头，顺河望着前方，心中像打翻了五味瓶一样，是苦辣酸甜，马上就要到石河镇了，他要面对会长，面对船工们的家人，面对清水湖中的一切。

“金锁哥，你看，到了，就是这个地方，他们在等我们。”菊子站在金锁一边说。

“菊子，我看到了。”实际金锁早已看到，正前方河中心停有一艘鬼子的快艇，在河的南边停着三条溜子。

“金锁哥，来时哥哥嘱咐我们了，一定要按事先说好的做，要不惹恼了日本人，不但哥哥丢官查办，连我也得拉去枪毙。”

“菊子，放心吧，我不会恩将仇报的。”金锁说。

“金锁哥，咱哥真没有看走眼，他帮你真是值了。”菊子说。

“要不是土炮队回来占着清水湖整天瞎闹腾（打鬼子），船工们咋会出这样的事呢？我答应你和哥哥的事，一定能做到，决不会再连累你们的。”金锁说。

“金锁哥，我早就看出你是个重情意的人，嫁给你是我的福气，更是我们家人的福气。”菊子脉脉含情地对金锁说。

金锁转过身，向掌舵的人说：“韩哥，把船提前靠到右边去，到前边小火轮（快艇）那里靠岸停船。”

“好嘞管家。”头船慢慢向右划去，后边的两条船跟随头船驶向右边。

金锁他们的船靠岸后，快艇挡在了头船的前边。从快艇上走下六个穿八路军军服，手持冲锋枪的人，分别上了金锁等人的三条木船，上船后他们在船头、船尾各站一人，用手示意船工们蹲下，不许说话。

金锁和菊子下船后，向早已等候在这里的三条溜子走去。

三条溜子上各有十名身穿八路军服装的战士，他们个个都持有冲锋枪，腰上挂着日本产瓜形手雷，身上背一个背包。

金锁看着其中两人眼熟，可一时想不起来在哪儿见过。

“菊子小姐，见到你很高兴，我们在此等候多时了。”其中一个说。

“好，再稍等会儿，我们十点后行动。”菊子说。

“菊子小姐，给你。”此人递给菊子一个刚刚起开的牛肉罐头和一瓶水。菊子接过后，转身对金锁说：“金锁哥，这个给你，你先吃着，现在我们进湖还早，得等一会儿。”

“菊子，那你吃啥呀？”

“还有，我自己到前边去拿。”菊子说完，向快艇走去。

金锁边吃边想，忽然记起来了，和菊子说话的这两个人，不就是跟随吉田到府上拜见会长的小林和中村吗？他们咋也掺和进来了？

菊子来到快艇上，进得船舱。川村、吉田等人早已在此等候，她向他们打过招呼后，把金锁在济南的情况，详细和吉田作了汇报。

“哈哈哈哈……好，好，干得好，不愧是我帝国美丽的菊花，特工的楷模，难得的人才，有你真是我皇军之福，大和民族之福。”吉田说完站起来，拍了拍菊子的肩膀。

“吉田君，我还有一事想告诉你。”菊子说。

“菊子小姐，什么事？你说。”吉田说。

“吉田君，在和金锁多次交谈中，我隐约从话中听出，他对玉食村酒店掌柜李荣生很不满，联想到咱们初到石河镇几次行动的失利，可能与他有关。”菊子说。

吉田沉思了一下说：“有道理，事前我们都经过周密的策划，却连连失利，石河镇的老百姓是做不了那些事情的。玉食村，玉食村！”吉田在船舱内转了一圈儿，突然说道：“川村将军，你赶紧给石河镇的小山一郎发报，命伪保安队速去玉食村酒店，抓捕李荣生等人，快。”

快艇上指挥所内，鬼子报务员通过无线电台，将川村的命令传达到石河镇炮楼。

小山一郎得到命令后，立刻通知周玉安包围玉食村酒店，抓捕李荣生等人。

五

前几天，张玉敬和围子从石河镇到清水湖的路上，交通员钟子是一路隐蔽跟随、暗中保护。直到张玉敬划船进湖，钟子才转身回到石河镇。

钟子回到玉食村酒店，见到李荣生汇报了一个情况，李荣生听后说道："在敌我斗争形势复杂严峻的情况下，对于发生在张玉敬会长身边的事，我们不能错过蛛丝马迹，同时我们也必须更加提高警惕，保证交通站在石河镇的安全，因为这关系到党的事业和人民的利益，也是小清河上抗日斗争的根本需要。钟子，这几天你要密切注意管家金锁何时返回石河镇，随时向我汇报。告诉栓柱，留神观察每一个进店的顾客，做到有备无患。"

"是，站长。"钟子说。

可几天后，仍然没有金锁回来的消息，张玉敬也没有从清水湖返回石河镇。李荣生感觉情况不对，心想，金锁他们一定是在济南出了什么意外。他走到门口对栓柱说："栓柱，钟子呢？让他过来一下，看把这买菜的单子弄的，是乱七八糟，让人看不明白。"

"好嘞，我这就去叫他。"

钟子进屋后，李荣生说："钟子，看来情况不对，这已经又过去六天了。你现在就去清水湖，通知张会长和清河他们，做好应对突发情况的准备。"

"是，站长。"钟子应声而去。

然后他提笔写了一个纸条，装入伪装好的菜刀把中，告诉栓柱，送到斜对面刘家铁匠铺。

不到两个时辰，钟子气喘吁吁地跑进院来，告诉李荣生说："站长，不好了，鬼子把清水湖给包围了，我在湖边转了好几个地方，都是鬼子伪保安队的人，进不去了。"钟子话音刚落，就听到有砸门的声音和高喊声："把这个楼全部给我包围起来，里边的人听好了，都坐下，不许动，谁动打死谁！"伪保安队长周玉安带人闯了进来。"给我搜，人通通抓起来，不许放走一个，如果反抗和逃跑，直接给我用枪打，他奶奶的，听清楚了吗？"周玉安挥舞着手中的匣子枪号叫着。

“站长，钟子，敌人来了，你俩快撤，我来掩护。”栓柱提着手中的盒子炮说。“不，你和站长先走，我掩护。”钟子说。

“看来敌人是早有准备，现在情况紧急，清水湖上清抗队的兵力严重不足，只有清河带一个小队驻防，娃子去执行任务现在也不在岛上。我判断敌人这次来的一定不少，清河面对的将是一场残酷的血战。我们必须把这一消息尽快通知清北特委。”

李荣生说完，把手中的枪交给钟子，说道：“钟子，现在我命令你，杀出重围，把这里的情况迅速告知清北特委和于书记。”

“站长，我……”钟子刚想说什么，李荣生严肃地说道：“执行命令！”

“楼上的人听好了，赶快下来投降！”楼梯上响起了伪保安队队员的叫喊声和脚步声。

“哒哒哒，哒哒哒”，一排盒子炮的枪声，五六个伪保安队队员从楼梯上滚了下来。“我叫你上楼。”栓柱边打边说。

“快走啊。”李荣生冲着钟子大声地喊着，随手抓起桌子上的冲锋枪，靠到墙边向楼下射击。

钟子朝李荣生望了一眼，回头看了一下栓柱，眼中含泪，一咬牙，一个健步蹿出窗外，双手抓住楼檐，翻身飞到屋顶之上。

“有人从屋顶上跑了，快打啊。”地面上密集的子弹朝着屋顶射击。

“他奶奶的，狗子你带几个兄弟给我追。”

“是，队长。”狗子答应着，带领五六个伪保安队队员朝钟子追去。

“机枪给我封住楼顶，别再让人给我跑了。弟兄们，给我往楼上攻，皇军说了，捉一个二十块大洋，捉两个就给六十块袁大头啊！”周玉安朝伪保安队大声喊叫。

李荣生用冲锋枪对着冲上楼梯的伪保安队一阵扫射，十几个伪保安队队员被打死。

他换上弹夹后，继续朝冲上楼梯的伪保安队射击，敌人又被打倒好几个。

狡猾的周玉安埋伏在墙角，用轻机枪对准李荣生扫射，一阵急促的机枪声响过，一颗子弹命中他的胸部，他倒下后再也没有站起来。

“站长，站长。”栓柱爬过去抱起李荣生，看到他已经牺牲，便用手把他睁着的双眼合上。

一颗子弹射来，栓柱感觉头部一阵剧痛，鲜血已经流到脸上，他晃晃悠悠地站了起来，踉跄了几步，然后咬紧牙关，把剩下的三颗手榴弹捆在一起，拉弦后纵身一跃，跳入楼下的敌群中，在手榴弹爆炸声中，栓柱与敌人同归于尽，英勇牺牲。

铁匠铺内，刘铁匠从刀把中取出栓柱送来的情报，急忙往家赶，进门来，只见冬梅、来喜、芒种等人已经在院子里集合，正想去玉食村酒店支援李站长他们。

“梅子，快，给你，交通站送来的。”刘铁匠急急忙忙地说。

冬梅接过刘铁匠手中的纸条，上面写道：“冬梅，清水湖已被鬼子重兵包围，情况紧急，清河如果突围成功，会到湖南边的范家槐树林，务必接应。”冬梅刚刚看完，就听从清水湖方向传来密集的枪炮声和爆炸声。

冬梅抬头冲清水湖方向看了一眼，对刘铁匠说：“爹，你赶快和刘叔、徐叔、二大爷他们说声，找绳子绑几副担架，然后去清水湖南边的范家槐树林。爹，你快点啊！”

“喜子，你通知小兰、娟子了吗？”冬梅话音刚落，只听门口传来二人的声音。“来了，来了。”小兰和娟子气喘吁吁地跑进院子。

冬梅急忙说道：“好，现在人都到齐了，去范家槐树林，咱们走。”

冬梅带领民兵向范家槐树林赶来……

六

晚十点前，金锁看到菊子回来，赶忙迎上前去说："菊子，怎么才回来？刚才我想去小火轮上找你，他们不让。"金锁用手指了下中村和小林。

"金锁哥，刚才我的头有点晕，可能是几天来连续乘船，没有休息好，哥哥让我在快艇上休息了会儿。"菊子说。

"哥哥也来了吗？"金锁问。

"你想，哥哥做的保，他能不来吗？何况这事关系到我们一家人的性命，还有你我以后的幸福。"菊子说。

"今晚抓了人质，让哥哥到家住两天再走吧，我俩陪哥哥好好喝上一杯。"金锁说。

菊子装作无精打采的样子，用低低的声音说道："这次能顺利抓住人质，哥哥就放心了，他那么多公务在身，刚才我问他了，哥哥说这次先不去镇上了，咱们还是以后去济南好好感谢他吧！"菊子说。

"菊子，咱啥时候进湖？"金锁问。

菊子抬起手腕看了一下表，对小林和中村说："时间已到，进湖。小林，你在最后一条船，把事情做好。"

"是，菊子小姐。"小林说。

三十个化装成八路的鬼子，用力快速划船，在金锁的带领下，冲湖心岛而来。

"向左划，顺这片芦苇拐个弯儿，好，就这样走，那边是浅滩，船过去就会搁浅。"金锁告诉菊子。船继续驶向湖心岛……

"向右调头，穿过这片芦苇，然后直走——好，从这里往右调头——再向左。”

船在金锁的指挥下继续向前。

“这地方叫盘龙道，是通向湖心岛的咽喉要道，也是必经水道。”金锁站在船头边指挥边和菊子说。

“金锁哥，如果没有你，他们还真进不来。”菊子说。

“这清水湖到处都是芦苇和浅滩，大船进不来，快艇就更不用说了，如果你不熟悉湖中的水道，根本无法到达湖心岛。”金锁说。

船过了盘龙道，又转了一个半弧圈儿，向前走了五里水路，来到湖心岛的东南边上。

菊子对小林说：“发两颗信号弹，通知川村将军，已经开始登岛。”小林举起手中的信号枪向空中发射了两颗绿色的信号弹。

收到登岛信号后，快艇上的川村用无线电台，向包围清水湖的鬼子下达了攻击命令。

埋伏在清水湖口周围的鬼子和伪军，乘坐木船沿小林留下的标记向湖心岛开来。

菊子等人登湖心岛后，金锁说：“这条小路通往岛上，咱们快走。”金锁在前，菊子等人在后，菊子跟随金锁走了几步，然后向后一摆手说：“停！”告诉中村和小林说：“你俩带人走小路边上，以免让土炮队暗算。”

“是，菊子小姐。”中村、小林沿路边的芦苇丛带头前进。

“砰砰砰……”前进中，中村、小林及多个鬼子兵，用脚蹚上了走线枪，走线枪发出的散弹致中村和多个鬼子死亡，小林重伤。

“赶快到小路上来。”菊子边说边用手拢了拢被散弹打乱了的头发。剩下的鬼子顺小路继续前行。

“轰轰轰”几声响，前进中的鬼子踩上了早已埋设好的地雷，随着地雷的相继爆炸，又有十多人被炸死。

“你怎么带的路，还有其他路可以走吗？”菊子怒气冲冲地冲着金锁说道。“没有，岛上就是这一条路，这湖心岛呈亚腰葫芦状，这是南边的小岛，小岛与大岛之间有一狭窄地带叫仓门口，通过后才是北大岛，主要建筑和人员都在大岛上。”金锁刚说完，只听前方传来一个男人的声音：“小鬼子们，给我听好了，爷爷在仓门口等你们多时了，先给你们拌几条黄瓜凉菜（走线枪），吃几个铁西瓜（地雷）尝尝！透心凉了吧，哈哈哈……”

“这是谁？”菊子问。

“是万清河，土炮队的队长。”金锁回道。

此时的菊子，一失平时的温柔，从腰中掏出一把手枪，高声喊道：“给我冲，快点。活捉刚才这个说话的人。”

化装成八路军的鬼子开始冲锋，一排子弹打了过来，又打到五六个鬼子。“停止前进。”菊子举手示意并大声说道。

跟在后边的鬼子船队，顺着小林做的标记很快来到岛边，他们迅速上岸，听到前边的枪声和爆炸声，便用抛弹筒开始向岛上发射手雷。此时的清水湖是枪声四起，火光冲天，喊叫声、爆炸声响成一片。

七

川村、松山、吉田、小泉等鬼子指挥官弃船登岛。川村向前走了几步，告诉小泉说：“命令，停止射击。”

小泉让号兵发出停止射击的命令。

“川村将军，我们遭到土炮队暗器和地雷的杀伤，前进受阻。岛上只有这条小路，土炮队埋设了地雷，路边芦苇荡中，他们布满自己造的一种土武器，对人杀伤性极大。”菊子说。

看到站在眼前、满脸火药灰、头发蓬乱的菊子，川村说：“知道了，菊子小姐，土炮队大大的狡猾。”然后对小泉说：“皇协军前边的有，快速前进。”

“是。”小泉点头答应，然后命令伪军在前，向岛上推进。

小路上的伪保安队队员连续踏上地雷，爆炸不断，死伤连连。

芦苇荡中枪声四起，“砰砰砰”，大批伪军蹚上走线枪瞬间死亡。

“炮火覆盖前进。”看到眼前发生的惨状，川村抽出指挥刀恶狠狠地叫喊着。

小泉命令炮兵将迫击炮架设好，鬼子开始用炮对小路和路边的芦苇荡炮击扫雷。经过一番折腾，川村率众来到南岛与北岛连接的狭窄地带仓门口。“快速通过这里，占领全岛，消灭土炮队，扫平岛上的一切。”小泉号叫着。大批鬼子和伪军涌向仓门口，朝着北岛冲去。

在北岛防守的万清河、田玲、范向金等清抗队员，早已做好一切准备，只等鬼子和伪军的到来。

五十米、三十米、二十五米，离土炮有效杀伤范围越来越近，万清河告诉范向金说：“范师傅你看，这次小鬼子来的不少，让他们再往前走两步，品尝一下你这打翻天的滋味。”

“清河，放心吧，这次炮里装的全是铁钉和碎锅铁片，要是打出去，小鬼子和这帮汉奸们非成片地倒下不可。”

小泉举着指挥刀高喊：“前进，扫平湖心岛！”鬼子和伪军们喊杀着，端着上了刺刀的枪向前冲击。

“轰轰轰轰”，打翻天土炮向鬼子和伪军们开了火，铺天盖地的铁钉和锅铁片混合在一起，在敌群中乱飞，展现了极大的杀伤效果，瞬间鬼子和伪军死伤七十多人，受伤的躺在地上喊爹叫娘，疼得打滚哀号，真是应了那句话：求生不得，求死不能！

土炮响过之后，被打晕的鬼子、伪军还没缓过神来，头顶上黑压压的一片手榴弹又落了下来，大量手榴弹相继爆炸，死伤无数。

清河他们一阵猛打过后，小泉命令停止进攻，在机枪掩护下，活下来的拉起伤兵后撤，从亚腰葫芦地带退了回来。

川村一看，这一仗下来自己的兵力损失近一半。

这时吉田走到川村面前说："川村将军，土炮队在岛上经营多年，万清河打仗用兵诡计多端，我们先用炮火覆盖他的防御阵地，然后发起攻击。"川村点头同意，对小泉说道："集中所有迫击炮和抛弹筒向土炮队阵地覆盖轰炸。"

炮击之后，川村命令小泉带队再次向北岛发起进攻。

"机枪的掩护，呈攻击队形前进，杀！"小泉举起指挥刀，发疯似的号叫。

八

地瓜娃、李传连、二虎等人将钞票安全送到清北特委指定地点，然后返航。从小清河逆水行船向石河镇而来，他们走到小柳树河段，发现清水湖方向火光冲天，随后传来阵阵爆炸声。

地瓜娃大声说道："传连、二虎，你们看，是清水湖方向，可能是岛上出事了。"

"队长，是，就是清水湖，差不了。"李传连说。

"赶快把船靠到南岸，快，快，船上所有人都听好了，靠岸后赶快抛锚。"地瓜娃一口气把话说完。

"队长，我也看到了，是咱清水湖那里。"二虎边说，拿起船篙插到水中，然后靠到膀子上用力使劲，同队员们一起把船划向岸边。地瓜娃首先跳上岸，朝船上的李传连说："传连，带好机枪和所有的武器，别忘了子弹啊。”“队长，知道了。都检查下自己的家伙什儿。”李传连大声招呼着，队员们手持各种武器从船舷跳到岸上。

“听枪声、炮声和爆炸声，咱清水湖可能遭到大量敌人的进攻，现在听我命令，向湖南岸的范家槐树林跑步前进。”地瓜娃向队员们说。

地瓜娃和李传连跑在队伍的前边。“队长，咱不就近从湖东上岛，跑湖南边槐树林干吗？”李传连边跑边问。“清河哥以前在会议上吩咐过，清水湖如果遭到敌人的强烈攻击，在外返岛人员，一律不得擅自行动，必须到范家槐树林等待指示和接应岛上的突围人员。”地瓜娃说。

“知道了，如果清河哥突围，也会向范家槐树林来，对吧？”李传连说。

“是，现在我们对岛上情况不明，清河哥他们是否突围也不清楚，如果擅自上岛，很容易遭到敌人的埋伏袭击，所以在以前的军事会议上，清河哥做了预先安排，咱们先到槐树林，看看再说。”

“队员们快点，前边就是范家槐树林了。”李传连跑步大声招呼着，队员们加快步伐跑步向前。

冬梅带领民兵，首先来到范家槐树林，她用手示意队员们停下，然后对周边环境观察了一下，没有发现可疑情况，正准备让队员向湖边靠近，忽听到杂乱的脚步声由远而近，脚步声越来越近，赶快和队员们说：“有人来了，大家都藏起来，快点。”

这时从东边不远处传来几声黄雀鸟的叫声。冬梅一听，是小时候玩捉迷藏游戏时地瓜娃常用的暗号，她急忙跑过去说：“娃子哥，娃子哥。”

地瓜娃说：“冬梅，你们早来了？”

“一听暗号就是你，岛上的枪炮声打得这么厉害，急死个人了，谢天谢地你们可冲出来了，娃子哥，清河呢？”冬梅焦急地问道。

“冬梅，我还正想问你呢，清河哥还没有突围出来吗？”地瓜娃说。

冬梅听后先是一愣，然后问道：“娃子哥，清河哥没有和你在一起吗？”

“我们去清北执行任务，刚回来，还没上岛呢。”地瓜娃说。

“你听，岛上枪炮声打得这么急，那你们不快上岛看看，跑这儿干啥呢？真是的。”冬梅说。

“冬梅，我现在只能和你说，这是队上的纪律，到这儿来是清河哥吩咐过的。”地瓜娃说。

冬梅把手中的枪一举说：“喜子、芒种，你们都给我听好了，现在跟我蹚水游泳上岛，救出清河哥他们。”

“是，冬梅姐，我们上岛。”民兵们喊着跟随冬梅向湖边跑。

“站住，冬梅你冷静些，听我说。”地瓜娃跑上前双手一伸，拦住冬梅等人的去路。

“现在岛上情况不明，整个清水湖可能全被敌人包围了，这样莽撞行事，不但上不了岛，救不了清河哥，反而会搭上自己的性命。”

“那你说咋办？不能在这里光看着吧，你不去救，咋还不让俺去救了？”冬梅说。

“冬梅，哥不是这个意思，清河哥吩咐在这儿等，肯定是有道理的。你听我说，你留下继续等待突围人员的到来，我带人从这里进湖，然后顺着事前我们训练时的一条水路上岛。”娃子说。

“那晚上走你们能记得路吗？”冬梅说。

“冬梅，你放心吧，上个月，清河哥带领我们各小队在这条水路上进行了多次实战演习，轻车熟路。”地瓜娃说。

“喜子，你带小兰、娟子她们在这儿等人。芒种，所有男的全跟我上岛。”冬梅说。

地瓜娃说道：“冬梅，这样也行，但必须听从指挥。”地瓜娃心想，让冬梅留下等人，她肯定不干，算了，就让她一块去吧。

地瓜娃、冬梅带人来到湖边，刚想带领队员们下湖，忽然前边传来伪保安队队员的说话声，地瓜娃向李传连、二虎等六人做了一个掐脖子的动作。众人点了下头，以示明白，他们匍匐前进，向敌人靠拢过来。

“你们几个听见了吗？”前边的人在说。

“听见啥？队长。”有人问。

“听见啥？这湖上的枪炮声，要不是我，你们早他娘的战死了，知道不？”

“队长啊，这事俺真不知道，咱这里是湖的外围，现在不打枪不放炮的，俺咋就会战死了呢？”其中的一个说。

“我告诉你们，这次打清水湖，皇军调集了五个县的兵力，共六百多人，咱博昌县的保安队本来是担任攻岛任务，知道不？”

“队长，俺们真不知道，这么重要的军事大事，小的们咋会知道？”有人回答。

“不知道是吧？咱们大队长，也就是我姐夫，就对皇军说，咱们小队当兵的人，都是从清水湖边村里来的，对这清水湖外围地形非常熟悉，这不就让咱来防守湖边了吗？要不，这空儿呢（这会儿），你们几个早就伸腿瞪眼完了。”

“队长啊，是为这事啊，你明说就行，不就是每人效敬你两包烟吗？回去立马给你。”伪保安队队员中有人说道。

这小队长还想继续说下去，被迂回到他跟前的地瓜娃左手掐着脖子，右手用刀顶在后心上。“别出声，出声要你的命！”地瓜娃说。

“你是谁呀，敢命令老子！我姐夫知道不？是县保安大队长，还、还、还反了你不成……”不等他说完，地瓜娃一刀将其捅死，队员们上来抬起后扔到湖里。

其余的伪军，看到眼前的情景，吓得是跪地求饶，一个留大胡子的兵对地瓜娃说：“八路爷爷饶命，我们几个都是咱湖西边村里的人，毛家口村的。”其余四人异口同声地说：“我们几个都是毛家口村的，饶命啊。”

大胡子继续说道：“出来当兵也只是混口饭吃，每次跟鬼子扫荡打仗，俺兄弟五个都是朝天放枪，这次来清水湖也是被逼无奈，俺不想和土炮队的大爷们作对，俺知道土炮队讲纪律、讲仁义、讲政策，更知道土炮队的厉害。我们愿意缴械投降！”

大胡子说完，其余四人赶紧放下步枪，从腰上解下手榴弹、刺刀及所有武器。地瓜娃对俘虏们说：“因为是乡亲，今天不杀你们，但特殊情况必须特殊对待，先委屈你们一下。”地瓜娃转身对李传连说：“先把他们捆起来，把嘴堵上，每人身上挂上一颗手榴弹，把他们放到前边的芦苇荡里，树枝、风顺，你俩留下，换上他们的衣服，在这里守着，等我们回来。”

“是，队长。”树枝说。

“队长，船，深沟涯头那里的溜子。”风顺冲地瓜娃说。

“知道，忘不了。”地瓜娃回道。

地瓜娃、冬梅等人快速进湖，蹚水前进。一会儿水淹腰齐，一会儿水到膝盖以下，他们沿训练时事先走过的浅滩地段，拼命地向前。“冬梅，把枪给我，哥扛着。”地瓜娃说。

“娃子哥，不用，我能坚持住，放心好了。”冬梅回道。

“再走走就到深沟涯了，前些日子训练时，为防止突发情况，清河哥在那儿备留了三条溜子，到了深沟涯，我们就有船了。”地瓜娃说。

“好，娃子哥，那我们上岛就快了。”冬梅说。

“队长，你看，前边那棵小柳树，到深沟涯头了。”二虎说。

“是，队员们再快点，到深沟涯我们就有船了。”地瓜娃说。

队员们到了深沟涯，分别上了三条溜子，他们奋力划船朝湖心岛而去。

九

湖心岛上，鬼子和伪保安队的冲锋被清河他们打了回来。

川村恼怒地对小泉说道：“我们皇军兵强马壮，面对湖心岛这个弹丸之地，却迟迟拿不下来，整个山东我们都拿下了，小小湖心岛，几个土八路，又凭什么阻挡我大日本皇军，你的，再次组织攻击，拿下湖心岛，快快进攻的干活！”

小泉指挥鬼子、伪军再次对北岛发起疯狂的进攻，同时命令炮兵向清河他们发射燃烧弹，清抗队员伤亡惨重，战场形势对清抗队极为不利。

万清河把范向金、士安叫到面前，对他们说：“这小鬼子的燃烧弹太猛了，现在按咱们原先说好的，分散行动，利用事先埋好的炸药和有利地形，再狠狠地揍他们一顿，大约二十分钟后，我们全部撤出湖心岛，到湖西的鹰嘴滩集合，张会长已带人前去准备船，在那里等我们。”“好，行，就这样。”两人回道。

清河、范向金、士安各自带人散开后，清河对田玲说：“田玲姐，你身体不便（怀孕期），先去鹰嘴滩等我们，干完这一仗，我们很快就到。”

“清河，现在不行，等会儿我们一起走。”田玲说。这时，一发炮弹打过来，清河赶紧掩护田玲卧倒。

范向金带领铁蛋等徒弟，撤退到炸药房，他安排徒弟们准备好，等鬼子上门。

川村高声喊道：“小泉君，命令部队分散寻找溃逃的土八路，将他们彻底消灭在清水湖。”

小泉指挥鬼子、伪军以小队为序列，在湖心岛上开始搜索。

木田少佐带领十多个鬼子加二十多个伪保安队队员闯进炸药房大院。鬼子木田站在门口一看，院子里摆满了大小不同的乌盆乌罐，不但不成行，而且非常地不规则。他奸笑了几声，对鬼子和伪军们说：“土炮队的，想用原始的绊脚石战术，阻挡大日本皇军的前进，土炮队，土八路，嘿嘿嘿嘿。”他将手中的指挥刀向前一挥说：“你们，罐子的踢开，快快的进屋，抓几个活的回去示众，展示一下皇军这次剿灭清水湖土八路的成绩。快快的，快快的进屋！”

这时屋内的范向金冲着进院的敌伪大喊：“小鬼子们进来啊，爷爷在屋里等你们哩。”随后用土枪向鬼子和伪军群里开了一枪。

鬼子和伪军一看，屋中只有一支土枪在抵抗，便放心大胆地朝前冲锋，他们将绊脚的盆盆罐罐用脚踢开，有的被踢碎，陶片散落一地，不碎的来回在地上旋转，然后咕噜到一边。

当他们冲过院子中心后，再用脚踢，可了不得了，那盆盆罐罐中发出一连串惊天动地的爆炸声，“轰轰轰……”二十多个鬼子和伪军瞬间坐了土飞机。

爆炸过后，范向金带领六七个徒弟手持大刀冲了出来，范向金大喊：“小鬼子们，来吧，一命抵一命。”

剩下的鬼子，看到有人手持大刀冲过来，立刻组成三角阵势，利用三八大盖步枪长度，再加上刺刀的长度优势，和范向金的徒弟们打在一起。

范向金这六名徒弟，跟随自己多年，是小清河畔出类拔萃的汉子，身材高大，体格健壮，身体素质非常好，加上平日训练有素，刀法练得是炉火纯青，武功高强。

双方白刃战在一起，只见一个鬼子端起刺刀向大徒弟二愣子狠狠地一个突刺，二愣子一个箭步跳起，口中说道："小鬼子，够狠的，看刀。"二愣子举刀往外一推，将小鬼子的刺刀磕到一边，然后身体向前一纵，贴近鬼子的胸前，发挥出石河镇"腾龙"刀法的灵活优势，冲小鬼子脖子一个斜砍过去，一刀毙命。

三徒弟立祥，为保护五弟，被鬼子一刀刺中，他强忍疼痛，左手抓住鬼子的枪筒，右手把大刀扔了过去，直劈鬼子的脑门，与鬼子同归于尽。

站在门口的木田，眼看自己的兵被一个个消灭，从身上摘下微型冲锋枪，朝范向金和徒弟们扫射，范向金胸口不幸中弹。

大徒弟二愣子高声大喊："保护师傅，铁蛋快抱师傅进屋，快进屋，快点啊！"

徒弟们纷纷用身体挡住子弹，保护师傅，先后壮烈牺牲。铁蛋抱着师傅进得屋来，两脚向后一蹬，"咣当"一声把门关上。

"师傅，师傅。"铁蛋一边喊着一边从褂子上猛地撕下一块布条，捆在师傅的胸前。

"师傅，我背你走，咱们去鹰嘴滩，会长在那儿等我们。"铁蛋说。

范向金说："铁蛋，师傅不能走，我范家祖上几代人，都埋在这清水湖上，我要留下来，陪着他们。听师傅话，你快走。"

“刚才清河哥说了，会长在鹰嘴滩备好船了，点完炸药就让我们过去，师傅你咋还不听命令呢？”铁蛋最后将了师傅一军。

“你这臭小子，还学会调皮了，将师傅军是不？”范向金咳嗽了几声，然后继续说道：“唉，蛋儿，师傅知道你的心思，好孩子，听师傅话，快从侧门走。”说完，范向金又连续咳嗽起来。

“师傅，师傅，蛋儿背你，咱们去鹰嘴滩找会长去。”铁蛋说。

“蛋儿，咱会长是不会离开这湖心岛的，我知道会长的脾气，更知道他对这湖心岛的感情。”范向金又连续咳嗽了一阵后，断断续续地说：“蛋儿啊，自从我老爷爷辈跟着张家在这湖心岛上讨生活，张家待我们不薄，就和一家人似的，我不能扔下会长一个人走啊。蛋儿啊，听师傅话，做个听话的好孩子，快走。”范向金说完后，因流血过多，壮烈牺牲。

“师傅，师傅，师傅啊……”铁蛋跪在师傅的面前，放声大哭。

士安、士全回到膏药房，将院子里熬膏药的两口大锅用木柴点燃，锅内成糊状的半成品膏药被煮得冒着水泡沸腾……

这时进来六个鬼子，十多个伪军，东张西望搜索前进，当离大铁锅三五步时，士安将两颗手榴弹分别扔到两口锅中，爆炸的弹片和冲击力荡起的膏药汤四处飞溅，打在身上要害部位的瞬间毙命，受伤的疼得在地上惨叫着打滚。

听到院内的爆炸声，又有两个鬼子、一个伪军端枪闯进来。士全端起土枪，瞄准其中的一个鬼子扣动了扳机，只听“砰”的一声，土枪喷出的散弹将其打成了筛子，倒地身亡。剩下一个戴眼镜的鬼子兵收住脚步冲士全说道：“我在学校学过，你们中国的土枪，火药的有，单发的干活，嘿嘿嘿，抓活的。”说完端着枪朝士全走过来。

跟在后边的伪保安队队员看到后，大喊道："太君，别、别别、是双……"不等伪保安队队员把话说完，又听到"砰"的一声，鬼子转了个圈儿，人和眼镜同时摔在地上。伪保安队队员"唉"了一声说："近视眼真害人，这土枪是双管啊。"

十

地瓜娃、冬梅、王传连等清抗队员分乘三条溜子到达湖边，上岸后，地瓜娃把李传连叫到一边，告诉他一件非常关键的事。"是，队长，放心好了。"李传连说。

地瓜娃、冬梅，穿过一片芦苇，转了一个弯，刚想往印钞厂方向走，就看到前边空地上清河等人正与鬼子混战在一起。地瓜娃高声喊道："清河哥，我们来了。"

清河高声喊道："好，好兄弟，来得正是时候，先拼死这几个王八羔子，我们再走。"

"杀啊。"地瓜娃、冬梅等人高喊着迅速投入了战斗。

刺刀的撞击声，鱼叉砸在鬼子钢盔上的扑通声，刺刀穿进人肚子时的惨叫声，枪托砸在敌人头上的哎哟声混成一片。

地瓜娃和一个鬼子扭打在一起，在地上翻滚了三圈儿，被鬼子压在身下，这时他急中生智，右手从腰中掏出手榴弹，代替拳头向鬼子的脑袋砸去，只听"啊"的一声，小鬼子脑袋迸裂，从他的身上倒在一边。

地瓜娃爬起身来一看，二虎被一个鬼子压在身下，他拾起刚才鬼子的三八大盖，口中喊道："插死你个狗日的！"用力朝鬼子的屁股捅了一刺刀，小鬼子疼得蹦了起来，刚想弯腰拾枪，地瓜娃第二刀冲他的肚子猛刺而来，小鬼子来不及闪躲，扑通一声，倒在地上。

“清河哥。”听到叫声，清河回头冲冬梅憨笑着说：“冬梅，你怎么……”

清河的话还没有说完，田玲发现一个躺在地上的鬼子正在磕响手中的手雷。“快卧倒。”田玲高喊着，迅速将冬梅压在自己的身下。

手雷爆炸过后，清河迅速爬起来，看到田玲后背衣服已被鲜血湿透。“田玲姐，姐啊！”清河大声地呼叫着。

“清河，你们不要管我，赶快转移，鬼子马上就会搜索过来。”田玲用微弱的声音说道。

“好，我们走，娃子把枪拿着。”清河把手中的枪扔给地瓜娃，背起受伤的田玲，招呼队员们向鹰嘴滩转移。

第二十章
突　围

一

张玉敬与范向金两个徒弟许来发和郑石桥，在鹰嘴滩备好四条溜子，待清河他们突围后使用。

一切准备好，张玉敬对两人说道："现在船已经准备好，你俩在此要谨慎行事，等清河来到后，方可把船从芦苇荡中推出来。"

"是，会长，我俩记着了。"两人答应着。

"很好，清河到了，告诉他不要等我，放心撤离好了。我还有其他事情要做，先走一步了，办完事后我会回镇子上。"张玉敬嘱咐好两人，便离开鹰嘴滩向湖心岛西北方向而去。

铁蛋背着师傅来到鹰嘴滩，来发和石桥看到后急忙跑了过来。

"师哥，师傅咋啦？"来发问。

"快，快把师傅接下来，师傅中枪了。"铁蛋说。

来发、石桥把范向金从铁蛋的背上慢慢接下来，然后轻轻地放在地上，看到师傅已经离世，双双跪倒在师傅面前，哭喊着："师傅，师傅啊！"两人泪流满面。此时铁蛋强忍着悲伤，显得稍微平静一些。师兄弟三人找了一个空地，把师傅掩埋好，在心中立誓为师傅报仇。

万清河背着田玲，地瓜娃、冬梅等人搀扶着伤员来到鹰嘴滩。

铁蛋、来发、石桥向他们招手："快过来，清河哥，在这里。"铁蛋大声地呼喊着，清河他们向铁蛋招手的湖边而来。

"抓活的，别让万清河他们跑了。"埋伏在芦苇荡中的鬼子和伪军五十多人，从清河他们背后的芦苇荡中蹿了出来。原来，在万清河放弃仓门口阵地化整为零撤退后，川村、小泉命令鬼子、伪军占领北岛，开始在岛上搜索清抗队员。

菊子来到金锁面前说道："金锁哥，土炮队已经被皇军打得溃散了，你想一下，现在他们最有可能从哪里突围出岛？"金锁沉思了一下说："也只有鹰嘴滩最合适，别的地方吗？都不行。"

菊子走到川村面前，用日语和他说了什么。

"好，好，明白。"川村对菊子说完后，转身命令松山："松山君，你快快的带人，鹰嘴滩的干活。"

"是，将军。"松山一边答应着一边转身对金锁一挥手说，"你的，前边的带路，快快的。"

金锁朝菊子看了一眼，刚想说什么，菊子右手一摆说："看什么看，快去吧，别耽误了事，让皇军不高兴。"

金锁带领松山等人，来到鹰嘴滩附近的芦苇荡中停了下来，金锁用手朝前一指说道："太君，前边就是鹰嘴滩了。"

松山双手推开眼前的芦苇，顺着金锁指的方向看了一下，走出这片芦苇荡，湖边有一形似鹰嘴的空旷地带，他回头对金锁说："前面的，鹰嘴滩的干活？""太君，是的。"金锁说。

此刻的鹰嘴滩，静悄悄的，除了有几声青蛙叫，什么也没有。松山转身对鬼子和伪军说："现在统统埋伏在芦苇荡中，没有我的命令，不许擅自行动，违者格杀勿论。"

这时，听到不远处传来说话声和脚步声。不一会儿，清河他们相互搀扶着走到鹰嘴滩的空地上，松山便下达了活捉清抗队员的命令："土八路的有，伤员的有，统统活捉，示众枪毙，快快的。"鬼子和伪保安队喊杀着从芦苇荡中冲了出来。

清河回头看到眼前的情景，急忙对地瓜娃说："娃子，你和冬梅抬田玲姐，照顾伤员们上船，把枪给我，快点。"清河大声吩咐着。

"清河哥，让冬梅带他们走，我留下。"地瓜娃说。

"少废话，带他们上船。"清河一边命令队员们开枪还击，一边大喊着照顾好伤员，注意隐蔽，往湖边撤退。

地瓜娃搬来湖边的一块旧船板，边跑边对战士小高说："快过来，抬田玲姐走，快，快。"队员小高和地瓜娃抬起田玲刚走几步，身负重伤的田玲为保存清抗队此时的战斗力，咬紧牙关从门板上滚了下来，对地瓜娃说："娃子，姐不行了，你们快走。""田玲姐，你行，我们抬你走。"地瓜娃含泪对田玲说。

"娃子，别傻，姐是医生，知道自己的伤，你们快走，这是命令。"

说完她用手枪掩护战友们突围，打完最后一颗子弹后，拉响了手中的手榴弹，与冲在前边的敌人同归于尽。年仅二十八岁的田玲带着未出生的孩子，把生命永远留在了小清河畔！

"田玲姐，姐，姐……"看到田玲牺牲，清河声嘶力竭地叫喊着，端起轻机枪，反身扫射，拼命冲向敌人。

“清河，别开枪，是我，金锁，皇军来咱清水湖只是想要几个人质，换回今井司令官的侄子，没有别的意思啊，清河你就听哥这一次吧。”金锁大声地冲清河喊叫。

“你这个混蛋，前几天会长寻思着你就有事，果然不错，会长真是白养你个狼崽子了，还来换人质？狼崽子，死去吧你。”清河说着端起枪扫了过去，金锁双手抱头连滚带爬逃回芦苇荡。

鬼子和伪军喊杀着，开始向清河还击，清河腿部等处中弹，倒在血泊中，冬梅赶忙向前，扶起清河，用布条给他包扎。

“别让他们跑了！”鬼子和伪军呈半弧形向清河他们靠近。

“哒哒哒……”突然从鬼子们的后边响起了机枪的扫射声，早已埋伏在此的李传连，看到所有的敌人走出芦苇荡，站起身，端起机枪，从背后向鬼子和伪保安队一阵狂射。

只顾向前冲锋的敌人，万万没想到被人从后面偷袭，在毫无防备的情况下，瞬间被李传连用机枪全部消灭。

地瓜娃、李传连等人，找到田玲的遗体，把她埋葬在清水湖边。

“田玲姐，安息吧，我们会为你报仇的。”地瓜娃含泪说道。

“田玲姐，我们会为你报仇的。”队员们齐声高呼。

冬梅和地瓜娃抬起身负重伤的清河来到湖边。这时士全带人赶到，然后众人一起上船，向范家槐树林转移。

船开出一会儿，士全问：“来发，石桥，会长呢？”

“船弄好后，会长说有事要做，回岛上了。”来发回道。

铁蛋说：“士全哥，师傅临终前曾和我说过，会长是不会离开湖心岛的。”

铁蛋的话音刚落，只听从岛的西北方向，传来数个巨大的爆炸声。

二

交通员钟子，在站长李荣生和栓柱的掩护下，飞身上房，落脚后刚站稳，伪保安队的子弹便密集射来，他左右闪躲，肩膀还是被子弹打伤，钟子强忍疼痛，连翻七八个院落，直奔村东北角枣树园子。狗子带领伪保安队追了过来，捉喊声枪声响成一片。当伪保安队追到王家枣园时，钟子急中生智，爬到枣树上暂且隐蔽，伪保安队搜索过去后，他从树上跳了下来，免遭一劫。钟子依仗对石河镇地形的熟悉，摸黑摆脱了敌人的追捕，出村后顺时水河古道向北，然后游过小清河，穿过雒家洼奔清北根据地而来。来到清北已是黎明时分，钟子不敢有分毫的怠慢，直奔于春成书记住处。“钟子，这么早，你咋来了？”于春成的警卫员小李，在门口向钟子招呼着。钟子说：“小李，于书记在吗？”“在，昨天傍晚带领特战队刚回来，这次攻打滨津县城，不但消灭了好多鬼子，还缴获了敌人的好多武器呢。”“小李，快，快告诉于书记和张部长（士德在去土炮队前，担任清北根据地宣传部长职务）清水湖出大事情了，鬼子集结了周边县市大量兵力，把湖心岛给包围了，情况万分危急。”“好，你稍等会儿。”小李跑步进院，敲响了于春成的房门……“于书记，情况就是这样。”钟子站在于春成面前，一口气把清水湖发生的事情说完。“小李，你去通知刘书杰部长（武装部长），让他带一营快速到特战队宿营地汇合。”“是，于书记。”警卫员小李跑步而去。

“钟子，你肩膀负伤了，咱们去特站队营地，顺便去卫生队包扎一下。”于春成招呼钟子说。

于春成、钟子两人快步来到特战队宿营地。于书记把清水湖的事情和张士德简要地说了一遍，最后说："士德同志，在鬼子调动大部队对清水湖围剿的情况下，有些事情可能比我们想象的还要复杂，你要做好充分的思想准备，回去面对可能发生的一切。"

"于书记，放心吧，我记住了。"士德说。

"我已安排刘书杰部长带一营与你一起回清水湖，共同做好下一步的工作。这次打滨津县城缴获的六挺轻机枪，全部配发给一营，根据实际情况，时机一旦成熟，打掉石河镇炮楼。"

"于书记，我们会配合好，保证完成任务。"士德说。

"好，一会儿书杰来了，你们就动身，有什么情况及时向我汇报。"

"是，于书记。"士德说。

"报告于书记，刘书杰奉命前来报到。"

"好，书杰同志，这次你随士德去清水湖，行动中须服从士德的指挥，完成任务后，迅速返回。"

"是，于书记。"刘书杰答应着。

此时，特战队在荣臣和银锁的带领下已经集合完毕。

于春成走到队员们面前，做了简单的讲话后，两支队伍在张士德、刘书杰的带领下，向清水湖而来。

三

湖心岛上，川村、小泉、吉田、菊子等，带人一路搜索，来到西北角的印刷厂前，只见门前空旷地上一堆木柴燃烧着熊熊烈火，在火焰右边的不远处坐着一个人，只见他慢慢从腰上解下一个枸杞木杆、汉白玉嘴子、黄铜锅子的长杆旱烟袋，从烟袋杆上那个绣着压腰葫芦的荷包中掏出烟丝，用手揉捏了下，匀称地放入烟锅中，摁了一摁，压实后用火慢悠悠地点燃，他吧嗒吧嗒猛抽了几口，然后将烟雾缓缓吐出，闭上眼睛长长地舒了一口气。

此时，金锁满头大汗地跑到菊子面前说："菊子，鹰嘴滩那边……"刚想继续说什么，可他一眼看到火光前坐着的张玉敬，先是一愣，然后定下神来看了片刻，过去一下子浮现在眼前——父母双亡后，年幼的兄弟四人无依无靠，流浪街头，是会长把他们兄弟四人抚养长大。曾经的关爱，曾经的温暖，曾经的幸福，亲人情、家乡观、正义感并未因一时的屈从而泯灭。加之这一个多月来，憋在心中的酸疼突然爆发出来，然后不顾一切地向张玉敬这边跑来。"会长，会长，我是锁子，我回来了。"金锁边喊边跑，立刻被两个日本兵追上摁在地上。"放开他，让他去。"菊子在一边说。两个鬼子兵放开金锁，他起身后朝张玉敬跑来。金锁向前跑了五六步，背后传来"砰砰"两声枪响，他感觉后背一阵疼痛，身体踉跄了几步，险些摔倒，金锁咬紧牙关转过身来，看到菊子手中的枪口正冒着白烟。"你，你，你这个……"金锁两眼怒火，手指菊子，话还没有说完，菊子又朝金锁前胸开了两枪，金锁仰面倒了下去。

小泉把手中的指挥刀向张玉敬一挥说："把这个老家伙给我捆起来带走。"十多名鬼子向张玉敬扑过来，只见张玉敬迅速站起，昂头向天大笑，说时迟那时快，他右脚向外一伸，顺势将一根导火索踢到火堆里边。引线被点燃，少刻，湖心岛的多个地方埋藏的炸药被引爆。"轰隆、轰隆——"，湖心岛上那惊天动地的爆炸巨响，伴随着滚滚浓烟，腾空而起，红褐色的火焰在空中妖艳绽放，仿佛要冲破天幕。爆炸声不绝于耳，岛上的炸药房、膏药房、枪械制造房、印钞厂等房屋接连不断地坍塌。鬼子和伪军被炸得血肉横飞，殷红的血光到处飞溅，死伤无数，鬼子小泉被爆炸掀起的锅铁片打入后脑勺，当场死亡。

吉田老特务看到爆炸遍地开花，赶紧卧倒趴在地下，他向四周看了一下，不远处有一断壁残垣，他用足了蛮劲，爬到墙角下，长舒了一口气。可他万万没有想到，又一爆炸声在附近响起，墙头上一块大石头被震落下来，正砸在吉田的脑袋上，只见他两腿一蹬，翻了白眼。

菊子看房屋在爆炸中相继倒塌，连脚下的空旷地带也爆炸连连，便跑向芦苇荡中躲避，刚走了几步，突然试着迈出的左脚被绊了一下，她低头想看个究竟，只听“砰”的一声，被走线枪射出的铁珠子打了个满脸开花，鲜血直流。她躺在地上，双手抱头疼得来回翻滚，发出声嘶力竭的号叫，在绝望、害怕、疼痛中挣扎着死去。

爆炸过后，川村集合剩下的不到两百名残兵败将，从清水湖狼狈撤退。

地下印钞厂上面的九间房屋，在爆炸中瞬间倒塌，无数碎土粒和灰尘从顶部落下。

洞中的马立学抖了抖散落在身上的灰尘，对所有印钞厂的工作人员说：“同志们，听地面上的爆炸声，是敌人来攻打湖心岛了，拿起枪，随我上去，同清抗队员一起战斗。”

“是，厂长。”工作人员纷纷拿起武器，向洞口拥来，马立学在前，他首先顺着木梯来到洞口，右手提枪，左手去推洞口的盖子，可怎么也推不开，他把右手的枪往下一伸说：“小许，把枪拿好。”

“厂长，好了，你松手吧。”小许接过枪后说道。

马立学松开拿枪的手，然后双手用力去推洞盖，仍然是纹丝不动。“小许，你上来，帮我一把。”马立学说。

“好，厂长。”小许说完，顺木梯上来。

“一起用力，使劲！”两人使足了劲，洞盖仍然是一动不动。

“厂长，你看，这个地方有个纸条。”小许手指洞盖左角的底部说。

马立学顺小许手指方向一看，果然在洞盖左角粘贴着一张纸条，他伸手将纸条拿在手中说："小许，咱们下去。"

两人从梯子上下来后，来到印钞室，马立学急忙将纸条拆开，只见上面用毛笔规整地写着几行草书小字："马厂长，我已将洞口封闭。如果地面上战斗打响，你务必保护好印钞机械，因为这些设备得来不易。保护好自己，保护好其他师傅们，保护好人才，有人才，国家才有发展的希望……"最后张玉敬写道："马厂长，坚持住，会有人来营救你们，师傅们，保重！"

马立学流着眼泪看完纸条上写的内容，对洞内所有人说道："同志们，是张会长特意封闭出口，为了保护我们的安全。"

小清河上被押的石河镇船工，听到湖中剧烈的爆炸声，趁看守鬼子不注意，纷纷跳河逃生，化装成八路军的鬼子，向河中逃生的船工开枪射击，顿时河水被鲜血染红。

王红喜、牟洪玉两人从河中刚爬上北岸，船上的鬼子兵举起枪就打，在船上没有跳河的牛江海、王顺元看到后，趁鬼子兵不注意，抱着鬼子的双腿，双双滚到河中，与敌人同归于尽。

船工们纷纷跳河后，牟久树、王立河、吴中田三人，并没有向对岸游去，而是潜入水下，随即返回船尾，用手抓住水下的船舵，隐藏了起来，等鬼子撤走后，三人便潜水游到河边，上岸后悄悄回到家中。

第二十一章
激战石河镇

一

地瓜娃、冬梅等人从湖心岛向南突围，来到湖边，天色已大亮。

李传连背着万清河，众人搀扶着伤员刚上岸，早已等候在此的刘铁匠和众乡亲们，抬着担架跑了过来。

“爹，你们来了！”冬梅说。

“这不吗，你二大爷他们都来了，早在这里等你们大半天了。”刘铁匠说。

“爹，快把伤员们扶到担架上，回镇再说。”冬梅说。

“梅子，你带伤员们先回去，我们回湖心岛看看，顺便找一下张会长，还有印钞厂的同志们。”地瓜娃说。

“好吧，娃子哥，你们千万小心啊。”冬梅说。

“梅子，清河哥和伤员们都交给你了，一定要保证他们的安全。”地瓜娃说。

“知道了，娃子哥。”冬梅说完带领民兵和众乡亲护送着担架队，向石河镇而去。

地瓜娃目送冬梅走后，来到湖边，释放了之前被俘的四个伪保安队队员，然后带领清抗队返回湖心岛。湖心岛上，川村带人已经退去，剩下了满地鬼子和伪保安队的尸体，以及那丢弃在地上的三八大盖步枪。

地瓜娃和队员们上岛后，首先寻找牺牲战友的遗体，然后将他们掩埋在湖边。

“传连，找到会长了吗？”地瓜娃冲李传连大声问道。

“队长，没有找到，仓门口、膏药房、炸药房，都找了，没有。”李传连说。

“走，咱们一块去西北角看看，一定要找到会长，听到了吗？”地瓜娃说。

“好，队长，知道了。”李传连回道。地瓜娃、李传连等人向岛的西北角搜寻而来。

士德他们经过大半天的急行军，来到清水湖。踏上湖心岛的那一刻，映入眼帘的是一片废墟，一片狼藉，美丽的湖心岛变得惨不忍睹，没有了往日的安详和宁静，取而代之的是满目疮痍。

正在搜寻张玉敬会长的李传连，看到张士德带领队员们回来，便冲着地瓜娃大声喊道：“队长，你看，士德哥回来啦。”

听到李传连的喊声，地瓜娃向前方看了一眼，他急忙跑到士德面前说道：“士德哥，士德哥，你们可回来了，田玲姐，田玲姐她为掩护冬梅牺牲了。”地瓜娃说完，“哇”的一声哭了起来。

“娃子哥，找到会长了，娃子哥，会长他……”铁蛋边跑边喊，气喘吁吁地跑了过来。

铁蛋看到士德后说："士德哥，你们可回来了。"然后冲地瓜娃说："娃子哥，找到会长的遗体了，在印钞厂前边，你们快去看看。"

士德等人来到印钞厂废墟前边，看到张玉敬的遗体被战士们抬到一块平地上，已经安放好。

士德走过去，蹲下身子，从背包里掏出一块白毛巾，给张玉敬擦了擦脸，然后给他盖在脸上。

"娃子，你们接应清河时看到马厂长他们了吗？"士德猛地站起身来问道。

"士德哥，没有，我们正在找。"地瓜娃回道。

"快，你们跟我过来。"士德说道。

地瓜娃等人跟随士德来到废墟前，士德用手指着废墟说："娃子，你们把这个地方的砖块全部清理到一边去。"

"知道了，士德哥。"地瓜娃说完后，和队员们一起动手，一会儿工夫，将砖块清理完毕，露出先前的地面。

士德看了一下被清理出来的地面，没有被人动过的痕迹，便快步走到原房屋西南角，弯腰掀起一块方砖，一个暗藏的转钮露了出来，士德用手一转，只见地面上的几块地板砖缓缓移动，露出一个宽敞的洞口。

一束亮光照到洞内，马立学等人立刻警觉地拿起枪，准备应付发生的意外。

"马厂长，是我，我是士德，你们快上来。"士德对洞内大声呼喊。

马立学一听的确是士德的声音，然后向上喊着："士德我们听到了，这就上去。"

马立学和印钞厂的师傅们先后来到地面。

"士德，你回来了，张会长为救我们，把洞口给封闭了。对了，张会长呢？”马立学问。

“马厂长，大伯引爆炸药，和鬼子们同归于尽了，遗体刚找到，在那边。”士德说。

“走，我们去看看他老人家。”马立学在前，印钞厂的工作人员和士德等人随后，来到张玉敬的遗体面前。

站在张玉敬的遗体旁，马立学摘下军帽，带领大家向老人弯腰鞠了三个躬，然后转身对众人说道：

“同志们，为了抗战，为了保护印钞厂，张会长去了，他虽然牺牲了，可他是小清河畔的骄傲。张会长一生不忘家乡之民生，兴教育，办学堂，关怀乡里，宣传先进思想文化，启迪乡民心智，不愧为一代乡贤。

“自抗战以来，张玉敬会长，常念国事之危急，多次将药品、粮食和各种物资无偿支援清北抗日根据地，他这种爱乡爱国的正义精神、乐于奉献的慈善精神，是小清河畔一代乡贤的楷模，是立学和全体八路军战士学习的榜样！”

马立学转身朝张玉敬的遗体敬了一个军礼，最后说道：“人生自古谁无死，留取丹心照汗青。张老先生，党和人民一定会记住你的。”

马立学、士德、刘书杰等全体队员，经过简单的追悼仪式后，将张玉敬的遗体埋葬，并为牺牲的战友和保卫湖心岛而献出生命的全部人员开了追悼会。

午饭后，在地瓜娃的带领下，士德手持一束野花来到田玲的坟墓前。

“多情自古伤离别”，面对失去的亲人，士德弯下腰，用手捧起一把黄土，往田玲的坟头上撒了三下，然后坐在坟前自言自语地和田玲说：“玲子，我来看你了，你好好地睡吧。玲子，娃子他们都和我说了，为了救战友，你毫不畏惧地献出了自己的鲜血和生命……”

“玲子，睡吧，以后不管我走到哪里，都会常来看你，给你带咱老张家的芝麻绿豆糕，那是你最爱吃的。玲子，等打走了鬼子，咱老张家所有的人都会来看你的。”

士德说完，站起身来，面对田玲的坟墓，有着太多的不舍。他用手拂去被风刮到田玲坟上的几根芦苇叶子，然后说：“玲子，我先回去了，但愿我俩来生再做夫妻，白头到老。”

士德回到营地，和刘书杰对当前的工作进行了分析研究，决定首先搭建好营房，在清水湖扎下根，然后再开展下一步的工作。

两人确定后，便召开了清抗队小队长和一营排以上干部参加的会议，刘书杰主持，士德作了分工安排。清抗队在清水湖展开重建工作。

二

冬梅、刘铁匠等人护送伤员来到石河镇后，冬梅安排伤员们住进了镇子上的堡垒户中，并嘱咐伤员们好好养伤，然后返回家中。

她刚进得屋来，刘铁匠对她说：“梅子，清河刚醒了，你快去看看，在咱西屋里呢。”

冬梅进屋后，来到清河的床前说：“清河哥，你可醒了，谢天谢地。”冬梅双手合十，放在胸前。

“喂喂喂，天不怕地不怕的刘冬梅，咋还迷信起来了？”清河开玩笑地对冬梅说。

“清水湖撤退的路上，你昏过去了，叫你都听不到，急死个人了。”冬梅说。

“梅子，谢谢你了。田玲姐呢？她的伤怎么样了？”清河急忙问。

“田玲姐、田玲姐，她牺牲了！”冬梅眼含热泪说道。

清河听到后，就想爬起来，腿刚想用劲，疼痛使他“哎哟”了一声，接着躺在床上。

冬梅赶忙擦去眼泪说：“清河哥，你躺着，别动。”

她赶忙端来一盆热水，撒上一点盐，然后用剪刀剪开清河的裤腿，把伤口处的乌黑脓血洗干净。

“清河哥，伤口洗好了，刚才我去端水时，爹说你腿里有子弹，一会儿给你取出来。”

冬梅话音刚落，刘铁匠左手端着盛酒的碗，右手拿着一把牛耳尖刀进到屋来，走到清河的床前，说：“清河，腿里的子弹得取出来，要不，发炎就麻烦了。”

“刘叔，我知道，没事，取就行，来吧。”清河说。

“孩子，咱没有止痛药，你忍着点。”刘铁匠说完，转身对冬梅说：“梅子，你拿条毛巾来，让清河咬着。”

冬梅拿来一条毛巾，折叠好一个角，让清河含在口中咬紧。

刘铁匠先把一张纸条放到碗中，用洋火点燃纸条，不一会儿碗中的酒被点燃，蹿出青蓝色的火光。刘铁匠把白白净净的牛耳尖刀放到火焰上一烧，然后在自己的胳膊上来回蹭了几下说道：“孩子，忍住。”

刘铁匠手中那把锋利的尖刀，透着寒光冲清河的伤口而来，拨开了那鲜红的血肉。清河疼得满头大汗，脸部的肌肉扭曲变形，他闭上眼睛，咬紧毛巾控制住自己，尽量不发出声音。冬梅握紧清河的左手，用右手不时地给他擦去额头上豆大的汗珠。

“好了，取出来了。”刘铁匠说完，冬梅用手接住刘铁匠挑出来的子弹。

“梅子，你去北屋把你娘洗好的青青菜（一种可以止血的野菜）拿几棵来。”

"娘，爹让你洗的青青菜呢？我拿几棵。"冬梅说。

"梅子，在这儿呢，给你。"冬梅娘说。

"娘，咋弄了这么多？"冬梅说。

"你爹他们去范家槐树林时，临走就嘱咐我快去弄这个玩意儿，我就去西沟上割了一篮子回来。"冬梅娘说。

"娘，我先过去了。"冬梅说完拿起青青菜就走。"梅子，还有这个，看你个急脾气。"冬梅娘说着，把半瓶芝麻香油递给冬梅。

冬梅快步来到西房，把青青菜递给刘铁匠。

刘铁匠将几棵青青菜用手揉搓一番，然后伸出捧着青青菜的双手说："梅子，拿芝麻香油来，倒上几滴。""好嘞。"冬梅答应着。

刘铁匠把青青菜和香油掺和在一起，按到清河的伤口处，然后轻轻地拍了几下。

冬梅娘找了一块新布，让冬梅把清河的腿伤包扎好。

在刘铁匠一家的细心照顾下，清河的伤恢复很快。

又过了一段时间，在冬梅的搀扶下，清河已经开始在院子里练习走路了。

三

清水湖上，士德、刘书杰带领战士们，经过一段时间的紧张劳动，营房、伙房、训练场地等，基本恢复正常，他们在湖心岛上安顿下来，正在计划着下一步的行动。

这天早饭后，在张士德住房内的木桌子前，士德和刘书杰相对而坐，商量着下一步的军事行动。

士德说："经过同志们这段时间的共同努力，我们落脚清水湖有了基本保障。这几天队员们战斗热情很高，积极要求攻打石河镇炮楼，为牺牲的同志们报仇。”

刘书杰说：“士德同志，我们清北根据地八路军，在特委的正确领导下，对周边敌伪发起的军事行动中，连续打了几个漂亮的战役，现清北根据地已和胶东、冀北根据地连在了一起，根据地的人民踊跃支前、参军，革命队伍在不断地发展壮大。士德同志，来清水湖前，于书记也曾指示过，让我们在条件成熟的情况下，打掉石河镇炮楼，切断鬼子在小清河上的这条运输线，同时把清北根据地向小清河以南地区发展。”

“书杰同志，我们先把石河镇炮楼及伪保安队的情况侦察清楚，然后再制定出作战方案。”士德说。

“好，就这么办，士德，这次侦察任务，你从清抗队挑选熟悉炮楼及周边地形的人去做，我让一营侦察排长陆新亮参加。”刘书杰说。

“好，刘部长，侦察人员安排好后，让他们马上开始行动。我回趟石河镇，看一下清河他们，顺便通知石河镇的冬梅，让她提前准备好，带民兵配合我们参加这次战斗。”

士德话音刚落，听到门外清河的声音：“士德哥，早知你去看我，今天我就不带队员们回来了，这事儿整的，准备给我买什么好吃的？”万清河边说边进得屋来。

“清河、冬梅快进来，快进来。清河，瞧你这红光满面的，这伤恢复得很快啊！看来冬梅没少给你做好吃的啊。我那好吃的，就免了啊。”士德边招呼边开玩笑地说。

“清河，伤好了？士德刚才还说要去镇上看你呐。”刘书杰说。

“哎呀，刘部长，你咋来了，这离开好几年了，真没有想到在俺这清水湖见到你，缘分缘分呐！一会儿啊，我告诉荣臣和娃子他们去湖里摸几条黑鱼，让冬梅给咱清炖清炖，晚上咱们好好喝上几盅啊。”

清河正说着，听到冬梅在一边哭。

“士德哥，梅子对不起你，田玲姐她，她，呜呜呜……”冬梅边哭边说。

“冬梅，我知道，你田玲姐的牺牲让你非常悲痛，我和你一样，也很难过，可是在烽火狼烟中，为了抗战，为了小清河畔的人民，为了保护战友，随时准备为党和人民牺牲一切，是每一名共产党员，都应该做的，你田玲姐她只是千万个战斗在小清河畔的共产党员中的一个代表。”

冬梅擦了擦泪珠后说：“士德哥，谢谢你，我知道了。士德哥，我也想入党。”冬梅说。

“冬梅，你的想法很好。小清河畔人民已经觉醒，我们军民凝聚在一起，在中国共产党领导下，是争取抗日战争早日取得胜利的决定因素。冬梅，等消灭了石河镇的敌人，我做你的入党介绍人。”士德说完，冬梅高兴地跑到清河的面前说：“清河哥，入党介绍人，还有你一个呀！”

“好，好，一定听民兵队长的话，完成这个光荣任务。”清河说完，引得众人大笑。

“士德哥，你和刘部长这次回来，是不是应该把河口上的鬼子炮楼给他弄了。”清河说。

“清河，刚才，我和书杰正商量这个事情呢。”士德说。

“清河，是这样，根据现在的抗日形势，鬼子在各地战场是节节败退，我和士德对攻打石河镇的敌伪，也作了充分的分析，最后我两人一致认为，首先要摸清石河镇敌伪的情况，然后制定作战方案，清河，你回来得正好，说说你的意见。”刘书杰说。

“这样安排很好，我同意。听冬梅说，这几天小鬼子正向各村征集民工，在小清河口修建和加固军事设施，把老木桥全部用沙袋堵严了。”清河说。

清河话音刚落，冬梅接着说：“伪镇长王建录还贴出告示，说什么为防止八路破坏，皇军已将木桥封闭，村里人去北洼干活都过不去了。”

清河说道：“我看这样，鬼子正在各村征集民工，我们派几个人趁机混在里边，进入鬼子的炮楼和防御工地，近距离侦察一下敌人的情况。”

“我看这样很好，近距离侦察对问题看得透彻，又可顺便向民工们了解一下必要的情况。”刘书杰说。

“好，就这么定了。清河，就安排娃子、传连、铜锁去吧。”士德说。

“士德哥，刘部长，这次我也去。”清河说。

“你的伤能行吗？”刘书杰说。

清河把袖子往上一挽，握紧拳头，先是一个骑马蹲裆式（马步），然后左手掌心朝下冲拳，打出的拳头刚劲有力，几拳过后，他纵身一跃，向前飞起一个旋风脚，姿势如行云流水，发出“嚓嚓”的响声……

一套拳打完，清河站桩式收步。

张士德、刘书杰看后连连叫好鼓掌，冬梅拿起毛巾，给清河擦去额头和脸上的汗水。

“好，看这拳脚，身体恢复得很好，我同意了。清河，你对石河镇各方面熟悉，去了，也好应对一些突发情况。”刘书杰对清河说。

刘书杰说完，士德也点头同意，然后转身对冬梅说：“冬梅，回镇子后，组织好民兵，配合清抗队打好这次炮楼攻击战。冬梅，一会儿让荣臣带人送你回去。”士德说。

“士德哥，不用送，我自己回去就行。”冬梅说。

“让你荣臣叔顺便带上几箱子弹和手榴弹，这样去送，可以答应了吧？”士德微笑着冲冬梅说道。

“嗯，士德哥。”冬梅说完，看了清河一眼，微笑着捋了捋那条又黑又亮的长辫子说道：“士德哥，我想现在就走，尽快回去，好好准备一下。”

“好，那就不留你吃饭了。冬梅，走，咱们去弹药房，书杰你去通知荣臣一下。”

“好。”刘书杰答应着，三人各自行事。

万清河等人化装成民工混入人群中，进入鬼子在河口码头上的施工现场，对鬼子的火力布置进行了全面的侦察，获得有效情报后，返回清水湖。

清河、地瓜娃、传连等人回到湖心岛，向张士德、刘书杰汇报了侦察到的情况。清河说：“鬼子为了保住小清河这条水上运输线，加强了对石河镇码头、河口的控制，川村下令从广乐县城抽调鬼子三十多人、伪军一百人增援驻扎在石河镇的小山一郎，防止八路军、清抗队攻打石河镇炮楼。”

侦察排长陆新亮补充说：“根据鬼子和伪保安队在小清河码头的驻防人数判断，他们的火力配属为轻机枪二十挺、十八具四十毫米榴弹发射器、狙击步枪三支、精准步枪十支、六挺重机枪、各式步枪，全部敌伪共计二百四十多人，他们借小清河易守难攻的天然地势，妄想阻挡我八路军通过石河镇木桥南下，开辟小清河以南根据地。”

根据清河等人的侦察汇报，士德通知下去，召开了特战队小队长和一营连长参加的军事会议。会上，刘书杰提出了几点意见，士德作了总结，最后与会同志一致表决通过了攻打石河镇的作战方案。

四

湖心岛刘书杰主持的军事会议上，对攻打石河镇敌伪做了详细的分工，并通知冬梅带领石河镇民兵积极配合这次行动。

经研究决定，由地瓜娃带领一小队从东面侧击渡口敌人，由冬梅带领石河镇的民兵从西侧攻击炮楼外围的敌人，配合八路军一营从正面对石河镇码头和炮楼发起的全面攻击。战斗明天傍晚打响。

到了第二天傍晚，太阳刚刚西落，刘书杰带领八路军一营的兵力，对石河镇渡口展开了英勇的攻击。同时，张士德、万清河带领荣臣、银锁两个小队，利用门板组成的筏子和小溜子木船从水上渡河攻击南岸守敌。

一营在刘书杰的指挥下，强攻石河镇老木桥。战斗打响后，刘书杰让二连对桥头守敌做了一次佯攻，等敌人的机枪火力点完全暴露时，刘书杰从勤务兵张长山手中接过缴获的日本狙击步枪，对准刚才敌人的机枪手来了一轮点射，只听"叭叭叭"，对面桥头上敌人的三个重机枪手全被干掉，这百发百中的枪法，一时间打得敌人懵了头，乘着对方一片慌乱之际，刘书杰向一连下达了冲锋的命令，由二连和三连火力掩护。

一连长王锡元抱起机枪以敏捷的战术动作跳出战壕。参加这次强攻任务的五名机枪手，各自端着轻机枪紧跟着冲上木桥，王锡元大声呼喊着："弟兄们，消灭桥头的敌人，收复这座千年古镇，跟我冲啊！"王连长他们手中的机枪吐着火舌，扫向桥头的鬼子阵地，他带领机枪组和全连战士在喊杀中勇往直前，向木桥南头鬼子阵地发起冲锋，他们越战越勇，六挺机枪对着桥头的守敌疯狂扫射，一串串火舌直喷桥头鬼子的阵地。

这时，小山一郎在指挥所看到八路军离桥头越来越近，赶忙命令炮兵，向我攻桥战士发射榴弹，一枚枚榴弹在桥上爆炸，火光闪闪，木桥上燃起了大火。

王连长大腿连中两枪，但他一声不吭，坚持向桥头攻击，十多名夺桥战士先后壮烈牺牲，鲜血染红了小清河水，木桥的争夺战处于白热化。

冬梅带领来喜等石河镇的民兵，在战斗打响前，已顺利通过高粱地埋伏在敌人阵地的西侧，冬梅看到王连长他们端着机枪向桥南头冲来，快到桥头时，遭到了敌人榴弹的轰炸，马上对来喜说："喜子，在我们的正前方，是敌人的榴弹发射阵地，我刚才数了一下，一共是十八个鬼子加九个榴弹发射器，你现在选二十个人，带上我们所有的手榴弹，迂回过去，给我炸了它。"

刚才来喜也在观察桥上的战况，看到攻桥战士在敌人榴弹的攻击下前进困难，想要在这关键的时候助他们一臂之力，当听到冬梅命令时，随声答道："是，队长，我一定完成任务！"说完来喜带领芒种、石头等人，乘着夜色和前方传来的滚滚硝烟，快速迂回到鬼子的榴弹阵地后面，来喜向民兵们做了一个准备的手势，说道："现在我们一齐把手榴弹扔出去，炸死这些狗日的，为攻桥牺牲的战士报仇。"芒种接着说："他娘的，这次跟他们好好玩玩。"

民兵们把手榴弹扔了出去，一颗颗手榴弹拖着烟和光，快速飞向鬼子阵地，"轰隆，轰隆……"在鬼子炮群里炸开了花，火光中，弹片飞舞，榴弹阵地上的鬼子，被从后边飞来的手榴弹炸得四分五裂，一片狼藉。

手榴弹的爆炸声冲起一股股热浪，向来喜、芒种他们袭来，汗水湿透了他们的全身。

刘书杰一看，敌人榴弹发射阵地一片火光，发射的榴弹哑了火，此时正是发起总攻的最好时机，他站起来高声喊着："同志们给我狠狠地打，为牺牲的战友报仇！攻下石河镇码头，收复古镇！"全营战士一起高喊着"报仇、报仇"，向桥头守敌发起总攻，枪声和撼天震地的杀声在木桥上空响成一片。

战斗打得非常惨烈，整个石河镇河口完全被枪炮声所笼罩，守桥鬼子拼死顽抗，敌军阵地中冒着浓烟，战壕里散落着枪械零件和士兵的破碎肢体，渡口上空弥漫着火药和尸体的混合臭味。

小山一郎赶忙命令勤务兵接通广乐县城鬼子军部电话，要求派兵增援，可摇了半天没有吱声，勤务兵报告说："报告队长，电话线全部被割断，无法联系县城军部。"小山一郎下令："命令隐蔽在河边碉堡中的人，用机枪火力支援桥头阵地，务必把八路挡在桥北。"鬼子利用碉堡优势，集中火力，发疯似的射击木桥上正在攻击的八路军，鬼子的机枪从碉堡枪眼里喷着红火，像眼镜蛇吐出的毒芯子一样，子弹嗖嗖地往木桥上乱飞，发出西北风似的尖叫声。

士德一看，敌人利用碉堡优势拼命抵抗，刚想说点什么，只见万清河把六个手榴弹捆在一起，潜水游向碉堡。上岸后，他爬到碉堡跟前，顺着碉堡的枪眼塞了进去，"轰隆隆"一声巨响，碉堡被炸成一片废墟。

清抗队在张士德的指挥下，从石村木桥东边的河面向南岸展开攻击，溜子木船和木门板组成的水筏子到河心时，受到了周玉安的阻击，但是伪保安队的火力并不是很猛。

原来攻击战刚开始，刘书杰用狙击步枪点杀桥头鬼子机枪手，让周玉安感觉到大事不好，他靠到司海峰身边说道："哥，今天一战，这石河镇渡口非丢不可。"

司海峰回道："胡说，我们武器精良，对付这帮土八路和几个民兵不成问题。"

周玉安说："我的队长，我的亲哥，是清北根据地的部队打回来了。"

司海峰回道："皇军刚刚打掉清抗队这才几天啊，八路主力就回来了，有那么快？"

周玉安说："刚才桥头八路攻击前的狙击步枪点射你听到了吗？"

司海峰回答："听到了，'叭，叭叭'，这他娘的枪声好脆，桥头上皇军的机枪立刻哑了火。"

周玉安继续对司海峰说道："这个打点射的人叫刘书杰，以前我为了躲避仇人追杀，混入清北根据地，和他打过交道，这小子不但枪法百步穿杨，而且作战有勇有谋，听说此人现在是清北八路的作战部长。刚才我一听这狙击步枪点射的声音，就知是他来了，并在指挥桥上的战斗，哥你想，这可是整个清北八路的作战部长啊，没有足够的把握，他能带兵来打吗？咱一会儿看战况进展如何，如果形势不好，哥，咱们得赶紧跑，晚了就是想跑，腿也让他给咱打没了。"

司海峰回道："跑，往哪儿跑？跑回县城去？这皇军还没有撤退呢，咱先回去了，他娘的还不让大队长毙了咱俩，跑回去也是送死。"

周玉安对准司海峰的耳朵，低声说道："哥，咱不回县城，回了县城，就是不被枪毙，如果让八路给包围了，想跑咱也出不来，只能死在里边，咱去一个地方，那里明堡暗道齐全，有吃有喝，咱先住在那儿，等这阵子过去，他娘的以后还干咱的老本行（土匪）。"

司海峰回道："那咱往哪儿去？"周玉安压低了声音向司海峰说

了什么，司海峰不住地点头，然后举起枪对着手下喊道："兄弟们，给我听好了，等八路渡到河中心再打，尽量给我节省子弹，没有老子的命令，开枪者格杀勿论。"因为有想逃跑的想法，火力便没有那么猛了。

当士德带领清抗队员到达河中心时，司海峰命令手下开枪射击，我渡河战士，马上进行了还击，十几挺轻机枪一起朝南岸的敌人开火，条条火光在河面上形成一道道长长的烟雾，立刻压制了伪保安队的火力，这司海峰一看，八路军真是厉害，火力竟然这么猛，他没有想到的是，我清抗队在攻打滨津县城时，缴获了敌伪大量的先进武器。

伪保安队刚刚开火，我埋伏在芦苇塘里的清抗小队在地瓜娃的指挥下，从后边向岸上的伪保安队发起了攻击，一排子弹射过来，伪保安队死伤二十多人，地瓜娃命令司号员吹响冲锋号，喊杀声、枪声响成一片。

周玉安一看受到两面夹击，深知大事不好，对司海峰说："哥，跑吧。"地瓜娃带队在背后突然出现，打得司海峰转了向，起身就往河滩跑，被周玉安一把拉住，大声叫道："回来，跑反了。"

这时司海峰脖子一伸，还回不过神来，转眼看到身边的伪保安队又被撂倒了十多个，自己的大腿也被子弹擦破了皮，吓得连滚带爬，带着剩下的队员沿着大堤下的芦苇子沟向东关村西边的围子壕方向逃窜。

一营发起的猛烈攻击，把对方打得落花流水，被打蒙了的鬼子开始放弃桥头阵地四处逃窜。

小山一郎得知司海峰、周玉安临阵逃跑，看到我军从东、西、北三面向他的指挥部压了过来，桥头阵地失守，炮阵地和碉堡被炸，知道大势已去，翻译官在一边劝说道："队长，我们撤退吧，留得青山在，不怕没柴烧，先撤到镇中大涯头防线，看看再说。”小山一郎听后，急忙带领残余鬼子和伪军退至石河镇大涯头处，清点了一下人数，剩下不到七十个人，小山一郎心想，在没有外援的情况下，就凭现在的力量和大涯头这半米高的沙包阵地，很难抵挡八路军的攻击，要是被包围在镇子里，那只是死路一条，他在大涯头稍作停留，便带领残兵败将逃回了广乐县城。

石河镇这座兼具水、旱码头的千年古镇，回到了人民的手中。

黎明时分，士德、清河、刘书杰和乡亲们打着招呼，带领战士们进入石河镇。

打走了鬼子，全镇上下欢声雷动，人们早早地起来，儿童们站在大街旁，拿着用苇子秆和彩纸做成的标语欢迎八路军，妇女们送茶送水慰问亲人，热情欢迎八路军进镇。

第二十二章

伪军逃往庙子头城堡

一

司海峰、周玉安从小清河战斗中败退下来后，顺石河镇芦苇荡东边的壕沟，一直向南穿过顶盖子地，进东关西围子沟，爬上东周地块涯头，窜入了东关的郑家坟地。

司海峰让伪保安队队员停下休息，他坐下后气喘吁吁地对周玉安说道："兄弟，今天多亏你料事如神，哥又他妈的活了一次。"

周玉安回道："这是兄弟应该做的。哥，你在此休息片刻，我去去就来。"

司海峰赶紧道："兄弟，又让你辛苦了，多加小心。"周玉安带上十几个人，奔东南而去，消失在夜幕之中。

半小时的工夫，他们来到一座城堡前，此城堡位于庙子头村，距石河镇不到五里地，别看村子不大，但在村北有一座城堡式庄院，这座庄院始建于清末，是由现在庄主孙地坛的父亲孙得才花费白银六万两，请北京的专家设计，召聚石河镇能工巧匠王站山、成兴业带人修建而成，前后用时六年。

孙得才，人称“孙洼王”，老家是牛庄一带的孙家集人，从小闯荡江湖，十八岁时随父来到孤洼谋生，父亲在当地一家最大的地主家干活，据传说他的父亲因事被地主的儿子用枪打死，为了替父报仇，他回到老家召集了几个兄弟，在一个黑灯瞎火的晚上，每人提着准备好的大刀片，摸到地主家里，把在床上睡得正香的地主儿子一把提溜起来，逼着他把枪交了出来，然后杀死地主一家，并洗劫其全部金银财宝，烧了他的宅院，从此在孤洼开始了土匪加洼王的生涯。

经过多年的经营，这孙得才有了钱，想找地方盖一处庄院，经人指点，最终选在了离小清河不远的庙子头村这个位置，然后花钱买下这八十亩地，盖了这座城堡。

这座城堡，是内城和外城相套，内城三进院落，供主人及家人使用。外城供家佣及护院等人居住。整个城堡设计巧妙，布局合理，施工精细，前后对称，浑然一体，四角是瞭望楼，并留有射击孔，明堡对外严于防范，暗道院内外相互连通，为藏身和逃生之用，是小清河下游罕见的城堡建筑。

周玉安站在城堡前，掏出手枪，向四周望了望，确定没人跟踪后，便走到城堡东北角的枪楼之下，向岗楼上站岗的家丁有节奏地吹了三声口哨，岗楼上的家丁急忙向下喊道：“周爷来了，稍等一会儿，我马上去告诉老爷”。

家丁小跑着来到院中，告诉管家：“刘管家，周爷到了，现在城堡的东北角。”

管家吩咐家丁：“你先回去告诉周爷，说我们老爷马上到，快去。”说完管家进了内城大院。

这孙地坛从傍晚听到石河镇渡口的枪炮声，就没有睡，一直坐在八仙桌前等着石河镇的消息，他琢磨着枪声一停，不管凶吉，信就快到了，看到管家进来，他起身问道："石河镇情况怎样？"

管家说："周爷来了，就在城堡外面。"这孙地坛顺着管家的声音说道："走，快把他接进来。"两人慌忙朝大门走去。

这孙地坛和周玉安又是什么关系？原来这周玉安和孙地坛是同乡，当年周玉安拉起土匪队伍时，只有不到二十几个人，土匪们用的家伙什儿还是大刀片和几支老湖北条子，后来得到孙地坛的资助，才得以发展壮大。日本鬼子来后，周玉安被收编，成了伪保安队长，最初周玉安驻扎在小清河南的东关村，离这庙子头村不到三里地，所以，这周玉安是孙地坛家的常客，在各方面都给孙地坛提供了很大的方便，还有另一个原因，就是周玉安把自己一个相好的放在这里，让孙地坛给自己供养着，以方便自己寻欢作乐。

家丁跑回岗楼，向城堡外的周玉安说道："周爷，老爷让你快进来，走东门。"

周玉安说道："知道了，他妈的等了这么长时间。"他回头告诉六子说："六子，快回郑家坟地，告诉司队长，来城堡会合。"六子答应后拔腿而去。

家丁打开东门，周玉安一伙进得城堡，此时孙地坛也迎了过来，连忙招呼道："周兄，快，快点里边请。"

周玉安说道："庄主，先给弟兄们弄点吃的，他娘的饿死老子了。"

管家让人带伪保安队队员去了外城的偏院，周玉安跟随孙地坛来到正房客厅，孙地坛赶忙吩咐管家："老刘，去，赶紧给周兄上茶。""是是。"管家连忙答应去办。

两人刚刚坐下，周玉安问道："胭脂呢，咋没来接我？"孙地坛回道："这深更半夜的，怕你有什么事，没敢叫她。"周玉安听后站起来瞪大眼珠子说道："老子有什么事啊，这么多年久经战场，不他妈都闯过来了吗？！"

孙地坛连忙答道："周兄叱咤风云，文韬武略，经天纬地，绝对不是一般人物，这年头，也就是你，换成别人，早死几回了。来来，先吃几块芝麻糕垫垫。"孙地坛把早已准备好的芝麻糕推到周玉安的面前。周玉安早已饿坏了，便狼吞虎咽地吃了起来。

吃饱后，周玉安把石河镇的情况向孙地坛说了一下，就从客厅出来，来到胭脂住房前，用手边拍门边喊道："胭脂，快开门，是我。"

屋里没有动静，隔了一会儿，才听到胭脂回音："来了来了，这半夜三更的，可吓死个人了，谁呀？"胭脂把门打开，周玉安闪身进屋，猛地将她抱起说道："小心肝，你怎么才开门啊，把我想死了。"

"是周爷呵，还心肝呢？这么长时间了，你都不来。"胭脂回道。

周玉安也不答话，抱着胭脂三步并作两步来到床前，将胭脂放到床上，然后像野兽一样扑了过去……

二

司海峰带领伪保安队队员离开郑家坟地，跟着六子一路进了城堡，队员被家佣带去偏房吃饭。

管家头前带路，司海峰走在中间，六子随后，三人来到客厅。

孙地坛早已在客厅准备了一桌酒菜，让司海峰坐了上座（主宾），对着司海峰说："大队长辛苦了，老朽特备酒菜，为你压压惊。"边说边递给司海峰一支香烟。

司海峰说："周队长呢，上哪去了？"孙地坛回道："瞧我这老糊涂，把这事给忘记了，周兄去了后院，找胭脂风流去了，咱先吃，不管他。”

司海峰点上一支香烟，刚想对孙地坛说什么，这时管家老刘急急忙忙跑进屋来说道：“老爷，老爷，大少爷回来了。”

孙地坛起身向门外一看，大儿子孙福带领八个身穿国民党军服，身背冲锋枪的卫兵走了进来。

司海峰站起来，用眼一瞄，这孙福身穿国民党军服，佩戴营长军衔，身后跟随八名全副武装荷枪实弹的卫兵。他自知这几年干的都是汉奸勾当。看到孙福进门，心想，这是国军。吓得赶忙求饶说道：“大少爷，我们不是伪军，是抗日救国的啊，是，是身在曹营心在汉，是救国的，不信，你问一下孙老爷子。”司海锋转身看了下孙地坛。

“司队长，你先坐，对于小清河畔的这些事，我们军统掌握得非常清楚。这个我知道。”孙福边说边坐了下来。

“怎么没有看到周队长啊。”孙福说。

“周队长有点私事，我马上派人去叫。”司海峰说完，对站在身后的六子说：“快去，叫周队长马上过来。”

“是，队长。”六子出房奔后院而来。

六子来到后院，告知周玉安客厅的情况后，这家伙眼珠子一转说：“六子，快去偏房集合弟兄们，让他们抄家伙，跟我去客厅。”

周玉安话音刚落，只听院子里有人说道：“周队长，孙营长让你快点过去，别磨蹭，你的弟兄们都休息了，我们替你看着呢，就先别打扰他们了。”孙福的四个卫兵已经站在后院的门口，挡住了六子和周玉安的去路。看到眼前的情况，周玉安也只好乖乖地服从。

周玉安进得前院客厅，司海峰赶忙拉着他来到孙福的面前说道：“周兄弟，来来来，我介绍下，这位是孙营长，也是孙庄主的大少爷。”

周玉安看了一下孙福，赶忙低头哈腰地冲孙福说道：“大少爷、孙营长，来晚了，失礼，失礼。”

孙福站起身来说：“周队长，既然来了，我们就是一家人，一家人不说两家话，坐下说。”孙福给周玉安指了一下位子。

周玉安冲着孙福低头哈腰的连忙说道：“谢谢大少爷，谢谢孙营长。”

周玉安坐下后，孙福端起酒杯说道：“今晚和诸位见面，孙谋深感荣幸。我现在告诉大家，盟军已在广岛、长崎投放了原子弹，日本人马上就要投降了。”我提议大家共同干了这头杯酒。众匪跟着起哄叫好。

孙福端起第二杯酒，继续说道：“我奉上峰之命，率先来到石河镇，就是要与各位一起，积极配合国军的反攻，收复失地，完成党国大业。”孙福停顿了一下，看了一下司海峰和周玉安继续说道：“同时，也给两位带来了党国的委任状，任命司海峰、周玉安分别为剿共大队长、副司令。”孙福说完，将手中的酒一饮而尽……

在长达三年的解放战争中，他们用最残暴、最凶狠、最穷凶极恶的方式在小清河畔干尽了伤天害理的坏事……

尾　声

烽火狼烟小清河

在中国共产党的领导下，小清河畔军民通过艰苦抗战，石河镇和广乐县城相继解放，人民群众载歌载舞，欢庆胜利。

根据党的工作需要，组织安排于春成留在小清河畔，担任广乐县委书记。

接上级指示，士德带领清抗队返回清北根据地，正式加入中国人民解放军序列。清抗队改编为师部独立团，张士德任团指导员，万清河任团长。张荣臣、地瓜娃、田银锁分别任一营、二营、三营营长。

抗日战争刚刚胜利，国民党就迫不及待地发动内战，对我小清河畔解放区发动全面进攻。

国民党军队有美帝国主义大量军事和经济援助，加上接收了日本投降的武器装备，在经济和军事上暂时占有优势。

中国人民解放军为了歼灭敌人的有生力量，主动从小清河畔解放区实行战略转移，独立团根据上级指示配合主力部队南下作战。

部队临行的前一天，张士德，万清河正在团部对三位营长布置各自的任务，这时，于书记的警卫员小李骑马来到独立团团部，对张士德敬礼后说：“报告张指导员，县委于书记让你马上过去一下。”

张士德放下手中的地图和铅笔，和清河交代了一下工作安排，骑上马跟随小李向县委所在地而去。

张士德和警卫员小李快马加鞭来到于春成办公室，进得屋来，士德报告说：“于书记，士德奉命前来。”

于春成说：“士德，来，坐下说。”士德坐下后，于春成提起暖瓶，倒了一杯水放到士德面前继续说道：“士德同志，昨天的县委扩大会议上，经我提议，县委研究后决定，让你放弃随军南下，继续留在石河镇工作。”说到这里，于春成点燃一支烟，望了一下窗外的天空，回头继续说道：“士德同志，这一来嘛，石河镇刚刚解放，可敌伪残余势力尚未肃清，他们活动十分猖獗，不时对我刚刚建立的人民政权进行破坏。保卫好人民奋斗的胜利果实，保护好小清河畔的这一军事战略要地，我党非常需要有一名对敌斗争经验丰富的同志留守。

“二来嘛，国民党军队正在密谋从济南和羊口，通过小清河这一水路，对小清河下游平原解放区进行反攻。组织上考虑到你在小清河畔战斗多年，对敌斗争经验丰富，对石河镇及周边地形非常熟悉，更有应对各种复杂情况的能力。所以县委决定把你留下来，担任五区指导员兼石河镇镇长。五区的区长嘛，由刘书杰同志担任。现征求一下你的意见。”

“报告于书记，士德听从组织安排，服从党的决定。”张士德说完后，向于春成敬了一个军礼。

士德受命后，当即返回石河镇，迅速召开了区委常委会议，会上士德根据当前的实际情况，做了发言，他说：“通过中国人民多年的浴血奋战，日本已经投降，但由于多年战乱，农村经济千疮百孔，百废待兴。小清河畔的对敌斗争形势依然十分复杂，国民党顽固派大肆抢夺我解放区，有的地区仍被伪顽所盘踞且活动猖狂，这些伪顽残余和国民党沆瀣一气，为非作歹，经常窜到我小清河畔的解放区，袭击我地方党政机关，杀害我村干部和积极分子。我们五区，根据当前工作的需要，一面发动群众，在中国共产党和广乐县委的领导下，组织骨干民兵支前，同时彻底废除旧的制度，进行土地改革。我们要一手拿枪，积极维持地方秩序，应对国民党反动派的进攻，打击敌人；一手恢复生产，安定民心，重建家园。”

区委会议结束后，全区迅速动员起来，各村镇党组织、人民政权、农民组织相继成立。

石河镇人民民主政权成立后，张士德代理镇长，冬梅被推选为石河镇的妇救会长，来喜担任民兵队长，芒种担任副队长。

解放不久的石河镇，土地改革运动刚刚开始，革命的成果尚不够巩固，在暂时失去解放军主力部队保护的情况下，暗藏在庙子头城堡的司海峰、周玉安反动势力勾结国民党军队开始向小清河下游解放区发动进攻。

面对气势汹汹的国民党军队，我广乐县地方武装及民兵，在县委的领导下，一边奋起自卫打击敌人，一边组织小清河南的各村干部向清北根据地转移。

张士德接到县委通知，掩护小清河南各村干部北上转移。他带领石河镇党员干部、民兵，在小清河渡口忙了两天一夜，护送干部们安全过河后，正准备回区委。这时县委书记于春成、县大队长刘志泰、县大队指导员马成南、区委委员张光汉骑马赶到渡口，因为情况紧急，于春成在马上告诉张士德说：“士德同志，一会儿有解放军三十副担架急需过河，送清北根据地医院治疗，你务必从镇中抽调民兵护送，敌人马上就要过来了，你要抓紧准备。”

区大队指导员马成南指示说：“士德同志，为了保证伤员的安全，经县委决定，这次护送任务由你亲自带队，我们还有其他事情，先走一步了。”于春成等人飞马而去。

士德安排民兵在小清河渡口待命，不一会儿，担架队到来。此时石河镇的南边，已是枪声四起，炮声隆隆，浓烟滚滚，士德知道这是刘书杰区长带领区中队在阻击敌人，掩护担架队过河。

“冬梅，我护送担架队去清北，你和同志们赶快转移！”护送伤员的张士德，站在最后一条渡河船上，向冬梅等人大声地呼喊着。

“嗡嗡嗡嗡”，四架敌机沿小清河面上空，自西向东低空飞行，朝渡河的担架队飞了过来。

“轰隆，轰隆”，飞机投下炸弹……

小清河畔再起烽火狼烟。

中共广乐县委坚决执行党的命令，领导石河镇军民在解放战争中，同国民党军队及伪保安队残余，在小清河上展开了长达三年的拉锯战……